WILDE IRISCHE WURZELN: MARGARET & SEAN

GEHEIMNISVOLLE BUCHT: BUCH 5

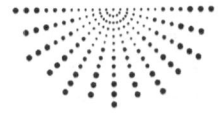

TRICIA O'MALLEY

LOVEWRITE PUBLISHING

Wilde irische Wurzeln: Margaret & Sean

Geheimnisvolle Bucht: Buch 5

Buchumschlag: Victoria Cooper
Übersetzung: Ulrike Bartz
Lektorat: Annette Glahn

Lovewrite Publishing: 382 NE 191st, st#24553, Miami, FL, USA, 33179-3899

All denen gewidmet, die etwas länger brauchen, um ihren Weg zu finden. Manchmal ist der schwierigere Pfad der bessere.

„Liebe niemals jemanden, der dich behandelt, als wärst du nichts Besonderes."

-Oscar Wilde

KAPITEL EINS

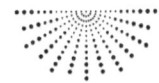

„M ama, der Mann lügt." Margaret Grainne O'Brien
zog an Fionas Hand und zeigte mit dem Finger.
Mit ihren neun Jahren war Margaret ein frühreifes und
intelligentes Kind. Sie beobachtete die Menschen genau
und gab oft ihre ungefilterten Meinungen über ihr
Verhalten von sich.

„Sch, Margaret. Nur weil du ihm das ansehen kannst,
heißt das nicht, dass andere das können", sagte Fiona sanft
zu ihrer Tochter. Margaret sah sie fragend an.

„Aber es stimmt", beharrte Margaret.

Der Mann, von dem die Rede war, war glücklicherweise zu weit weg, als dass Margarets leise Stimme ihn
erreichen könnte. Er lehnte sich über den Tisch und hielt
die Hand einer blonden Frau, während er ihr suchend in
die Augen sah.

„Ja, es stimmt. Aber wir müssen bestimmten Dingen
erlauben, sich natürlich zu entfalten", warnte Fiona und
zog ihre Tochter weg.

Margaret blickte über ihre Schulter zu dem Mann,

während Fiona sie aus dem kleinen Restaurant zerrte. Wenn jemand sie gefragt hätte, wäre sie nicht in der Lage gewesen zu erklären, warum sie wusste, wenn Menschen logen, verliebt waren oder etwas verbargen. Es war einfach, wie sie die Welt sah. Ihr war nie gesagt worden, dass sie anders war.

„Margaret, Schatz, wir holen uns eine Tasse Tee und setzen uns raus, okay?", fragte Fiona und ging zu einem Café neben dem Restaurant. Sie bestellte Zimtscones für sie beide und eine Kanne Tee und deutete Margaret an, sich draußen einen Tisch auszusuchen. Margaret wählte einen, von dem aus sie immer noch einen Blick auf das Restaurant hatte. Ihr neun Jahre altes Gehirn war neugierig und sie wollte wissen, was mit dem Lügner passierte.

Fiona kam zu ihr an den Tisch. Margaret lächelte ihre Mutter an und bewunderte ihr rotblondes Haar und ihre sherryfarbenen Augen. Margaret ähnelte ihrer Mutter und sie liebte es, wenn Fiona ihre langen Haare zu Zöpfen flocht. Selbst in diesem Alter war sie auf ihr Aussehen bedacht.

Fiona lächelte Margaret an und schenkte ihr eine Tasse Tee ein, bevor sie ihr etwas Sahne auf den Scone gab. Sie saßen für einen Moment schweigend zusammen, während um sie herum das kleine Dorf Grace's Cove betriebsam war und die milde Luft des schönen Frühlingstags einen baldigen Sommeranfang versprach. Die Sonne wärmte die bunten Gebäude, die sich dicht an dicht an der Hauptstraße entlang drängten, die zum Hafen herunterführte. Am Fuß des Hügels breitete sich das Wasser aus und die Wellen tanzten im Sonnenschein.

„Margaret, Liebling, wir müssen uns unterhalten", fing Fiona an.

Margaret verspannte sich. Sie konnte fühlen, dass ihr Fiona etwas Ernsthaftes, wenn nicht sogar Furchterregendes zu erzählen hatte. Sie konnte die Gefühle ihrer Mutter lesen und spürte ihre Ängstlichkeit. Margaret legte ihren Scone hin.

„Was? Was habe ich falsch gemacht?"

„Nein, nichts dergleichen. Ich möchte mit dir über den Mann im Restaurant sprechen", sagte Fiona.

„Oh. Weißt du, warum er gelogen hat?", fragte Margaret und biss von ihrem Zimtscone ab. Sie ließ den Geschmack auf ihrer Zunge schmelzen, bevor sie einen kleinen Schluck von ihrem Tee nahm.

„Nein. Und die meisten Leute wissen nicht, dass er lügt. Es ist Zeit, dass wir über deine Fähigkeit reden", sagte Fiona vorsichtig.

Margaret fühlte, wie sich ihr Magen zusammenzog. Sie war nicht sicher, was vorging, aber sie wusste, dass Fiona angespannt war.

„Was meinst du?"

„Na ja, du weißt doch, wie die anderen kleinen Mädchen, mit denen du spielst, manchmal durcheinander sind, wenn du ihnen Dinge sagst? So wie wenn du weißt, dass sie für einen Jungen schwärmen oder wenn sie ein Geheimnis haben?"

Margaret zuckte mit ihren Achseln und starrte auf ihren Teller. In der letzten Zeit hatte sie mehr und mehr Schwierigkeiten mit ihren Freunden gehabt. Es war schwer für sie, ihren Mund zu halten über die Dinge, die sie sah. Sie wollte das, was sie wusste, nicht ausplaudern;

Margaret dachte, dass sie ihren Freunden damit helfen würde.

„Sind sie böse auf mich? Haben ihre Mütter etwas zu dir gesagt?", flüsterte Margaret.

„Nein, Schatz, überhaupt nicht. Erstmal möchte ich, dass du weißt, dass ich dich sehr liebe, und zwar immer. Aber es ist Zeit, dass du die Wahrheit über dich erfährst. Über uns. Du bist ein ganz besonders Mädchen. Genau wie ich. Wie alle Frauen in unserer Familie." Fiona lächelte Margaret warm an und Margaret konnte nicht anders als zurückzulächeln, obwohl ihr Magen verknotet war. Sie konnte die Liebe spüren, die von ihrer Mutter ausstrahlte und fühlte sich geborgen.

„Was meinst du mit ganz besonders? Weil ich so gut in Mathe bin?", fragte Margaret und steuerte die Unterhaltung absichtlich in eine andere Richtung.

„Nein, weil du eine besondere Fähigkeit hast, die andere nicht haben. Aber wenn du nicht lernst, sie für dich zu behalten, werden sich die Leute dir gegenüber vielleicht anders verhalten", sagte Fiona und tätschelte Margarets Hand. „Schatz, du bist emphatisch. Das ist eine ganz besondere Gabe, mit der du die Gefühle anderer Menschen sehen kannst, selbst wenn sie nichts sagen. Der Mann, den du im Restaurant gesehen hast? Niemand sonst hätte gewusst, dass er lügt. Noch nicht mal die Frau, mit der er sprach. Die meisten Leute können nicht sehen, was du siehst."

Margaret fühlte Hitze durch sie gehen, als sie anfing, die unbehaglichen Momente in der Schule zu verstehen. Sie war anders.

„Aber du hast gesagt, dass du auch sehen konntest, dass er gelogen hat!", sagte Margaret vorwurfsvoll.

„Ja, das habe ich. Weil ich auch anders bin." Fiona lächelte sie an.

Margaret wusste, dass das stimmte. Sie hatte das Flüstern auf dem Spielplatz und im Dorf gehört. Fiona O'Briens Heilungskräfte wurden gleichzeitig geehrt und gefürchtet. Margaret hatte sich immer gefragt, warum jemand Angst vor Fiona haben könnte, wenn sie anderen so viel Gutes tat.

„Also sind wir merkwürdig?", fragte Margaret und kreuzte ihre Arme über ihrer schmalen Brust. Scham begann, sich in ihr auszubreiten.

„Margaret O'Brien, hör sofort damit auf." Fionas scharfer Ton zog Margarets Blick auf ihr Gesicht. „Wir sind nicht merkwürdig. Wir sind etwas Besonderes. Nicht jeder bekommt diese besonderen Gaben. Sie wurden uns von einer sehr berühmten Frau vermacht."

Ihr Interesse war geweckt und Margaret spielte mit ihrem Scone, bevor sie Fiona ansah.

„Von wem?"

„Na, von keiner anderen als der berühmten Piratenkönigin, Grainne O'Malley. Grace. So wie mein zweiter Vorname. Und wie deiner."

„Wir sind mit einer Piratenkönigin verwandt?", sagte Margaret aufgeregt. Sie hatte schon immer das Wasser geliebt und verbrachte viele glückliche Stunden mit Fiona unten in der Bucht.

„Das sind wir, und sogar mit der besten. Grace hat die Meere mit eiserner Faust und offenem Herzen beherrscht. Sie hat geholfen, viel unserer irischen Kultur zu bewahren.

Als es für sie an der Zeit war, weiterzugehen, hat sie die Bucht als ihre letzte Ruhestätte gewählt."

Margarets Hände hielten über ihrem Teller inne. „Unsere Bucht?"

„Ja, unsere Bucht. Sie hatte beschlossen, in der Bucht zu sterben und sie dadurch geschützt. Und durch irgendwelche höheren Mächte hat sie jeder Frau in ihrer Blutlinie besondere Gaben vermacht. Du kannst dich glücklich schätzen, dass du sie hast", sagte Fiona leidenschaftlich.

Margaret starrte mürrisch über die Straße. Sie fühlte sich nicht glücklich. Sie fühlte sich jetzt anders.

„Ich will es nicht", sagte Margaret stur.

Fiona lachte sie an und reichte über den Tisch, um ihr Kinn in die Hand zu nehmen.

„Das ist etwas, womit du dich arrangieren musst, mein Liebling."

KAPITEL ZWEI

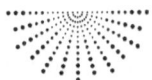

Z ehn Jahre später

MARGARET STELLTE die restlichen Teetassen ins Spülbecken und brauste sie kräftig ab. Ihre Gedanken kreisten um ihre bevorstehende Verabredung mit Sean, daher verfehlte sie fast die Tassen und sprühte sich selbst ein. Lachend trat Margaret vom Spülbecken zurück und ging, um die Eingangstür des kleinen Teesalons im Zentrum von Grace's Cove, in dem sie arbeitete, abzuschließen.

Sie rief Sarah, der anderen Kellnerin bei Grace's Cup, zu: „Sarah, ich schließe ab. Ich muss mich für heute Abend fertigmachen. Du kannst gehen." Margaret lächelte erwartungsvoll, während sie die vordere Glastür abschloss und sich ihren Weg durch das mit kleinen Tischen vollgestellte Restaurant bahnte.

„Alles klar, ich sehe dich Ende der Woche", grummelte

Sarah, als sie durch die hintere Tür verschwand. Margaret rollte mit den Augen und ging durch die kleine Küche, um die Hintertür zu verriegeln. Sarah hatte immer etwas zu meckern. Margaret ignorierte es und ging ins Hinterzimmer, um ihren Kleiderhülle aus dem Schrank zu ziehen. Lächelnd machte sie den Reißverschluss auf und brachte ein Kleid in dunklem Lila zum Vorschein. Sie hatte es speziell für diese Verabredung mit Sean aufgehoben, wissend, dass sie ihre Beziehung bald weiterentwickeln würden.

Margaret zog sich schnell das lila Kleid über ihren kurvigen Körper. Da sie eher groß war, sahen die Kurven gut an ihr aus und sie bekam oft Komplimente, wie toll sie ein Kleid ausfüllte.

Immer von den falschen Leuten, dachte Margaret. Mit neunzehn Jahren war Margaret immer noch Jungfrau, da sie die unbeholfenen Annäherungsversuche der linkischen Jungen, mit denen sie zur Schule gegangen war, immer abgeschmettert hatte. Bis Sean kam. Sean war vor zwei Jahren nach Grace's Cove gezogen, gerade, als Margaret mit der Schule fertig war. Ein paar Jahre älter als sie, war Sean ihr sofort aufgefallen. Er war alles, was die Jungs in der Schule nicht waren. Groß, muskulös und mit einem Selbstvertrauen, das die meisten Typen ihres Alters erst noch entwickeln mussten. Dunkelbraune Haare, braune Augen und ein strahlend weißes Lächeln vervollständigten das Paket und Margarets Herz war von dem Moment an verloren gewesen.

Vor einem Monat war Sean zufällig mit ihr im Pub zusammengestoßen und sie redeten an dem Abend ziemlich lange miteinander. Margaret lächelte, als sie daran dachte, wie ihre Freunde im Hintergrund verblichen, während sie sich gegenseitig über ihre Leben und ihre Träume für die Zukunft ausfragten. Seitdem hatten sie Augenblicke miteinander gestohlen – eine Tasse Tee, einen Spaziergang am Wasser – und langsam begonnen, sich gegenseitig ihr wahres Selbst zu offenbaren.

Margaret erstarrte, als sie einen Kamm durch ihr rotblondes Haar zog, das ihr lang den Rücken herunterfiel. Sie hatte Sean nämlich nicht die ganze Wahrheit gesagt. Sie hatte ihm nicht von ihrer Gabe erzählt. Margaret redete nie über diese Seite von ihr. Mit niemandem. Seit Fiona ihr beigebracht hatte, wie sie Schutzschilder zwischen sich und der Welt errichten konnte, hatte Margaret hinter einer Barriere gelebt, ohne einen einzigen Ausrutscher – sie wollte niemals anders sein.

Seit der Nacht im Pub war die Anziehungskraft zwischen ihnen schnell gewachsen. Margaret war schon verloren und sie konnte fühlen, dass Sean kurz davor war, sie zu lieben. Heute Abend war ihr erstes richtiges Abendessen zusammen. Ein Hauch von Aufregung durchlief Margaret. Sie hatte sich noch nie vorher mit einem Jungen – einem Mann – so verbunden gefühlt.

Sie ließ ihre Haare offen über ihre Schultern fallen. Margaret lehnte sich näher, um in den kleinen Spiegel zu schauen, der im Hinterzimmer hing. Sie nahm ihre Kosmetiktasche aus ihrer Handtasche, malte mit einem dunkelblauen Kajalstift einen Strich um ihre sherrybraunen Augen und verwischte ihn dann in die Wimpern. Margaret legte etwas sanftrosa Lippenstift auf, ließ ihre Hand nach unten fallen und lächelte sich selbst im Spiegel an. Der Hauch von Makeup ließ Margaret älter und ihr Gesicht ausdrucksvoller aussehen, als ob sie eine Menge weiblicher Geheimnisse hatte.

Und was für Geheimnisse sie hatte, dachte Margaret.

Margaret schüttelte ihre Nervosität ab, warf einen
letzten Blick in den kleinen Spiegel und verdrehte sich, um
über ihre Schulter die Rückseite ihres Kleids anzusehen.
Zufrieden ergriff sie ihre kleine Tasche und ging, um Sean
in einem Restaurant zu treffen, in dem sie sich verabredet
hatten. Wissend, dass Sean als Fischer wahrscheinlich
nicht viel Geld verdiente, hatte Margaret ein legeres
Restaurant ausgesucht. Obwohl sie dafür wahrscheinlich
übertrieben angezogen war, wollte Margaret sich schön
fühlen.

Sean hatte seit Monaten in ihren Träumen herumgespukt. Sie würde ihnen nichts in die Quere kommen lassen.
Mit einem feierlichen Gelöbnis an sich selbst, dass sie ihre
Gabe Sean gegenüber nie erwähnen würde, damit er sich
nicht von ihr angewidert fühlte, ging Margaret zum Essen.

KAPITEL DREI

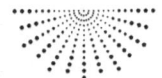

Sean wartete vor dem Fisch und Chips Restaurant auf Margaret. Er kratzte sich unter dem Kragen eines der wenigen guten Hemden, die er besaß. Sean war es unangenehm, mit einem Strauß einfacher Wildblumen hier zu stehen, während Leute an ihm auf der Straße vorbeigingen und ihn lächelnd ansahen.

Sean stöhnte innerlich, als er an die Klatschtanten der Stadt dachte. Obwohl er seit zwei Jahren in Grace's Cove lebte, hatte er sich noch nicht an die Neugierde der Einheimischen gewöhnt.

Sean lehnte sich an die Ziegelsteinmauer des Gebäudes und dachte über Dublin nach. Er liebte das Leben in der Großstadt und sehnte sich danach, in Galway oder Dublin ein erfolgreiches Fischereiunternehmen zu führen. Aber er war auch vorsichtig. Nach Grace's Cove zu ziehen, wo es einige der wertvollsten Meeresfrüchte in ganz Irland gab, war eine kluge Entscheidung von ihm gewesen. Hier lernte er die Feinheiten der verschiedenen Arten der Fischerei, vom Muschelsammeln bis hin zum Aufspießen von größeren Fischen.

Ein Hitzschlag durchzog ihn, als er die hübsche Margaret O'Brien sah, wie sie aus der Eingangstür des Teesalons heraustrat. Sein Magen verknotete sich vor Lust, als er beobachtete, wie sich ihre Hüften unter dem lila Kleid bewegten, dessen Saum gerade kurz genug war, um ihm das Wasser im Mund zusammenlaufen zu lassen. Er beobachtete Margaret schon seit mehr als einem Jahr und hatte noch nie die Gelegenheit gehabt, sich wirklich mit ihr zu unterhalten, bis zu dem einen Abend im Pub.

Der Abend hatte sein Leben verändert.

Er hatte sich noch nie so heftig in ein Mädchen verliebt. Da war etwas...*anderes* an ihr. Es war, als ob sie ihn wirklich kannte, nicht nur die Person, die er vorgab zu sein. In nur ein paar Augenblicken hatte sie seine Schranken durchgebrochen und er hatte ihr seine Träume anvertraut.

War er verliebt? Oh ja, dachte Sean. Die Sterne verwirrten seine Sinne, kein Zweifel. Er konnte fast kleine Vögel um Margaret herum zwitschern sehen, als sie die Straße entlanglief. Wenn er nicht bald etwas von ihr zu kosten bekam, war Sean sich ziemlich sicher, dass er sterben würde. Die Blumen hoch in die Luft haltend, ging er vom Bürgersteig herunter, um sie zu begrüßen. Während sie ihn und seinen kleinen, armseligen Blumenstrauß anlachte, schien es ihm, als ob nichts in dieser Welt je wieder falsch laufen würde, solange die hübsche Margaret O'Brien ihn anlächelte.

KAPITEL VIER

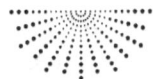

Margaret lachte über Seans ausgestreckte Hand, in der Wildblumen in einer Schleife aus Schnur verwelkten. Ihr Herz zog sich zusammen, als sie die Blumen nahm und in seine warmen braunen Augen blickte.

„Danke", sagte Margaret und strahlte ihn an. Sie sah den Moment, in dem Sean sich etwas vorlehnte, fast, als ob er sie küssen würde, bevor er wieder zurücktrat. Sie könnte mit dem Fuß auf den Boden stampfen. Sie sehnte sich schon seit Monaten nach seinem Kuss.

Margaret lächelte, während er die Tür für sie aufhielt und sie in das kleine Restaurant führte. Sie atmete seinen Geruch von Meer und Mann ein, als sie an ihm vorbeiging und verspürte den plötzlichen Drang, die Haut zu küssen, die sie in der Öffnung seines Hemds sah. Margaret schluckte die Hitze, die in ihr aufstieg und wand sich durch das Restaurant, als die Hostess sie zu einem kleinen Tisch in der Ecke geleitete. Eine dicke Kerze flackerte in der Mitte des Tischs und die Kellnerin zeigte auf eine Kreidetafel an der Wand.

„Das Essen steht da drauf. Was zu trinken?" Sie sah beide mit erhobener Augenbraue an.

„Em, ein Glas Rotwein, bitte", sagte Margaret.

„Wein gibt's nicht, nur Bier oder Cider."

„Oh, dann ein Bulmers, bitte", sagte Margaret.

„Guinness", sagte Sean, bevor er die Kreidetafel inspizierte. „Ich denke, Fisch und Chips wären am besten, dafür sind sie anscheinend bekannt."

„Ja, das ist gut für mich", sagte Margaret, obwohl sich ihr Magen verknotete und sie ziemlich sicher war, dass sie nichts essen könnte. Sie seufzte leise und lächelte, als die Kellnerin ihre Gläser mit einem Knall auf den Tisch stellte, bevor sie wegschlenderte.

Margaret lachte, als Sean der Kellnerin mit erhobener Augenbraue nachsah und seine Serviette benutzte, um den Tisch abzuwischen, wo ihre Getränke übergeschwappt waren.

„Tut mir leid. Ich hatte gedacht, dass es hier netter ist", sagte Sean.

„Kein Problem. Und, wie war dein Tag?", sagte Margaret und lehnte sich zurück, um ihm zuzuhören, wie er über seine Zeit auf dem Boot redete. Seine Augen leuchteten, als er über seine Leidenschaft sprach und Margaret wünschte sich, dass er sie so ansehen würde. Während sie an ihrem Bulmers nippte, ließ sie ihre Schilder herunter und nahm seine Emotionen in sich auf.

Freude und ein heftiger Schlag Lust wuschen über sie. Margarets Augen weiteten sich, als ihr klar wurde, wie sehr Sean an ihr interessiert war. Das zu wissen, diesen

Teil von ihm zu fühlen, ließ ihr Herz jubeln. Margaret hatte nie vorher Selbstvertrauen mit Jungs gehabt und beobachtete diesen Mann, der eindeutig von ihr gefesselt war, und beschloss in dem Moment, dass sie ihm alles von sich geben würde.

Na ja, alles bis auf eins. Niemand würde das je wissen. Sie war immer vorsichtig gewesen, diesen Teil von ihr zu verbergen und nach einer Weile war es einfach zweite Natur geworden. Margaret sah keinen Grund, warum Sean diese Seite von ihr kennen müsste. Je weniger sie es benutzte, desto weniger dachte sie darüber nach. Es war immer einfacher geworden, sich von Fionas merkwürdigem Ruf zu distanzieren und es dauerte nicht lange, bevor die Leute vergaßen, dass Margaret vielleicht auch von etwas Besonderem berührt war.

Margaret nahm einen Bissen von ihrem Fisch und genoss die geschmolzene Butter und die Frische des Tagesfangs. Beim Gedanken an Fiona zog sich ihr Magen etwas zusammen. Je älter sie wurde, desto mehr hatte ihre Mutter sie angehalten, ihre Gabe zu erforschen. Sie konnte gar nicht mehr zählen, wie oft sie es abgelehnt hatte. Obwohl sie wusste, dass Fiona eine bekannte Heilerin war und dass Menschen aus ganz Irland zu ihr kamen, hatte Margaret sich standhaft geweigert, jemals einer Heilungsbehandlung beizuwohnen. Schuldgefühle brachten sie dazu, ihrer Mutter beim Sammeln von Kräutern und Blumen für verschiedene Heilmittel zu helfen, aber ihre Beteiligung an der Welt ihrer Mutter hörte damit auf.

Das musste sie, dachte Margaret steif, und lenkte ihre Aufmerksamkeit wieder auf Sean.

„Also du und deine Mutter lebt allein, hm?", fragte

Sean und schob sich eine Pommes in den Mund. Margaret erschrak, als sie merkte, dass sie ein bisschen zu tief in Seans Emotionen versunken war und aufgehört hatte, ihm zuzuhören. Sie nahm einen Schluck von dem kühlen Cider und nickte in der Hoffnung, weitere Fragen abzuwehren.

„Was ist mit deinem Vater passiert?"

„Er ist gestorben, als ich klein war. Meine Mutter hat nie wieder geheiratet", sagte Margaret achselzuckend. Sie erinnerte sich an diese Zeit in ihrem Leben hauptsächlich in Farben und Emotionen. Die Trauer, die Fiona fühlte, hatte die sensible Seele ihrer Tochter fast erdrückt. Erst als Fiona klar wurde, dass ihre Emotionen ihrer emphatischen Tochter schadeten, verschloss sie diesen Teil von sich Margaret gegenüber.

„Das tut mir leid", sagte Sean mit einem sanften Lächeln. Margaret merkte, dass er es ernst meinte und sie zuckte mit ihren Schultern.

„Ich kann es ja nicht ändern", sagte Margaret.

„Stimmt es", fragte Sean zögernd, „was über deine Mutter gesagt wird?"

Margaret verspannte sich und lehnte sich in ihrem Stuhl zurück. Sie hatte gewusst, dass das passieren würde. Das tat es immer. Die Leute fragten sie unweigerlich nach der „Hexe", die ihre Mutter war.

„Hey, tut mir leid, so habe ich das nicht gemeint", sagte Sean und reichte über den Tisch, um Margarets Hand zu nehmen. Sie zuckte zusammen, als ein Hitzestrahl ihren Arm hinauflief, als er mit seinem Daumen über die sensible Haut ihrer Handfläche strich.

„Em, ja, das ist schon okay, ich verstehe es." Margaret atmete aus. „Nein, sie ist keine Hexe. Sie ist noch nicht mal eine Wicca oder so. Sie praktiziert einfach die jahrhundertealte Tradition keltischer Heilung. Du weißt schon, Kräuter und Salben – alles so hergestellt wie früher. Ich kann auch nichts Schlechtes darüber sagen, um ehrlich zu sein. Sie scheint den Leuten wirklich zu helfen."

„Das ist irgendwie cool. Meine Mutter hat sich nur um uns Kinder gekümmert, während mein Vater gearbeitet hat. Nichts Besonders. Es muss toll sein zu sehen, wie deine Mutter Leuten hilft", sagte Sean eifrig.

Margaret legte ihren Kopf schräg und dachte über seine Worte nach.

„Ich denke schon, dass es ziemlich cool ist, dass sie vielen Menschen hilft. Ihr widerstrebt jedenfalls traditionelle Medizin", sagte Margaret.

„Möchtest du lernen, so zu heilen wie sie?", fragte Sean.

„Nein, daran habe ich wirklich kein Interesse. Ich..." Margarets Stimme wurde leiser. Sie hatte fast ihren geheimen Traum rausgelassen.

„Erzähl es mir. Was willst du machen?", fragte Sean mit Aufregung in seinen Augen.

„Ich will in die Stadt ziehen und mit Immobilien arbeiten. Ich weiß, dass das verrückt scheint, ein Kleinstadtmädchen wie ich, aber ich glaube wirklich, dass ich es lieben würde. Die Jagd nach den besten Häusern, dabei zu helfen, Menschen mit ihrem neuen Zuhause zusammenzubringen. Ich glaube, dass ich das lieben würde", sagte Margaret leise. Das hatte sie nie jemandem erzählt, da sie nicht glaubte, dass es für sie Wirklichkeit werden würde.

Sean lehnte sich herüber und ergriff ihre andere Hand.

Margaret starrte sehnsüchtig in sein attraktives Gesicht, während er einen Kuss auf ihre Hand legte.

„Ich möchte auch zurück in die Stadt, nachdem ich alles hier gelernt habe, was ich wissen muss, um ein Fischereiunternehmen zu führen. Wir...", hielt Sean abrupt inne.

„Ja?", sagte Margaret mit einer Stimme, die rau vor Verlangen klang.

„Wir könnten zusammen gehen. Ein neues Leben anfangen, weg von hier", schlug Sean vor, sein Herz in seinen Augen.

Margaret schluckte gegen die Emotion, die ihre Kehle verstopfte. Sie nickte einfach und ertrank in ihrer Liebe für ihn. Sie hatte es gewusst. Von dem Moment, als sie Sean sah, wusste sie, dass er ihre Bestimmung war.

KAPITEL FÜNF

Margarets Hand verschwand fast in Seans breiter Handfläche, als er sie aus dem Restaurant zog. Er drehte seinen Kopf, schaute die Straße hoch und runter und stöhnte.

„Ich will dich jetzt so sehr küssen", flüsterte Sean ihr zu.

Margarets Herz wusste, was sie wollte. Sie lächelte ihn an und zog an seiner Hand, damit er ihr folgte. Sie sah nach links und rechts und wartete, bis niemand zu sehen war, bevor sie Sean in den kleinen geschützten Innenhof zog, der hinter dem Teesalon versteckt war.

Sean lächelte, als er den privaten Hof sah und drückte Margaret mit einer Bewegung gegen die Wand. Neben seiner Größe fühlte sich Margaret zierlich.

Margaret keuchte, als er seinen Körper gegen ihren drückte und sein muskulöses Bein zwischen ihre Schenkel glitt. Er stützte seine Hände seitlich neben ihrem Kopf ab und sah sie aus lusterfüllten Augen an. Wortlos legte er seinen Mund auf ihren und hauchte einen Kuss auf ihre Lippen.

Margarets Herz sang. Bei der Berührung seiner Lippen mit ihren jagte Lust durch sie hindurch und sie stöhnte in seinen Mund. Flüssige Hitze sammelte sich in ihrem Magen und sie zuckte gegen die Härte seines Beins, das gegen sie drückte. Er berührte sie immer noch nicht mit seinen Händen und führte den Kuss nur mit seinen Lippen. Sanft, langsam öffnete er ihren Mund mit seiner Zunge und schmeckte ihre Hitze.

Margaret bebte gegen seinen Mund und hob ihre Arme hoch, um sie um seinen Hals zu legen und ihre Finger durch seine dicken Haare zu schieben. Seans Kuss war verlangend, eine Frage und gleichzeitig eine Antwort.

Endlich, endlich...berührte er sie, strich mit seinen Händen zu ihrer Taille herunter und zog sie eng an seinen Körper. Seine Hitze brannte sich in sie und Margarets Haut reagierte sensibel auf seine Berührung, während seine Hand an ihrer Taille hochglitt und eine Brust umfasste. Vor Schock riss Margaret ihre Augen auf, krümmte ihren Rücken und drückte ihre Brust in seine Handfläche, während sein Finger durch ihr Kleid mit ihrer Brustwarze spielte. Empfindungen hämmerten durch Margaret und ohne Schilder wusch Seans Lust durch sie und verdoppelte ihr Begehren. Sie konnte nicht anders, sie bewegte sich gegen Seans Bein und schnappte nach Luft, als er ihren Mund mit einem berauschenden Kuss nahm. Die Kombination von seiner Hand auf ihrer Brust und der Hitze seines Munds war zu viel für Margaret und sehr zu ihrer Scham merkte sie, dass sie auf einer wonnigen Welle der Lust explodierte.

Seans Hand ruhte an ihrer Brust und er zog sie näher zu sich und begrub sein Gesicht an ihrem Hals. Sein Atem ging schwer gegen ihren Hals und Margaret war froh, dass er die Hitze auf ihren Wangen nicht sehen konnte. Unsicher, was sie tun und wie sie damit umgehen sollte, blieb sie regungslos.

„Wir können das nicht hier machen. Du verdienst mehr", sagte Sean rau gegen ihren Hals. Margaret bebte bei der Bewegung seiner Lippen an ihrer empfindlichen Haut.

„Es tut mir leid", flüsterte Margaret peinlich berührt.

Sean lehnte sich zurück und sah ihr in die Augen. Er legte seine Lippen ganz sanft auf ihre und Margaret fiel bei dem Kuss fast in Ohnmacht.

„Niemals. Das soll dir nie leidtun. Du willst mich genau so sehr wie ich dich. Aber nicht hier. Nicht so. Kann ich dich am Samstag sehen?" Sean atmete gegen ihren Mund.

Margaret rechnete im Kopf kurz nach. Das war schon in zwei Tagen. Sie konnte zwei Tage warten, bevor sie den Rest ihres Lebens begann. Sie nickte glücklich und lächelte ihn an.

„Samstag ist gut."

KAPITEL SECHS

Margaret erwachte zu Fionas leisem Gesang in der Küche. Mit neunzehn Jahren noch bei ihrer Mutter zu wohnen war vermutlich ungewöhnlich, aber sie hatte nie den richtigen Zeitpunkt oder genug Geld gefunden, um auszuziehen.

Bis jetzt. Ein kleiner Nervenkitzel durchlief Margaret, als sie über Sean und ein Leben in Dublin nachdachte. Im Geiste baute sie ihnen eine kleine Wohnung mit einem Fenster, aus dem man über das Wasser schaute. Fern von dieser Welt zu sein, wo sie einen Teil ihrer selbst versteckte und ständig mit Leuten konfrontiert wurde, die sie über Fiona ausfragten, wäre wunderbar für sie. Ein neuer Anfang.

Margaret streckte sich und band ihr Haar in einen langen geflochtenen Zopf, bevor sie einen alten Bademantel anzog, der hinter der Tür hing. Sie hatte heute frei und konnte träumen und das perfekte Date mit Sean morgen planen. Ihr Magen fiel etwas, als sie über Sean nachdachte. Sie wusste, dass ihre morgige Verabredung mit ihm alles ändern würde. Endlich würde sie eine Frau werden.

Träumend ging Margaret in die Küche, um Fiona zu begrüßen, die an der Arbeitsfläche stand und Teig für braunes Brot knetete, das saftig und perfekt schmecken würde, wie Margaret wusste. Fionas Fähigkeiten in der Küche waren fast so legendär wie ihre Heilmittel. Margaret dachte oft, dass sie ein und dasselbe waren, im Wesentlichen nur eine Mischung von Zutaten.

„Guten Morgen, Liebling. Möchtest du Haferflocken?", fragte Fiona mit einem Lächeln.

„Ja, gern", sagte Margaret und setzte sich an den langen Tisch, der den offenen Wohnraum des Hauses dominierte. Hinter ihr waren Regale an den Wänden, die mit hunderten von sorgfältig beschrifteten Glasflaschen und Gläsern vollgestellt waren. Margaret nahm sie schon fast nicht mehr wahr, sie war so daran gewöhnt, dass Fiona mit Tinkturen herumtüftelte, dass sie kaum auf die Wand blickte.

Fiona hielt inne und sah Margaret forschend an.

„Du hast dich also verliebt", sagte Fiona leise.

Margarets Kinnlade fiel nach unten und ihr Löffel blieb auf dem Weg zu ihrem Mund stehen. Sie spürte ein nervöses Flattern in ihrem Bauch und wand sich auf ihrem Sitz. Es war schon immer so gewesen. Sie konnte nie etwas vor Fiona verstecken. Wenn jemand sie in der Schule schlecht behandelte, wusste Fiona es. Wenn sie log, zog Fiona sie zur Rechenschaft. Wenn sie verliebt war...na ja, Fiona konnte es sehen. Margaret sah Fiona zornig an. Sie hasste, wie sehr ihre kleine Familie so anders war als der Rest der Welt.

„Gott, hast du jemals daran gedacht, meinen Emotionen etwas Privatsphäre zu geben? Ich muss nicht alles mit dir teilen, weißt du", sagte Margaret mürrisch und drehte sich so, dass sie die Verletztheit in Fionas Augen nicht sehen konnte.

„Es tut mir leid. Du hast vermutlich ein Anrecht auf deine Privatsphäre", sagte Fiona steif und ging zurück zur Spüle mit einem Teller in der Hand. Margaret beobachtete die angespannten Schultern ihrer Mutter und fühlte sich schlecht. Sie hoffte, es wieder gut zu machen und seufzte.

„Was machst du heute? Brauchst du Hilfe?", fragte Margaret und lenkte die Unterhaltung absichtlich von Sean weg.

„Ja, ich muss ein paar Pflanzen und Moos aus der Bucht sammeln. Ein zweites Paar Hände dazu wäre toll", sagte Fiona.

„Klar, es ist ein schöner Tag, um da runter zu gehen. Ich zieh mich um", sagte Margaret schnell, ließ die halbgegessenen Haferflocken stehen und ging in ihr Schlafzimmer. Sie summte leise vor sich hin, als sie an morgen dachte und zog einen schlichten Badeanzug unter Shorts und einem lockeren T-Shirt an. Makeup war nicht nötig. Sie griff ein Strandtuch vom Haken hinter ihrer Tür und ging ins Wohnzimmer.

Fiona stand an der Tür in ihrer typischen Garderobe fürs Pflanzensammeln. Knielange Khakishorts, ein weites Herrenhemd und ein Hut mit breitem Rand waren gut fürs Wandern. Sie gab Margaret einen Jutesack, der kleinere Netztaschen, Schnur und Schere beherbergte. Margaret hängte sich die Tasche über ihre Schulter und beide Frauen zogen abgenutzte Wanderstiefel an.

Margaret verließ das Haus und atmete tief die Meeres-
luft ein, die im Sonnenschein über ihr Gesicht wehte.
Wortlos folgten die beiden Frauen einem ausgetretenen
Pfad über die grünen Hügel, bis er abrupt am Rand einer
steilen Klippe endete. Hinter der Klippe verschmolz
Wasser, so blau wie der Himmel, mit dem Horizont. Es
war so malerisch, wie es in Irland nur sein konnte und
Margaret wunderte sich oft, warum nicht mehr Leute ihre
Ferienhäuser an dieser Küste bauten.

In kurzer Zeit kamen Margaret und Fiona zum Ende
des Pfads, der am oberen Ende eines Wegs aufhörte, der zu
Grace's Cove führte. Margaret stand einen Moment am
Rand, während Fiona in der Nähe eine Handvoll Blumen
sammelte. Ihre Mutter machte das immer, dachte Margaret.
So eine Art merkwürdiges Gabenritual. Seufzend drehte
sie Fiona ihren Rücken zu und blickte auf die Mitte der
Bucht.

Die Bucht war ein perfekter Halbkreis aus Wasser,
umringt von hochragenden Kliffen, die die Sicht auf den
langen Strand versperrten. Die Kliffe beschützten einen
privaten und einzigartig perfekten Strand. An den Ufern
der Bucht hätten eigentlich hunderte von Leuten sein
sollen, die mit ihren Kindern im flachen Wasser spielten
und am Strand Picknick machten. Und doch war der lange
Sandstreifen leer. Margaret wusste, dass der Grund dafür
die Gerüchte waren, dass die Bucht verwünscht war.

Margaret fröstelte, als sie das Summen einer Kraft auf
ihrer Haut fühlte und sich daran erinnerte, dass ihre Mutter
darauf bestand, dass Grace O'Malley hier ruhte. Es war
immer so, wenn sie zur Bucht kam. Es war, als ob die Luft
hier schwerer war. Wenn Margaret in der Bucht war, fühlte

sie sich sensibilisiert, lebendig und...richtig. Deswegen kam sie nie allein her. Margaret hatte Angst, dass sie dem Ruf der Sirene folgen und wie besessen ins tiefe Wasser schwimmen würde.

„Bist du soweit?", fragte Fiona hinter ihr und Margaret zuckte zusammen und sah zu ihrer Mutter.

„Ja."

Zusammen navigierten sie den Pfad, der im Zickzack die Felswand herunterging, bevor er am Strand endete. Margaret kämpfte mit der Welle von Schwindel, die sie immer überkam, wenn sie sich ihren Weg an den steinigen Wänden herunter wand. Es war, als ob alle ihre vorsichtig errichteten Barrieren in der Bucht von ihr fielen. Sie konnte regelrecht alles fühlen, vom pulsierenden Wasser zur summenden Sonne. Es war fast hypnotisch und Margaret musste immer damit kämpfen, einen kühlen Kopf zu bewahren.

Sie hielt am Fuß des Pfads an und bückte sich, um ihre Stiefel auszuziehen, während Fiona mit ihrem Ritual begann.

Jedes Mal, ohne Ausnahme, dachte Margaret, als sie ihre Mutter beobachtete, die mit einem Zweig, den sie auf dem Weg mitgenommen hatte, einen Kreis in den Sand zog. Seufzend trat sie mit ihrer Mutter in den Kreis.

„Wir bitten dich um deinen Schutz, während wir heute in der Bucht sind. Wir kommen mit reinen Absichten und nichts als dem höchsten Respekt für die, die hier ruhen", sagte Fiona, bevor sie die Blumen, die sie in ihrer Hand hielt, in die Luft warf. Margaret sah zu, wie sie mitten in der Luft auseinanderfielen und sich über dem Wasser verteilten. Die Wellen schienen hochzukommen und sie zu schlucken und Margaret zitterte.

„Ist jetzt alles gut?", fragte Margaret ihre Mutter sarkastisch.

Fiona sah sie nur mit erhobener Augenbraue an und nickte.

„Das musst du immer machen, wenn du hierher kommst, Margaret. Ich weiß, dass du denkst, das ist lächerlich, aber hier sind schon Menschen gestorben."

Margaret seufzte. Sie wusste, dass hier Menschen umgekommen waren. Aber sie vermutete, dass es mehr mit den starken Strömungen zu tun hatte, die am Grund der Bucht entlangliefen, als mit irgendeiner geheimnisvollen Kraft, die Leute nach unten zog. Achselzuckend nickte Margaret ihrer Mutter zustimmend zu, bevor sie über den Sand zum ersten Flutbecken ging, in dem ihre Mutter immer Seetang sammelte.

Sie fielen in ihren Rhythmus und arbeiteten fast eine Stunde zusammen. Fiona schwatzte fröhlich, während sie zum hundertsten Mal den Nutzen der verschiedenen Pflanzen, die sie sammelten, wiederholte. Margaret wusste, dass Fiona hoffte, dass sie eines Tages ein Interesse an ihrer Tätigkeit nehmen würde. Und Margaret vermutete auch, dass sie Fionas Herz brechen würde, wenn sie nach Dublin ging. Ein Teil von ihr schmerzte jetzt schon für Fiona. Sie liebte ihre Mutter, aber sie waren einfach zu verschieden. Margaret wollte ein normales anständiges Leben.

Versunken in Träume über ihre neue Karriere im Immobilienmarkt, steckte Margaret ihre Füße ins Wasser und beobachtete, wie die Wellen Sand über ihre Zehen schob. Sie fühlte sich so klein hier, umringt von den Klif-

fen, versteckt von der Welt. Wenn sie es sich selbst einge-
stand, wusste sie, dass sie ein Stück von sich in Grace's
Cove hinterlassen würde. Egal was passierte, dieser Ort
würde sie immer anziehen.

Fast liebevoll warf sie einen sanften Kuss zum Wasser
und ging zu Fiona, die in der Nähe des Pfads stand.

Sie warf spontan einen Arm um Fionas Schultern und
küsste ihre Wange. Es gab keinen Grund, diese Zeit mit
ihrer Mutter nicht zu genießen, da sie sowieso bald ging.
Fiona sah sie überrascht an und lächelte dann erfreut.
Zusammen redeten sie über den Dorfklatsch, den Margaret
im Café aufgeschnappt hatte, als sie sich auf den Weg aus
der Bucht heraus machten. Der Klang der Wellen, die
gegen die Felsenwände der Kliffe krachten, wurde hinter
ihnen langsam leiser und verschwand allmählich.

Als sie wieder am Haus angekommen waren, konnte
Margaret durch die offenen Fenster das Telefon klingeln
hören. Fiona fing an zu joggen und stürmte durch die Tür
des Wohnraums zur Ecke, in der das Telefon stand.

„Hallo?", sagte Fiona, als sie sich an die Lehne des
Schaukelstuhls lehnte, der neben dem Telefon stand.
Margaret beobachtete sie, während sie den Riemen der
Leinentasche über ihre Schulter zog und sie auf den Tisch
legte. Sie hörte Fiona zu, als sie die kleinen Täschchen
herauszog und auf das glatte Holz des Tischs legte. Fiona
würde sie später zu ihrem Trockenbrett bringen.

„Was stimmt nicht? Lungenentzündung? Im Sommer?
Warum hast du mich nicht früher angerufen?", sagte Fiona
streng, während sie den Anrufer mit Fragen bombardierte.

„Ja, wir sind gleich da", sagte Fiona und legte auf.

Margaret zuckte bei dem „wir" zusammen.

„Wir?"

„Ich möchte, dass du heute mit mir mitkommst. Ich glaube, dass du bereit bist zu lernen, wie ich heile", sagte Fiona kurzangebunden, während sie zu den Regalen mit den Flaschen ging. Margarets Herz schlug schneller und sie beobachtete Fiona für einen Moment.

„Em, ich weiß, wie du heilst. Mit deinen Salben und so. Brauchst du mich wirklich dabei?", sagte Margaret etwas quengelig.

Fiona drehte sich um und sah ihr in die Augen.

„Es ist Zeit", sagte sie einfach und Margaret fühlte, wie kalte Angst sie durchlief. Tief einatmend ermahnte Margaret sich selbst. Ihre Mutter bat sie um ihre Hilfe. Bald würde sie nicht mehr hier sein, um ihr zu helfen, also warum nicht jetzt?

Margaret war zu einem Entschluss gekommen und nickte. „Ja, ich gehe mit dir mit. Ich ziehe nur meinen Badeanzug aus."

Mit einem dankbaren Lächeln nickte Fiona und zog weiter Flaschen aus dem Regal.

„Wir gehen in zehn Minuten."

KAPITEL SIEBEN

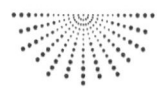

W enig später setzte sich Margaret auf den Beifahrersitz in Fionas dunkelgrünem Kombi. Sie sagte nichts, während Fiona das Auto aus der Einfahrt setzte und wartete, bis sie auf der kurvigen Straße waren, die sich an den Kliffen entlang wand und in den Hafen von Grace's Cove führte.

Margaret starrte über das Wasser und unterbrach die Stille.

„Wer ist krank?"

„Das Kind der Bradys, Ainsley. Sie ist knapp drei Jahre alt und anscheinend sehr krank. Ich wünschte nur, dass sie mich früher angerufen hätten", sagte Fiona geistesabwesend.

„Ist es schlimmer, wenn es ein Kind ist?", fragte sich Margaret laut.

„Ja, es ist immer schlimmer. Kinder verdienen eine Chance auf Leben", sagte Fiona.

Margaret hoffte, dass Fiona sich an diese Worte erinnern würde, wenn sie nach Dublin zog. Sie wollte diese Chance wahrnehmen.

„Also was machst du bei Lungenentzündung? Woher weißt du, was du machen musst?", fragte Margaret.

Fiona sah sie überrascht an. Margaret zeigte nie Interesse an Fionas Tätigkeit und sie konnte sehen, wie ein Ausdruck der Freude über das schöne Gesicht ihrer Mutter huschte. Schuldgefühl überkam Margaret. Vielleicht hätte sie nicht die ganze Zeit so egoistisch sein und sich mehr für die Arbeit ihrer Mutter interessieren sollen.

„Na ja, ich weiß es nicht wirklich, bis ich da bin. Ich muss es fühlen, muss spüren, was da vorgeht", sagte Fiona und Margaret merkte, wie Ärger durch sie ging. Sie hasste es, wenn Fiona ihre Gaben erwähnte, obwohl sie den Verdacht hatte, dass Fiona viel mehr davon hatte als sie.

„Also woher weißt du, welche Medizin du verabreichen musst?", sagte Margaret und steuerte die Unterhaltung absichtlich von ihren emphatischen Kräften weg.

„Ach, na ja, du kennst ja mein Buch. Da sind Heilmittel erwähnt, die über Generationen weitergegeben worden sind", sagte Fiona, während ihre Hände das Lenkrad fest umklammerten. Margaret wusste, dass ihre vorsichtige Mutter versuchte, schnell zu fahren, ohne sie in Gefahr zu bringen.

„Ja. Das Buch", fauchte Margaret zwischen ihren Zähnen. Fiona war ständig in diesem alten Lederbuch vergraben, das sie überall mitnahm. Abgesehen von Margaret war es das einzige, dem Fiona viel ihrer Zeit widmete. An vielen Abenden fand sie Fiona, wie sie im Buch kritzelte, während sich die flackernden Flammen des Feuers auf ihrem Gesicht widerspiegelten. Margaret war nicht sicher, ob sie das kostbare Buch ihrer Mutter hasste oder fürchtete. So oder so, Fiona hatte nie angeboten, es mit ihr zu teilen.

„Margaret, du bist keine Heilerin. Das Buch ist nicht für dich gedacht", sagte Fiona mit einem scharfen Unterton in ihrer Stimme. Überrascht über den Stahl hinter Fionas Worten versteifte sich Margaret, hob ihr Kinn und starrte aus dem Fenster, weg von ihrer Mutter.

Sie fuhren den Rest des Weges zum Dorfrand in Stille. Kurz bevor sie das Zentrum von Grace's Cove erreichten, bog Fiona scharf links ab und folgte einer engen einspurigen Straße einen großen Hügel hoch, bis sie in eine kiesbedeckte Einfahrt abbog. Ein paar Meter weiter war ein kleines Haus mit drei Zimmern. Steinmauern erhoben sich zu einem Strohdach und die Fensterläden standen offen, um die Meeresbrise hereinzulassen.

Eine kleine Frau öffnete die Tür und deutete ihnen an hereinzukommen. Ihr Gesicht war mit Schmutz überzogen und ihre Haare waren mit einem Tuch zurückgebunden. Margaret stieg aus dem Auto aus und eilte hinter Fiona in das Haus. Die Frau zeigte zum Hinterzimmer und Fiona ging hinein, ohne anzuklopfen. Margaret folgte Fiona in ein kleines Schlafzimmer und sah sich in dem dunklen Inneren um.

In der Ecke unter dem Dachvorsprung des Strohdachs stand ein Einzelbett. Durch ein schmuddeliges Fenster schien spärliches Licht auf das Bett. Margaret blieb zurück, als zwei Frauen, die über dem bewegungslosen Körper eines Kindes standen, sich umdrehten und zu Fiona eilten.

„Sie ist nah dran, sie kann kaum atmen. Bitte tu etwas,

irgendetwas", bat eine große Frau mit braunen Locken und traurigen Augen. Die andere Frau, vielleicht eine Schwester, zog sie von Fiona weg.

Margaret fühlte sich, als ob sie in eine Wand aus Angst und Trauer lief. Sie war so dick, dass sie unter dem Gewicht nach Atem ringen musste. Tief einatmend baute sie langsam ihre Schilder auf und schob die Emotionen von sich.

Margaret kam näher, als Fiona sie ansah und ihr andeutete, nach vorn zu kommen. Sie sah, dass Fiona Hilfe brauchte und reichte ihre Hand der Mutter des kranken Kindes.

„Hallo, ich bin Margaret. Kannst du mir ein bisschen erzählen, was passiert ist?"

„Meine kleine Ainsley ist schon eine Weile krank. Zuerst dachten wir, es ist einfach Husten. Aber er ist so voller Schleim, dass sie jetzt fast nicht mehr atmen kann. Wir...wir können es uns nicht leisten, sie ins Krankenhaus zu bringen." Die Mutter stieß die Worte stockend heraus und ergriff verzweifelt Margarets Hände.

„Okay, ich verstehe, wie verängstigst du sein musst. Lasst uns einfach mal etwas Platz machen, damit Fiona Ainsley untersuchen kann", sagte Margaret und zog die beiden Frauen vom Bett weg.

Margaret war nicht sicher, was sie erwartete. Sie wollte vorher noch nie mit Fiona zu einer Heilung gehen. Sie hatte genug Gerüchte über Fionas Heilungsprozesse gehört, dass sie davon weit wegbleiben wollte. Margaret hoffte inständig, dass das, was sie heute sehen würde, nur einfach Fionas gute Medizin am Werk wäre.

Anspannung ergriff ihren Körper und Margaret stand

stocksteif, ohne zu blinzeln, und beobachtete, wie Fiona
sich über das kleine Mädchen lehnte. Ainsleys Körper war
mit einem dünnen weißen Laken bedeckt und sie war so
blass im Gesicht, dass ihre dunklen Zöpfe in starkem
Kontrast zu ihrer weißen Haut standen. Margaret verzog
ihre Miene beim Anblick des ausdruckslosen Gesichts des
Mädchens. Sie hoffte, dass Fionas Fähigkeiten halfen.

Fiona strich mit ihren Händen über den Körper des
kleinen Mädchens. Mit geschlossenen Augen führte sie
ihre Hände über den Körper, bis sie auf der Brust des
Mädchens landeten. Margaret hielt den Atem an, als sie
hörte, wie ihre Mutter dem Kind etwas zuflüsterte. Mit
einem kurzen Nicken nahm Fiona ihre Hände von ihr und
drehte sich zu ihrer Tasche.

„Ich brauche heißes Wasser und eine Schüssel", sagte
Fiona und die zwei Frauen rannten aus dem Zimmer. Fiona
drehte sich zu Margaret um und winkte sie näher heran.
Sie zog ihr Buch heraus und blätterte, bis sie fand, was sie
suchte.

„Nimm die Meeresalgen heraus, die wir heute aus der
Bucht geholt haben und vermisch sie mit den Senfsamen,
Knoblauch und einem kleinen bisschen von dem Moos aus
der Bucht." Fiona erteilte Befehle und Margaret sprang
und tat, was sie verlangte. Sie behielt ihre Fragen für sich.
Sie beobachtete Fiona, wie sie einen kleinen Mörser und
Stößel aus ihrer Tasche zog und anfing, die Zutaten zu
einem Mus zu zerstoßen. Fiona hielt kurz inne, nahm ihr
Buch wieder zu Rat und nahm noch ein paar unerkennt-
liche Zutaten aus Gläsern in ihrer Tasche. Sie flüsterte vor
sich hin und rührte weiter im Uhrzeigersinn.

Die Frauen kamen mit einer dampfenden Teekanne und

einer kleinen Schale zurück. Fiona nickte als Danksagung. Sie stellte sie auf einen Beistelltisch und goss das dampfende Wasser in die Schüssel. Murmelnd hielt Fiona ihre Mixtur über die Schale, ließ sie dann ins heiße Wasser fallen und rührte, bis es schlammig und braun aussah. Sie nahm einen Löffel aus ihrer Tasche und probierte das Gebräu. Nickend hielt sie die Schale an ihre Lippen und blies darauf, um es abzukühlen.

„Ainsley, du musst das trinken", sagte Fiona leise zu dem Mädchen. Margarets Herz zog sich zusammen, als das Mädchen seine Augen aufmachte und Fiona ansah. Ein kaum ersichtliches Nicken kam von dem kranken Mädchen und Fiona beugte sich über sie.

Ainsley prustete, als sie versuchte, die Brühe zu trinken. Fiona legte eine Hand auf ihre Kehle und flüsterte ihr zu. Bald war Ainsley in der Lage, die ganze Brühe ohne husten zu schlucken.

Margaret legte ihren Kopf schräg und schielte Fiona an. Was war hier gerade passiert? Wie hatte Fiona Ainsley davon abgehalten zu husten, während sie die Brühe trank? Margaret wusste, dass man bei Lungenentzündung fast nicht schlucken konnte und war verwirrt.

„Gut gemacht, Ainsley. Jetzt möchte ich, dass du deine Augen zumachst und dir vorstellst, wie du im Garten herumläufst und dein Lieblingsspiel spielst. Kannst du das für mich tun?"

Margaret fühlte, wie ihr die Tränen in die Augen stiegen, als sie auf das tapfere kleine Mädchen blickte. Ein kleines Lächeln ging über Ainsleys Gesicht, als sie Fiona vertrauensvoll ansah. Margaret betete verzweifelt, dass Fionas Brühe gewirkt hatte.

Fiona kniete neben Ainsleys Bett. Verwirrt beobachtete Margaret, wie Fiona ihre Hände direkt auf die kleine Brust des Mädchens legte. Mit ihrem Kopf nach vorn zur Matratze geneigt sah Fiona aus wie in innigem Gebet.

Margarets Herz hämmerte in ihrer Brust. Sie konnte kaum atmen, als sie zusah, wie Fiona gegen das Laken murmelte. Wieder und wieder wiederholte Fiona Worte, die Margaret nicht hören konnte. Ihr Blick ging zu Ainsleys Gesicht, aber die Augen des Mädchens blieben geschlossen.

Margaret erschrak, als ein Blitz von...etwas an ihren Augen vorbeiging, und sie draußen einen lauten Knacks hörte. Die Frauen weinten und umarmten sich, während sie ihre Ave-Marias beteten.

Margaret stand wie erstarrt und war nicht in der Lage, ihren Blick von Ainsleys Gesicht zu nehmen. Sie konnte nicht atmen oder sich bewegen und suchte verzweifelt nach einem Anzeichen von irgendetwas. Ainsleys Wimpern flatterten über ihren Wangen. Margaret atmete aus, als sich das kleine Mädchen aufsetzte und wieder Farbe ins Gesicht bekam.

„Ich habe Hunger, Mama", sagte Ainsley in der niedlichsten Kleinmädchenstimme. Die Frauen rannten zu ihr und umringten sie am Bett, sie murmelten und gluckten über dem Mädchen.

Margaret stand still, während ihre Furcht und ihr Hass auf das Unnatürliche durch sie gingen. Sie wollte dieses Leben nicht. Sie wollte nicht anders sein. Was immer hier gerade passiert war, war jenseits der Grenzen selbst ihrer eigenen Fähigkeiten. Plötzlich schienen diese außerweltlichen Gaben wie eine Strafe.

Sie wich Fionas Blick aus und beeilte sich, ihre Materialien zusammenzusuchen. Margaret nickte den Frauen zu und rannte zum grünen Kombi, fast nicht in der Lage zu stehen. Sie warf ihre Sachen auf den Rücksitz und ging herum, um auf dem Rand der Stoßstange zu sitzen. Sie kreuzte ihre Arme über ihren Knien und kämpfte mit ihrer Atmung.

Was war das? Was war da gerade passiert? Ainsley war dem Tod nahe gewesen. Margaret war egal, wieviel Schlamm und Algen Fiona dem Mädchen in den Hals schob: es war nicht möglich, dass sie Ainsley nur mit ihrer Brühe geheilt hatte.

Somit blieb nur...Fionas Kraft. Margaret schüttelte ihren Kopf gegen die ansteigende Übelkeit, die ihre Kehle hochkam. Sie erinnerte sich an den Knacks, drehte ihren Kopf und schaute um das Auto herum. Ein Stück Holz – ein 5x10 Kantholz – lag zersplittert auf dem Boden. Margaret schluckte beim Gedanken an die Bedeutung des gebrochenen Bretts. Hatte Fiona das verursacht?

Margaret begann zu zittern, als ihr die Auswirkung dessen, was gerade passiert war, klar wurde. Ein Teil von ihr – ein sehr kleiner Teil von ihr – war begeistert, dass Fiona Ainsley gerettet hatte. Es war fantastisch anzusehen. Und trotzdem. Was in dem Schlafzimmer passiert war, widersetzte sich jeglicher Erklärung. Kein Wunder, dass die Leute über Fiona flüsterten. Alles machte jetzt Sinn.

„Margaret." Fionas Stimme war zittrig und Margaret drehte nur ihren Kopf, um ihre Mutter zu beobachten.

Fiona sah älter aus, ihr Gesicht angespannt vor Müdigkeit und etwas anderem. Margaret prüfte Fionas Emotionen. Angst. Ihre Mutter hatte Angst, realisierte Margaret überrascht. Sie hatte Fiona noch nie vorher ängstlich gesehen. Margaret sah für einen Moment auf ihre Hände, bevor sie antwortete.

„Lass uns fahren", flüsterte sie.

Fionas Gesicht war angespannt, aber sie sagte nichts und nickte. Sie hielt die Schlüssel hoch.

„Du musst fahren. Ich bin zu müde."

Margaret starrte ihre Mutter erstaunt an und merkte, dass sie sehr mitgenommen war von dem, was sie gerade getan hatte. Zitternd nahm sie die Schlüssel von Fiona und ging zur Fahrerseite herum.

Sie hielt inne und sah auf das kleine Haus, durch dessen Fenster Kinderlachen wehte. Noch vor wenigen Augenblicken war das Haus in Dunkelheit und Traurigkeit gehüllt gewesen, und jetzt schienen Erleichterung und Freude durch das Haus zu schweben. Margaret schüttelte ihren Kopf und stieg ins Auto. Wie konnte das schlecht sein, wenn das Ergebnis gut war? Verwirrt und aufgebracht ließ sie das Auto an und fuhr vorsichtig rückwärts aus der Einfahrt.

Auf dem Weg nach Hause sah sie Fiona endlich an.

„Was bist du?"

KAPITEL ACHT

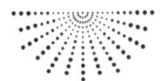

F iona seufzte und sah Margaret empört an.

"Ich bin vor allem deine Mutter. Sprich nicht so mit mir", sagte Fiona streng. Margaret schaute weiter auf die Straße, während sie im Kopf versuchte, alles zu verarbeiten.

"Bist du eine Hexe?", fragte Margaret unsicher.

Fiona lachte prustend und Margaret fühlte, wie sich ihre Wangen erhitzten, während sich ihre Mutter auf ihrem Sitz krümmte und tief aus dem Bauch heraus lachte.

"Oh, ich bin ja froh, dass du das so witzig findest", fauchte Margaret Fiona an. Sie erhöhte die Geschwindigkeit und wollte nur noch aus diesem Auto heraus, weg von Fiona und weg von dieser verrückten Stadt.

"Ich bin genauso wenig eine Hexe wie du", keuchte Fiona.

"Ich bin keine Hexe!", schrie Margaret und Fiona setze sich aufrecht hin und drehte sich, um ihre Hand auf Margarets Arm zu legen. Margaret riss ihren Arm weg und atmete schwer. „Ich bin normal. Ich will ein normales Leben, ich will nichts von all dem."

„Du kannst nicht ändern, wer du bist", sagte Fiona sanft, „oder was du bist."

Margaret fuhr das Auto in ihre Einfahrt und stieg sofort aus. Sie spürte, wie sich Schmerz in ihrem Herzen aufbaute; beim Umdrehen ließ sie ihre Wut an ihrer Mutter aus.

„Ich will dieses – dieses Leben nicht", sagte Margaret und schweifte mit ihren Händen über das Haus und zur Bucht. „Ich will nicht wissen, was andere Leute fühlen. Und ich will ganz bestimmt nicht meine Mutter beobachten, wie sie sprichwörtlich eine Krankheit mit ihren nackten Händen aus jemandem herausholt. Das – das ist mehr als verrückt. Wie soll ich so leben?", rief Margaret. Ihre Brust hob und senkte sich, als sie Fiona wild anstarrte.

Fiona stand still, während die Tirade ihrer Tochter auf stolze Schultern fiel.

„Ich habe dir gesagt, dass du besonders bist. Jahrelang habe ich versucht, dir zu zeigen, wie deine Gabe der Welt helfen kann. Ich habe entschieden, meine für Gutes zu nutzen. Ich kann nicht ändern, wer oder was ich bin, genauso wenig wie ich dich zwingen kann, dich selbst zu akzeptieren. Aber bis du es tust, wirst du niemals glücklich sein", sagte Fiona leidenschaftlich.

„Lügen. Alles Lügen", zischte Margaret und ging vor ihrer Mutter auf und ab. „Meine Gabe kann niemandem helfen. Und sie ist kein Geschenk. Sie ist eine Bürde. Ich brauche sie nicht."

Fiona beobachtete Margaret, wie sie hin- und herging, aber sagte nichts.

„Ich – ich verstehe, dass du da vorhin etwas Großartiges gemacht hast. Du hast ein Leben gerettet. Intellektuell verstehe ich, dass das der Familie sehr geholfen hat. Aber in meinem Herzen kann ich es einfach nicht hinnehmen", flüsterte Margaret und hielt ihre geballte Faust an ihr Herz. Sie sah Schmerz auf Fionas Gesicht und wünschte, dass sie irgendetwas tun könnte, um anders zu fühlen und in der Lage zu sein, es so zu akzeptieren.

„Na ja, ich glaube, dass das dein Problem ist, nicht meins", sagte Fiona steif und ging an Margaret vorbei. Mit ihrer Hand an der Haustür drehte sich Fiona um und sah Margaret von oben bis unten an. „Ich kann nur hoffen, dass du eines Tages aufhörst, vor dir selbst wegzulaufen."

„Ich muss nicht so sein, wie du es willst!!", rief Margaret.

Ein kleines Lächeln ging über Fionas Gesicht und sie schüttelte ihren Kopf über Margaret, bevor sie im Haus verschwand. Margaret sah sie gehen und fühlte sich sehr entfernt von dieser Frau, die sie Mutter nannte. Wer war diese Person? Wie war es möglich, dass sie mit ihren Händen heilen konnte? Es widersprach allen wissenschaftlichen Regeln.

Bis aufs Mark erschüttert sah Margaret auf ihre Hände. Sie sahen normal aus. Unschuldig. Wie konnte so etwas funktionieren? Sie betrachtete ihre Hände, die vor Emotion zitterten. Sie steckte sie in ihre Taschen und stolperte blind vor Tränen über das Feld, das zur Bucht führte. Ihr Atem stockte, während sie damit kämpfte zu verstehen, wie sich ihre ganze Welt in einem Augenblick verändert hatte.

Margaret kam an der Kante der Klippen, die die Bucht umringten, zu einem Halt. Sie starrte auf das friedliche

Wasser und versuchte, das Gefühl der Freude, das sie an dem Morgen gehabt hatte, wiederherzustellen. Stattdessen wuchsen ihre Angst und ihr Missmut. Sie blickte wütend auf die Bucht, hob ihre Hände und schrie das Wasser an.

„Warum? Warum ich? Ich will einfach nur ein normales Leben!"

Margaret ließ ihre Hände an ihrer Seite herunterhängen und blickte über ihre Schulter. Sie dachte, dass sie wahrscheinlich ein bisschen verrückt aussah. Margaret schaute auf das Wasser in der Bucht und suchte eine Veränderung, irgendein Zeichen, dass die Bucht sie gehört hatte.

„Ich bin hiermit durch. Verstehst du? Ich will damit nichts zu tun haben", drohte Margaret der Bucht. Das Wasser bewegte sich weiterhin sanft im Kontrast zu dem Sturm, der in ihrem Inneren tobte. Margaret schüttelte ihren Kopf. Worauf wartete sie? Dass Grace O'Malley aus dem Wasser stieg und ihr sagte, dass alles gut werden würde?

Mit einem Seufzer drehte Margaret der Bucht ihren Rücken zu und schwor, dass es das letzte Mal wäre. Morgen würde sie für Dublin packen. Sie würde vor Sean gehen und einen Job finden und eine Wohnung und ein neues Leben anfangen. Entschlossenheit erfüllte sie und Margaret ging zum Haus, bereit, die Bindungen zur Bucht und Fionas Erwartungen abzuwerfen.

KAPITEL NEUN

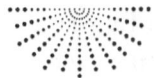

Am nächsten Morgen blieb Margaret absichtlich lange im Bett. Sie drehte sich herum und vergrub ihren Kopf unter der Decke, bis sie hörte, wie Fiona das Haus verließ. Eine Nacht voller Träumen von Magie und heilenden Händen hatte ihre Absicht zu fliehen nur noch verstärkt. Sie stand auf und lehnte sich über ihr Bett, um aus dem Fenster zu sehen. Fionas Auto war weg und Margaret atmete erleichtert aus. Ihre Emotionen waren zu verwirrt – zu aufgewühlt – als dass sie jetzt Diskussionen mit Fiona haben könnte. Es war, als hätte sie eine Wegkreuzung erreicht und ihr war nicht klar, welche Richtung sie nehmen sollte. Sie wusste nur, dass sie den nächsten großen Schritt in ihrem Leben tun musste.

Dankbar, dass sie nur eine kurze Nachmittagsschicht im Café hatte, ging Margaret in die Küche, um sich eine Tasse Tee einzuschenken. Margaret fand frischgebackene Scones auf dem Tisch und lächelte. Irgendwie wusste Fiona immer, wie sie sie besänftigen konnte, sogar dann, wenn sie auf Fiona selbst wütend war. Margaret schnappte sich einen Scone und nahm ihn und ihre Teetasse mit in ihr Zimmer.

Sie stand in dem kleinen Raum, drehte sich um und schaute auf die Jahre ihres Lebens, angesammelt in Postern, Zeichnungen, Bildern und verschiedenem Nippes. Sie durchquerte das Zimmer und starrte auf ihr Lieblingsfoto von ihr und Fiona. Es war aufgenommen worden, als die Sonne gerade anfing unterzugehen und das Licht wärmte ihre lachenden Gesichter. Sie standen zusammen mit dem weiten Ozean hinter ihnen, glichen sich wie ein Ei dem anderen und lachten über einen privaten Witz. Margaret fühlte ein Ziehen in ihrem Herzen für Fiona und das, was sie hinter sich lassen würde. Überzeugt davon, dass sie dazu berechtigt war, nahm Margaret das Bild von der Wand und legte es umgedreht auf ihre Kommode. Sie ging zu ihrem Kleiderschrank und begann, ihre Klamotten zu sortieren.

Sie seufzte, als sie die Mischung von Farben und Materialien betrachtete. Sie hatte immer gewollt, was gerade in Mode war, das Neueste und das Beste, aber es war schwierig im kleinen Grace's Cove, den letzten Schrei zu finden. Summend begann Margaret, durch ihre Kleidung zu gehen. Sie würde nur behalten, was ihrer Ansicht nach in einer Großstadt wie Dublin am besten aussehen würde. Sie konnte sich schon all die Kleiderläden vorstellen, die sie aufsuchen könnte, wenn sie ihre neue Karriere etabliert hatte. Margaret träumte von ihrem neuen Leben und vergaß darüber fast ihren aktuellen Job.

Sie schnappte nach Luft, als sie merkte, dass sie zu spät zur Arbeit kommen würde, wenn sie sich nicht sputete. Nach einer schnellen Dusche zog sie ein dunkelblaues Sommerkleid an, das bis kurz unter ihre Knie ging. Sie flocht ihre Haare, steckte sie hinter ihre Ohren und zog lange Silberohrringe an. Margaret schnappte sich ihre Tasche und rannte fast aus dem Haus zu ihrem Auto. Sie war noch nicht in Dublin, ermahnte Margaret sich selbst. Es wäre nicht gut, wenn sie jetzt, wo sie so nah daran war zu gehen, in der Arbeit Ärger bekommen würde. Sie würde alles Geld, das sie verdienen konnte, für ihre Umzugskosten brauchen.

Margaret fühlte sich unerwarteterweise sehr befreit nach dem harten Tag gestern und sang aus voller Kehle auf dem Weg in die Stadt. Als sie einen Parkplatz direkt neben ihrer Arbeit ergattern konnte, sah sie das als gutes Zeichen für den Tag. Ein Hauch von Vorfreude raste durch sie, als sie darüber nachdachte, dass sie Sean heute Abend sehen würde. Sie konnte es nicht erwarten, ihm zu sagen, dass sie bereit war umzuziehen.

Margaret trat in das Café und winkte ein paar Stammgästen zu, bevor sie nach hinten ging, um ihre Handtasche abzulegen. Sarah stand an der Theke und arrangierte Scones auf einer Platte.

„Die sind für dich", sagte Sarah und zeigte zum Hinterzimmer.

Margaret drehte sich um und sah eine Vase voller weißer Rosen. Voller Freude rannte sie, um die Karte aus den milchweißen Blüten zu pflücken. Für einen Moment hielt sie inne, um die Blüten zu streicheln. Sie liebte die Eleganz von weißen Rosen. Rote Rosen waren so ein Cliché. Aber weiße, das war, als ob Sean sie schon kannte. Lächelnd öffnete sie den Umschlag.

„Ich habe keine raffinierten Worte für dich. Ich habe

*nicht geschlafen, weil ich an heute Abend denke. Du
erleuchtest mich.*"

Margaret lachte und drückte die Karte für einen
Moment an ihre Brust.

„Das ist genug, Turteltaube. Beweg dich", sagte Sarah
mürrisch und deutete zu den Kunden, die gerade hereinge-
kommen waren. Margaret streckte Sarah die Zunge heraus,
als sie ihr den Rücken drehte, sich ihre Schürze umband
und ging, um die Kunden zu begrüßen.

Der Tag verflog in einem Wirbelwind aus Kunden
bedienen und Tagträumen. Margaret wusste, dass sie ihren
Kopf in den Wolken hatte, nachdem sie zum vierten Mal
eine Bestellung durcheinanderbrachte. Sie entschuldigte
sich mit einem Lachen und beäugte die Uhr. Der Feierabend war nur noch Momente entfernt. Margaret komplimentierte die letzten ihrer Kunden heraus und rief Sarah
großzügig zu: „Du kannst gehen, wenn du willst. Tut mir
leid, dass ich heute so durcheinander war. Ich räume auf."

Sarah hielt überrascht inne. Sie nickte Margaret
dankend zu und verschwand ohne weitere Ermutigung
durch die Hintertür. Margaret zuckte mit den Achseln und
ging zur Ladentür, um sie abzuschließen. Das würde ihr
Zeit geben, sich umzuziehen und ihr Makeup aufzulegen.
Sie erschrak, als die Tür aufging.

„Sean!"

Margarets Hände flatterten vor ihr und sie war sicher,
dass ihre Wangen knallrot waren. Sie nahm die Details
seines Gesichts auf und die Art, wie seine Gegenwart den
Raum füllte. Sean blickte sich um, sah, dass das Café leer
war und ging direkt auf Margaret zu.

Wortlos zog er Margaret in seine Arme und bedeckte

ihre Lippen mit dem sanftesten Kuss. Margaret seufzte in seinen Mund und ließ ihren Körper mit der Hitze und Härte seines Körpers verschmelzen. Es war, als ob der gestrige Tag von ihr abfiel und nur dies wichtig war. Sie stolperte etwas, als Sean den Kuss abbrach und zurücktrat.

„Kannst du hier weg? Ich habe eine Überraschung für dich", fragte Sean, seine braunen Augen voller Eifer.

„Ja, klar, ich muss mich nur umziehen."

„Nein, du siehst perfekt aus. Fantastisch. Bleib so, ich mag dieses Kleid", sagte Sean mit Bewunderung in seiner Stimme, als er sie von oben bis unten ansah.

Margaret glättete das Kleid über ihrem Körper und lächelte ihn an. „Aber ich habe darin gearbeitet. Ich muss schrecklich aussehen."

„Nein. Du siehst schön aus. Kommst du?"

„Okay, ich muss nur noch ein paar Sachen erledigen", sagte Margaret mit einem Blick auf das Geschirr.

„Ich helfe dir. Was kann ich tun?"

„Em, das dreckige Geschirr spülen. Ich zähle das Geld", sagte Margaret und lächelte, als Sean sofort in die Küche ging. Er sah dort sehr heimisch aus, als er das Geschirr abwusch, das sich tagsüber angesammelt hatte. Aber es schien, dass Sean selbstbewusst aussah, wo auch immer er war, dachte Margaret. Sie lächelte ihn an und beeilte sich mit dem Geschäftsschluss.

„Fertig", rief Sean aus der Küche.

„Ich auch", sagte Margaret atemlos, drehte sich um und fand Sean hinter sich. Sie schwor, dass sie seine Lust fühlen konnte, und sie zitterte bei dem Ausdruck eines Versprechens in seinen Augen. Sean ergriff ihre Hand und strich mit seinem Daumen über ihre Handfläche, was ein Kitzeln ihren Arm hochschickte.

„Lass uns gehen", sagte er und führte sie aus der Hintertür. Er wartete geduldig, während sie das Café abschloss und zog sie dann um die Ecke, wo sein verbeulter Pickup geparkt war.

„Ich weiß, dass es nicht das schickste Auto ist, aber es ist zuverlässig", sagte Sean und zuckte verlegen mit den Schultern, als er ihr in den Wagen half.

„Es ist perfekt", sagte Margaret glücklich. Sean hätte sie mit Pferd und Kutsche abholen können und es wäre ihr egal gewesen.

„Na ja, das würde ich vielleicht nicht sagen, aber es hat mir gute Dienste geleistet", sagte Sean, als er das Armaturenbrett tätschelte. Margaret stellte fest, dass es penibel ordentlich war und bewunderte, wie er sich um seinen Besitz kümmerte.

„Wie geht es dir? Wie war die Arbeit?", fragte Sean, als er den Wagen anließ und auf die Hauptstraße fuhr, die aus dem Dorf führte.

Margaret dachte an den gestrigen Tag und wünschte, dass sie Sean erzählen könnte, wie es wirklich in ihrem Leben aussah. Wissend, dass es ihn wahrscheinlich schreiend weglaufen lassen würde, lächelte sie ihn stattdessen an.

„Oh, du weißt schon, die Arbeit war wie immer", sagte sie leichthin. „Eine geheimnisvolle Vase mit Blumen hat es aber sehr verbessert."

Seans Wangen brannten rosa und Margaret lachte ihn an.

„Danke schön, sie waren perfekt."

„Sie haben mich an dich erinnert: elegant, perfekt, unberührt", sagte Sean rau und Margaret sah in an. Wusste er, dass sie noch Jungfrau war? Es rutschte ihr fast heraus, aber sie beschloss zu warten und zu sehen, wie ihr Abend verlief, bevor sie ernsthafte Themen ansprach.

„Oh, ich habe sie geliebt. Ich muss sie mitnehmen, wenn du mich nachher zu meinem Auto zurückbringst", sagte Margaret. Sie sah auf die Straße, auf der sie fuhren. Es war die gleiche Strecke, die sie nahm, um nach Hause zu kommen.

„Wohin fahren wir?"

Sean lächelte nur und legte einen Finger auf ihre Lippen. „Das wirst du schon sehen."

Margaret zitterte bei seiner Berührung und der rauen Stimme. Sie lächelte ihn an und versuchte, entspannt zu wirken. Sie ließ ihre Schilder herunter und seine Gefühle über sie fließen. Lust, Liebe und ein gesundes männliches Interesse verbanden sich und verursachten, dass Margaret sich fühlte, als würde sie von innen brennen. Sie war sich nie einer Person so sicher gewesen wie mit Sean. Es war egal, wohin er sie brachte; wenn er sie so liebte, wie sie es fühlen konnte, würde sie überall mit ihm hingehen.

KAPITEL ZEHN

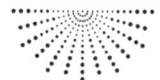

„Die Bucht?", quietschte Margaret mit Panik in der Brust. Sean war zu einer kleinen Schotterstraße gefahren, die etwa einen Kilometer von ihrem Haus entfernt war. Die Straße endete in einer Sackgasse an einer Seite der Kliffe, die zur Bucht führten.

„Cool, oder? Ich habe so viele verrückte Geschichten darüber gehört, aber war noch nie da. Ich dachte, es wäre ein toller Platz für ein Picknick", sagte Sean aufgeregt mit Abenteuerlust in seinen Augen. Margaret starrte ihn an, ihr Herz sank, während sie versuchte, sich eine gute Ausrede auszudenken, warum sie nicht zu genau dem Ort zurückgehen könnte, den sie letzte Nacht aus ihrem Leben verbannt hatte. Sie blieb auf ihrem Sitz und drehte ihren Kopf, um auf das Wasser zu sehen.

„Was hast du darüber gehört?", sagte Margaret vorsichtig und hielt ihren Blick auf die verschwommene Linie am Horizont gerichtet, wo Himmel und Wasser miteinander verschmolzen.

„Ich habe gehört, dass der Strand wunderschön ist, dass aber niemand hingeht, weil alle denken, dass er verflucht ist. Was lächerlich ist." Sean spottete über den Gedanken.

„Ist es das?", sagte Margaret und drehte ihren Kopf, um sein Gesicht zu beobachten.

Verwirrung huschte über Seans Gesicht und er sah sie mit zusammengekniffenen Augen an. „Du glaubst doch nicht, dass die Bucht wirklich verflucht ist, oder? Das ist verrückt."

Margaret zuckte mit ihrer Schulter. „Manchmal gibt es Dinge, die jeder Erklärung spotten."

„Auf keinen Fall. Ich bin als guter Katholik aufgewachsen. Verwünschungen gibt es nicht", sagte Sean bestimmt. Zögernd strich er mit einer Hand an ihrem Arm herunter. „Wir müssen nicht hingehen, wenn du Angst hast."

Margaret schloss für einen Moment ihre Augen und atmete tief ein. Sie wollte nicht mehr in Angst leben – Angst davor, anders zu sein, Angst davor, nie akzeptiert zu werden. Heute wollte sie den ersten Schritt in ihr neues Leben machen.

„Nein, das ist schon okay. Ich kann es nicht erwarten zu sehen, was du geplant hast." Margaret lächelte ihn an, während ihr Herz in ihrer Brust hämmerte. Ein erleichterter Ausdruck ging über Seans Gesicht und er sprang aus dem Wagen und rannte zur anderen Seite, um ihre Tür zu öffnen und ihr beim Aussteigen zu helfen. Er schwatzte über das schöne Wetter, während er zur Ladefläche ging, einen Picknickkorb und eine karierte Decke herauszog und ihr andeutete, mit ihm zu kommen. Zusammen gingen sie über das Feld, bevor sie den Anfang des Pfads oben auf dem Kliff erreichten.

„Oh Mann. Das ist atemberaubend", flüsterte Sean. Margaret nickte und versuchte, es aus seiner Sicht zu schätzen.

„Warum ist dieser Strand nicht voller Leute? Ich kann gar nicht glauben, dass niemand hierherkommt", sagte Sean, während sein Blick über den langen Sandstrand ging, der zwischen den Kliffen versteckt war.

„Naja, du weißt doch, Leute in einer Kleinstadt sind abergläubisch", sagte Margaret leise.

„Ich habe nicht gewusst, dass es so steil ist. Schaffst du es da runter?"

Margaret verkniff sich ihre ursprüngliche Antwort, nämlich ihm zu sagen, dass sie diese Kliffe erklomm, seit sie ein Kind war. Stattdessen lächelte sie ihn an. „Das geht schon. Nur gut, dass ich heute meine flachen Schuhe angezogen habe."

Sean sah verlegen auf ihre Schuhe. „Ja, daran hätte ich denken sollen. Ich habe nicht damit gerechnet, dass es so eine Kletterpartie ist."

„Das ist schon okay. Wirklich", sagte Margaret sanft.

Sie begannen herunterzuklettern. Sean ging vorweg und warnte sie vor Kurven oder Unebenheiten im Pfad. Margaret hätte den Weg blind gehen können, so gut kannte sie ihn, aber sie wollte seine Begeisterung nicht dämpfen und hielt ihren Mund. Ihre Gedanken rasten durch ihren Kopf, während sie versuchte, einen Weg zu finden, Fionas Schutzkreis zu errichten, bevor sie die Bucht betraten. Wenn sie Fiona etwas glaubte, dann dass man nicht in die Bucht gehen sollte, ohne eine Gabe anzubieten. Mit dem

Hintergedanken sammelte Margaret auf dem Weg zum Strand Blumen. Sobald sie unten ankamen, ergriff sie Seans Hand, bevor er auf den Sand treten konnte.

„Also, die Leute hier haben die Angewohnheit, etwas zu tun...bevor sie sagen, dass sie sich am Strand aufhalten können", sagte Margaret vorsichtig.

Sean sah sie mit erhobener Augenbraue an. „Oh wirklich? So eine Art Voodootanz?"

„So etwas ähnliches. Wir machen es auch mal, nur für alle Fälle, okay?"

Margaret schenkte ihm ihr strahlendstes Lächeln in der Hoffnung, ihn mit ihrem Charme zu überzeugen.

„Alles, was du willst", sagte Sean vorsichtig, verloren in ihren Augen.

Margaret atmete aus und nickte.

„Okay, also das funktioniert ungefähr so", sagte sie, zog ihre Schuhe aus und trat auf den Sand. Sie zeichnete schnell einen weiten Kreis mit ihrem großen Zeh, während Sean sie mit erhobener Augenbraue beobachtete. Sie winkte ihn in den Kreis und er trat wortlos hinein.

Obwohl sie das Gelübde auswendig konnte, stellte Margaret sich dumm.

„Also, ich glaube, es geht so. Hallo Bucht, wir sind nicht hier, um Schaden anzurichten oder etwas Schlimmes zu tun. Wir wollen nur ein bisschen Spaß haben. Hier sind ein paar Blumen für dich, weil wir dich respektieren." Margaret grinste Sean an und rollte mit ihren Augen, bevor sie die Blumen ins Wasser warf.

Sean lachte schallend auf. „Das ist das Lächerlichste, was ich je gesehen habe."

„Schon, oder?" Margaret spottete mit ihm, obwohl sie

das Wasser in der Bucht im Auge behielt. Sie spürte keine Änderung in den Wellen und deutete Sean an, aus dem Kreis zu treten.

„Lass uns essen, ich habe Hunger", sagte Margaret und wechselte schnell das Thema.

„Dann lass uns einen guten Platz suchen", sagte Sean eifrig und mit dem Korb in einer Hand nahm er ihre in seine andere. Margaret lächelte ihn an, als sie die Länge des Strands entlangliefen und hörte zu, wie Sean über die Schönheit des leeren Strandes und die atemberaubenden Felswände um sie herum schwärmte. Margaret versuchte, die Kraft, die sie hier fühlte, zu blockieren und sich nur auf Seans Freude zu konzentrieren.

Sean legte die karierte Decke auf ein höher gelegenes Stück Strand, das durch einen hervorstehenden Felsen geschützt war. Die untergehende Sonne hatte den Sand erwärmt und eine leichte Brise wehte. Sie lachte, als Sean mehrere kleine Petroleumfackeln herauszog, sie um die Decke herum aufstellte und einige Zeit brauchte, um sie im Wind anzuzünden.

„Komm, ich helfe dir", sagte Margaret und hielt ihre Hand um das Streichholz, während er jede Fackel anzündete.

„Ich hatte Angst, dass wir kein Licht haben würden. Vielleicht können wir später ein Feuer machen...obwohl es nicht aussieht, als ob hier viel Treibholz herumliegt, mit dem man das machen könnte."

Das Bild eines brennenden Scheiterhaufens, der im Wasser der Bucht schwamm, blitzte durch Margarets Gedanken und sie schnappte nach Luft und riss ihren Kopf herum.

„Was? Hast du etwas gehört?"

„Nein, tut mir leid, mir ist ein Insekt ins Gesicht geflogen", lachte Margaret. Sean nahm ihr Gesicht in seine Hand und untersuchte es.

„Nein, es ist immer noch perfekt", sagte er sanft und strich mit seinen Lippen über ihre. Ein Glücksgefühl durchlief Margaret und sie verdrängte die Gedanken an Grace O'Malleys letzte Nacht in der Bucht.

„Und, was hast du für mich gezaubert, oh mächtiger Koch?", neckte Margaret ihn und kniete auf der Decke neben dem Korb.

„Brot mit Erdnussbutter und Marmelade, natürlich", lachte Sean, als er belegte Brote aus einer kleinen Kühltasche zog, zusammen mit einem Stück Käse und einem Teller Obst. Er griff hinein, zog eine Flasche Rotwein heraus und präsentierte sie stolz. „Rotwein, da du neulich keinen bekommen hast."

Margarets Herz schmolz ein bisschen. „Danke, das sieht toll aus." Sie beobachtete Sean, wie er geduldig den Korken aus der Flasche zog. Sie wollte seine Hände auf ihr, nicht auf der Flasche. Röte kroch ihre Wangen hoch, als sie darüber nachdachte, wie ihr Körper auf ihn reagiert hatte. Als ob er ihre Gedanken spürte, warf er ihr einen Blick voller Lust zu. Margaret schluckte und dachte: Oh Mann.

Sean zog zwei Plastikbecher aus dem Korb. Er goss großzügig für sie beide ein und reichte ihr einen Becher über die Decke herüber. Er setzte sich neben sie und berührte den Rand ihres Bechers mit seinem.

„Auf uns", flüsterte Sean.

„Auf uns", sagte Margaret mit Liebe in ihren Augen.

Sie nahm einen Schluck vom Wein und ließ die Flüssigkeit auf ihrer Zunge warm werden. Sean beobachtete sie und stöhnte.

„Wir sollten was essen", sagte Sean und riss seinen Blick von ihren Lippen weg. Margaret lächelte vor sich hin, während Sean Teller mit Essen für sie beide füllte. Sie fühlte sich großartig in dieser Beziehung und Selbstvertrauen erfüllte sie wegen ihrer neu gefundenen Verführungskunst. Margaret beobachtete ihn, als sie eine Weintraube zwischen ihre Lippen schob und Sean stöhnte.

„Jetzt folterst du mich", protestierte Sean.

Margaret lachte unbeschwert und warf ihre Arme um Seans Hals, bevor sie ihm einen schnellen Kuss gab.

„Das macht Spaß, danke, dass du mich hergebracht hast", sagte Margaret gegen seinen Mund.

„Eh, es ist mir ein Vergnügen", sagte Sean verlegen und Margaret lehnte sich zurück, um auf das Wasser zu schauen und diesen Moment zu genießen. Sie würde nie wieder hier sein, dachte sie.

„Ich würde mit dir über etwas sprechen", sagte Margaret.

„Oh, das klingt aber ernst. Und worüber?", sagte Sean, seine Augen auf ihr Gesicht gerichtet.

„Ich möchte über Dublin reden. Hast du das ernst gemeint?" Margaret schob ihren großen Zeh in den Sand und betete, dass Sean immer noch das tun wollte, worüber sie geredet hatten.

„Ich meine das total ernst. Ich beende meine Ausbildung in ein paar Monaten und dann bin ich so weit", sagte Sean und biss von seinem Brot ab. Margaret nickte und sah auf die Furche, die ihr Zeh im Sand gegraben hatte.

„Was hältst du davon, wenn ich schon mal vorab gehe? In einer Woche oder so?" fragte Margaret.

„Du willst mich verlassen?" Sean starrte sie an.

„Nein, ich will von hier weg. Ich habe mein ganzes Leben hier verbracht. Ich bin damit durch. Es ist Zeit, mich weiterzuentwickeln. Ich habe Maklerfirmen in Dublin recherchiert und da gibt es eine richtig gute, von der meine Cousine in Boston weiß, dass sie auch ein Ausbildungsprogramm hat. Ich kann in irgendeinem Café kellnern, während ich daran arbeite, meine Lizenz zu bekommen", sagte Margaret in einem Schwall und wartete dann mit angehaltenem Atem.

„Wow, du willst wirklich weg von hier, hm?"

„Das tue ich wirklich."

„Kannst du nicht noch ein paar Monate warten?"

„Ich glaube nicht, dass ich das kann. Ich habe wirklich das Gefühl, dass es Zeit für mich ist zu gehen. Ich weiß nicht warum, aber ich träume immer wieder davon, dass ich packe und gehe. Es ist, als müsste ich es tun." Margaret zuckte mit den Achseln und fühlte sich dumm. Sean berührte ihren Arm.

„Nein, ich verstehe das schon. So ungefähr habe ich mich gefühlt, als ich diese Ausbildung anfing. Ich musste es einfach machen." Sean nickte sie an.

„Genau. Wir können uns bestimmt an den Wochen-enden sehen. Ich könnte...na ja...nach einer Wohnung suchen oder so", sagte Margaret schüchtern.

„Oh? Hast du mich gerade gefragt, ob ich mit dir leben möchte, Margaret O'Brien?" Sean sah sie mit erho-bener Augenbraue an, als er den Korb zwischen ihnen zur Seite schob. Margaret kicherte, als er ihr den Teller aus der Hand nahm und in den Sand warf. Sean kroch vorwärts, bis er zwischen ihren ausgestreckten Beinen kniete und seine Hände seitlich von ihr aufstützte. Margaret lehnte sich auf ihren Ellenbogen nach hinten und sah in Seans Gesicht. Liebe und Lachen strahlten aus ihrem Gesicht.

„Ja, das habe ich wohl", sagte Margaret frech und lachte Sean an.

„Na ja, wenn ich muss", sagte Sean und senkte sich auf Margaret, bis sie gegen die Decke gedrückt wurde, mit dem weichen Sand unter sich. Margaret wand sich unter dem Gefühl von Seans Körper zwischen ihren Beinen. Hemmungslos drückte sie sich gegen seine Brust und legte ihre Arme um seine muskulösen Schultern.

Sean hielt inne, seine Lippen eine Haaresbreite von ihren entfernt. „Ich weiß, dass das verrückt ist, aber ich wollte dich seit dem Moment, als ich dich gesehen habe. Es hat Monate gedauert, bis ich dich endlich ansprechen konnte."

Margaret verschmolz fast mit ihm. „Ich auch. Ich konnte nicht aufhören, dich anzusehen. Du warst so anders als die anderen Jungs, die ich getroffen habe."

„Red nicht über die anderen", bat Sean und Margaret stoppte seinen Kuss. Sie lehnte sich zurück und sah ihn an.

„Vor dir gab es niemanden", sagte Margaret leise und Seans Augen wurden größer.

„Noch besser. Du gehörst mir, ganz allein mir", flüsterte Sean ehrfürchtig und Margarets Herz schwoll an.

„Meinst du das? Meinst du das wirklich?", flüsterte Margaret gegen seine Lippen.

„Das tue ich. Du gehörst mir. Wir bauen uns in Dublin

ein neues Leben auf. Wir gegen die Welt, wunderbare Maggie", murmelte Sean ihr zu.

„Ich will dich, Sean. Ganz und gar, okay?", sagte Margaret. „Hör nicht auf. Ich möchte mit dir zur Frau werden."

Sean bebte in ihren Armen und nickte mit seinem Gesicht an ihrem Nacken.

„Ich fühle mich geehrt. Lass mich dich lieben, Margaret", sagte Sean, während er sich seinen Weg an ihrem Hals nach oben küsste, bis er ihre Lippen fand. Verloren in seinem Kuss stöhnte Margaret in seinen Mund, als er seine Lippen über ihre rieb. Spielerisch knabberte er an ihrer Unterlippe. Sie stöhnte, als er sanft an ihrer Lippe saugte, bevor er seine Zunge zwischen ihre Lippen gleiten ließ. Wie gebannt fühlte Margaret Hitze durch sie gehen, als sie miteinander spielten, sich neckten und sich Zeit ließen.

Margaret schnappte nach Luft, als Sean ihre Beine weiter auseinanderschob. Ihr Kleid schob sich zu ihren Hüften hoch und sie versuchte, nicht rot zu werden. Sean ließ von ihren Lippen ab und kniete zwischen ihren Beinen. Er zog am Saum ihres Kleids und sah sie fragend an.

„Ja", sagte Margaret atemlos.

Sie reckte sich, während Sean ihr das Kleid über den Kopf zog und die kühle Seeluft über ihre Haut wehte. Das letzte Licht der untergehenden Sonne wusch über sie und die Fackeln leuchteten um ihren Kopf herum. Margaret zitterte, als sie sich vor Sean in BH und Unterhose hinlegte und sah, wie er ihren Körper begutachtete.

„Oh Gott", flüsterte Sean und Margaret lachte.

„Gefällt es dir?" Sie lachte ihn an, obwohl sie

wünschte, dass sie hübschere Unterwäsche angezogen hätte. Ihre einfache Baumwollunterhose und ihr weißer BH waren nicht gerade sehr aufregend, auch wenn sie wusste, dass sie ihren BH gut ausfüllte.

„Ich will nie wieder hier weg", sagte Sean und beugte sich, um ihren Hals zu küssen und brachte seinen Mund zu ihrer Brust herunter. Margaret lachte und schob ihn weg.

„Em, du auch, mein Herr", sagte Margaret und zeigte auf seine Kleidung.

„Hm? Oh, klar", sagte Sean. In seiner Eile bewegte er sich unbeholfen und Margaret lachte, als er über seine Hose stolperte und damit kämpfte, sie über seine Beine zu ziehen. Sein Hemd flog hinterher und bald stand er nackt vor ihr. Margaret atmete tief ein. Sie hatte noch nie einen komplett nackten Mann im wirklichen Leben gesehen und der Anblick war berauschend. Sie wollte ihre Hände über seine Muskeln spielen lassen und langsam ihren Weg an seiner Brust herunter küssen. Es war sehr offensichtlich, dass er genauso erregt war wie sie. Margaret biss auf ihre Lippe und fragte sich, wie etwas so Großes mit ihrem Körper zusammenpassen würde.

„Gott, hör auf, an deiner Lippe zu knabbern. Du machst mich wahnsinnig", sagte Sean und kniete wieder zwischen ihren Beinen.

Margaret schnappte nach Luft, als seine Hände an ihren Seiten entlangglitten, bevor er nach hinten griff, um ihren BH aufzumachen. Margaret fühlte sich plötzlich sehr schamlos, schob den BH über ihre Schultern und warf ihn von sich weg. Sie hob ihre Beine an, zog ihre Unterhose aus und warf sie beiseite. Seans Zunge fiel fast aus seinem

Mund bei ihren Bewegungen und sie konnte nicht anders als wieder zu lachen.

Oh, wie sehr sie dies wollte. Liebe und Lachen und Normalität. Sie legte sich zurück, streckte ihre Arme zu Sean aus und winkte ihn näher.

Sean brauchte keine Einladung. Er stützte sich über ihr ab und küsste sich seinen Weg zu ihren Brüsten, wobei er den Plätzchen, bei denen sie hilflos stöhnte, besondere Aufmerksamkeit schenkte. Margaret zitterte, als er mit seinen Lippen über ihren Bauch strich, bevor er den richtigen Punkt im V zwischen ihren Beinen fand. Schockiert lehnte sie sich zurück in den Sand und starrte zu den Sternen, die aus dem dunkler werdenden Himmel lugten. Ihr Körper fühlte sich flüssig und lose an und Seans Mund auf ihr war ein Traum. Mit heruntergelassenen Schildern konnte Margaret nicht mehr länger definieren, wo ihre Gefühle aufhörten und Seans anfingen. Eine Welle von Liebe und Lust schien sie zu umhüllen und innerhalb von Augenblicken fühlte Margaret, wie sie gegen Seans Mund bebte, als er sie zum Höhepunkt brachte.

Sean kam hoch und stützte sich über ihr ab.

„Margaret, ich brauche dich, ich kann noch nicht mal mehr denken, so sehr will ich dich", flüsterte Sean und küsste sie heftig. Er lehnte sich zurück und sah ihr in die Augen.

„Ja, Sean, jetzt", sagte Margaret.

Sean stöhnte gegen ihren Mund und küsste sie sanft. Er murmelte Liebesworte, als er sie über die Schwelle zur Frau brachte. Margaret zuckte beim Eindringen, aber wurde schnell von der Lust mitgerissen, die durch sie ging. Unfähig zu denken, nur fähig zu fühlen, legte sie ihre

Arme um Sean, als er sie zum Abschluss brachte und kurz danach seinen eigenen fand.

Sean begrub sein Gesicht an ihrem Hals und Margaret hielt ihn dort fest. Sie wollte nicht, dass er sie jemals wieder verließ. Er fühlte sich so richtig an, als ob er ein Teil von ihr wäre. Margaret war so froh, dass sie darauf gewartet hatte. Es hätte nicht perfekter sein können. Tränen brannten in ihren Augen über die Schönheit des Geschenks, das sie gerade erhalten hatte. Sie konnte nicht anders und zitterte gegen Sean. Er lehnte sich zurück, um ihr in die Augen zu sehen.

„Warum weinst du? Habe ich dir weh getan?", sagte Sean mit sorgenvollem Blick.

„Nein, Gott, nein. Es war perfekt. Es ist nur, dass es so wundervoll war. So richtig. Danke", sagte Margaret gegen seine Lippen.

„Du und ich, liebe Maggie, du und ich", flüsterte Sean.

Maggie schloss ihre Augen und lehnte ihre Stirn an Seans. Ein Licht schien durch ihre Augenlider zu pulsieren und sie öffnete blinzelnd die Augen, weil sie dachte, es wäre die Flamme der Fackel. Sie schnappte nach Luft, als ein leuchtendes blaues Licht über ihnen schien.

„Was?", sagte Sean und sah sie an. Dann sah er das gleiche Licht wie sie und setzte sich zurück auf seine Knie.

„Was zum...?", sagte Sean und drehte sich, um auf das Wasser zu sehen.

Ein strahlend blaues Licht schoss aus der Tiefe des Wassers und erleuchtete die Felswände, die die Bucht umarmten und in den Nachthimmel ragten. Margarets Kinnlade fiel nach unten, als sie auf das Wasser starrte. Sie hatte so etwas noch nie gesehen oder davon gehört.

„Was zum Teufel, Margaret?", sagte Sean wütend und sah sie an. Margaret wurde klar, dass er dachte, dass sie wüsste, was passierte.

„Ich...ich weiß nicht. Ich weiß es nicht. Oh Gott, was geht hier vor?", rief Margaret, sprang auf und suchte nach ihren Klamotten im Sand. Sie ließ ihre Unterwäsche liegen, zog ihr Kleid über ihren Kopf und sah zu, wie Sean seine Hose anzog. Er nahm seine Schuhe, ließ den Korb stehen und Margaret musste rennen, um mit ihm Schritt zu halten. Voller Angst vor dem Wasser, vor dem Licht, vor dem, was da passierte, lief Margaret um ihr Leben.

Sie keuchten den Pfad hoch, ohne ein Wort zu sagen. Als sie fast oben waren, fröstelte Margaret innerlich. Sie konnte Seans Wut, seine Verwirrung und seine Verletztheit spüren. Ihr war klar, dass er meinte, dass sie wusste, was in der Bucht passierte. Mit vor Scham herunterhängendem Kopf ging sie die letzten paar Schritte nach oben, wo er stand und auf das leuchtende Wasser schaute. Je weiter sie sich entfernten, desto blasser war das Licht geworden.

„Findest du das witzig?", fauchte Sean. Seine Brust hob und senkte sich, während er nach Atem rang.

Margaret schüttelte ihren Kopf und streckte ihre Hand zu ihm aus, aber er trat zurück und wich ihr aus. „Das kleine Ding mit dem Kreis, was du da unten gemacht hast. Das ist etwas, was Hexen tun, richtig? Das ist alles Teil davon, oder? Ich habe gedacht, das sind verrückte Gerüchte. Aber das das ist es nicht. Es ist alles wahr. Du hast mich angelogen."

„Nein Sean, bitte. Ich habe nicht gelogen. Ich habe dir erzählt, dass ich komische Sachen über die Bucht gehört habe. Ich habe genauso Angst wie du. Ich habe keine

Ahnung, was das ist", flehte Margaret Sean an, damit er verstand. Er trat zurück und strich mit seinen Händen durch sein dunkles Haar. Sein Gesicht sah in dem blassen Mondlicht mörderisch aus.

„Ich kann das nicht. Ich kann damit einfach nicht umgehen. Das ist zu verworren. Es tut mir leid...ich muss los", sagte Sean, drehte sich um und rannte von ihr weg.

Margaret starrte ihm schockiert hinterher. Ihr Herz brach auf und zersplitterte in ihr. Der Mann, der gerade erklärt hatte, dass er sie liebte und mit ihr ein neues Leben beginnen wollte, war gerade weggerannt...von ihr weggerannt. Margaret sank auf ihre Knie, als ein Klageschrei ihre Ohren erreichte. Als sie merkte, dass er von ihr kam, bedeckte sie ihren Mund, während ihr Körper vor Schluchzen schüttelte. Margaret drehte sich anklagend zur Bucht und wollte schreien.

Das Licht war weg.

KAPITEL ELF

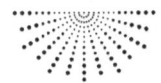

Momente, Minuten, Stunden später...stand Margaret auf und machte sich auf den Weg nach Hause. Sie hatte ihre Handtasche gegriffen, als sie zum Pfad gerannt war, aber der Rest ihrer Kleidung, der noch auf dem Strand lag, war ihr ziemlich egal. Der Kies pikste ihre Füße bei jedem Schritt, aber da sie den Weg auswendig kannte, ging Margaret aufs weichere Gras und über den Hügel, wo ihr Haus sein warmes Licht in die Nacht sendete.

Margaret versuchte, ihr Schluchzen einzudämmen, aber sie konnte wenig daran machen. Ihr Herz war in der Bucht zurückgeblieben.

Schwach schob sie die Tür zum Haus auf, ohne sich darum zu kümmern, sich zu säubern oder für ihre Mutter ein fröhliches Gesicht aufzulegen. Es war unmöglich, dass Fiona nicht wissen würde, was gerade passiert war.

„Margaret!", rief Fiona aus und sprang von ihrem Schaukelstuhl in der Nische auf, wo sie in ihrem Buch geschrieben hatte.

Das verdammte Buch, dachte Margaret. Sie hob eine Hand, um Fiona aufzuhalten.

„Bitte nicht", sagte Margaret.

„Aber...ist alles okay? Oh, Schatz, lass mich dir helfen", flüsterte Fiona.

Margaret schüttelte heftig ihren Kopf, obwohl ein Teil von ihr zu Fiona rennen und sich mit dem Kopf in ihrem Schoß zusammenrollte wollte.

„Es ist deine Schuld. Deine. Graces. Und die aller anderen Freaks wie ich", schrie Margaret und ergoss ihren Zorn über Fiona. Fiona schrak zurück, als ob Margaret sie geschlagen hatte und Margaret stürmte an ihr vorbei und knallte die Tür ihres Schlafzimmers hinter sich zu.

Sie sah blind auf die Berge von Klamotten, Überbleibsel ihrer glücklichen Träume früher am Tag. Margaret lachte bitter über sich selbst und trat gegen einen Kleiderberg, bevor sie ins Badezimmer ging. Sie zog den Duschvorhang auf, machte den Hahn auf und trat direkt in den kalten Wasserstrahl, mit Kleid und allem. Als das kalte Wasser über sie floss, schluckte Margaret ihr Schluchzen herunter und kämpfte damit, ihre Mauern wieder aufzubauen. Immer und immer wieder versuchte sie, ihren Schmerz einzudämmen, aber die Schluchzer durchbrachen immer wieder ihre Willenskraft. An die Wand gelehnt ließ sie sich vom Wasserstrahl bedecken.

Margaret zog ihr nasses Kleid über ihren Kopf, nahm die Seife und fing an, ihre Haut energisch abzurubbeln, als ob sie ihren Schmerz wegwaschen wollte. Ihre Hand hielt inne, als sie sich zwischen den Beinen berührte und dort eine Empfindlichkeit fühlte, die sie noch nie zuvor gespürt hatte. Margaret weinte noch mehr, als sie sich an diesen perfekten Moment erinnerte. Ihre Träume waren ihr in wenigen Augenblicken entrissen worden.

Margaret drehte das Wasser ab und wickelte ihre Haare in ein Handtuch, bevor sie ihre Arme in ihren Bademantel steckte. Sie schleppte sich in ihr Schlafzimmer und stoppte vor dem Teller mit Scones und dem heißen Tee, die an ihrem Bett standen. Ein Zettel war an die Teekanne gelehnt.

Auch dies wird vorbeigehen.

Plötzlich wütend nahm Margaret die Karte und zerriss sie.

Margaret machte das Licht aus, kroch ins Bett und starrte ausdruckslos auf die Balken über ihr.

Eines Tages würde sie hier wegkommen. Eines baldigen Tages, dachte sie, bevor Erschöpfung sie mit einem traumlosen Schlaf übermannte.

KAPITEL ZWÖLF

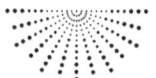

Die nächsten Tage vergingen wie in einem Grauschleier. Margaret redete so gut wie gar nicht mit Fiona und beschränkte sich in ihren Unterhaltungen auf die kürzesten Worte. Mehrmals merkte sie, wie Fiona sie besorgt ansah.

Margaret verschloss sich mehr als je zuvor. Ihr normalerweise freundliche Umgang mit ihren Kunden wurde durch mürrische kurze Sätze ersetzt. Selbst Sarah fing an, sie mit sorgenvollem Blick anzusehen.

„Ist alles okay, Margaret?", fragte Sarah schließlich eines Tages.

„Alles ist gut", sagte Margaret und schob sich an Sarah vorbei, um das Tablett mit Salzstreuern aufzufüllen.

„Na ja, es sieht so aus, als wärst du durcheinander", sagte Sarah vorsichtig und Margaret drehte sich um und sah ihr in die Augen.

„Ich habe gesagt, dass alles gut ist", sagte Margaret kalt und Sarah zuckte mit ihren Schultern und ließ sie in Ruhe.

In Ruhe. Das war alles, was sie wollte, in Ruhe gelassen werden. Sie brauchte weder Fionas bohrende Fragen noch die neugierigen Blicke ihrer Kunden. Margaret wusste, dass sie ein Wrack war. Und was machte es schon, wenn sie nicht ständig ein fröhliches Gesicht aufsetzen wollte? Das erste Mal in ihrem Leben aalte Margaret sich darin, gut und lange zu schmollen.

Ihr ganzes Leben hatte sich innerhalb weniger Tage verändert, schrie Margaret innerlich. Sie wünschte, sie könnte sich jemandem anvertrauen. Irgendjemand. Aber was würde sie sagen?

Oh, hey, meine Mutter kann mit ihren Händen heilen und ich habe meine Jungfräulichkeit neben einem verwünschten Wasser verloren, das geleuchtet hat...es hat mich in Angst und Schrecken versetzt und meinen zukünftigen Ehemann auch, oder jedenfalls dachte ich, dass er das war. Aber das ist okay, kein großes Drama, dachte Margaret.

Was ich brauche, ist, von hier wegkommen...

Ihre Gedanken gingen zu dem Brief, den sie vor zwei Tagen in die Post gegeben hatte. Er war an ihre ältere Cousine adressiert, die in Boston lebte. Vielleicht, nur vielleicht, gab es eine Chance für sie, dort drüben neu anzufangen.

„Ich gehe jetzt. Brauchst du Hilfe?", fragte Sarah zaghaft und Margaret winkte sie fort. Sie wollte keine Hilfe, nur etwas Privatsphäre.

Sie verrenkte ihren Hals und wartete, bis sie Sarah am Fenster vorbeigehen sah. Margaret ging ins Hinterzimmer, fiel auf den Stuhl vorm Schreibtisch und griff nach dem

Telefon. Sie zog ein Blatt Papier aus ihrer Tasche und wählte die Nummer, die darauf stand.

„Shannon Airport, wie kann ich helfen?"

„Em, ich hätte gern gewusst, wieviel ein Flug nach Boston kostet. Oh, und wie der Flugplan ist", sagte Margaret schüchtern.

„Dafür ist Reservierungen zuständig. Einen Moment, bitte", hallte die blecherne Stimme zurück.

Margaret hielt das Telefon ungeduldig und ihr Bleistift schwebte über dem Papier.

„Reservierungen."

„Wieviel kostet der Flug von Shannon nach Boston?"

„Hin und zurück oder One-Way?"

„One-Way", flüsterte Margaret.

„Wie bitte? Tut mir leid, ich konnte Sie nicht hören", sagte die Stimme am anderen Ende.

„Entschuldigung. One-Way, bitte", sagte Margaret brüsk.

„Wir haben einen Flug um 11 Uhr morgens, der alle zwei Tage von Shannon nach Boston geht. Der Flug kostet 360 Pfund."

Margaret schluckte. Das war fast genau der Betrag, den sie gespart hatte, um nach Dublin zu ziehen.

„Ah, danke. Kann ich ein Ticket an dem gleichen Tag kaufen oder muss ich jetzt reservieren?", fragte Margaret, unsicher, wie das funktionierte.

„Sie können an dem Tag ein Ticket kaufen. Diese Flüge sind selten voll."

„Danke", sagte Margaret leise und legte den Hörer zurück aufs Telefon.

Sie starrte blind auf das Papier, das sie mit ihrer

zitternden Hand umklammerte. Konnte sie das tun? Den Mut finden und nach Boston ziehen? Ein Teil von ihr rief ja. Und...ein sehr trauriger Teil von ihr, den sie versuchte zu unterdrücken, wollte hierbleiben. Jedes Mal, wenn sich die Tür des Cafés öffnete, sah sie hoch und Hoffnung blitzte für eine Millisekunde auf.

Sean hatte nicht angerufen. Er war nicht im Café oder bei ihr zu Hause vorbeigekommen. Sie war sogar zum Pub gegangen in der Hoffnung, ihm dort zu begegnen. Stattdessen verursachten ihr die fröhlichen Stimmen nur mehr Herzschmerz und sie zog sich schnell zu ihrem Auto zurück.

Dort verbrachte sie den größten Teil ihrer Zeit. Sie kampierte in ihrem Auto am Straßenrand und las Bücher über Immobilien, die sie sich aus der Stadtbücherei auslieh. Es war das Einzige, was sie im Moment verarbeiten konnte. Alles andere tat zu weh. Margaret vermied es sogar, am Hafen vorbeizufahren, aus Angst, dass sie Sean mit einem anderen Mädchen flirten sehen würde.

Während Margaret auf das Stück Papier in ihrer Hand starrte, versprach sie sich selbst, dass sie gehen würde, wenn ihre Cousine sich bei ihr meldete und Sean bis dahin nicht gekommen war, um sie zu sehen. Ihr Stolz erlaubte es ihr nicht, länger zu warten, ob der Mann seine Meinung änderte. Mit einem Nicken schob sie das Papier in ihre Tasche und zog ihr Immobilienbuch aus ihrer Tasche. Sie öffnete es an dem Kapitel, das sie zuletzt gelesen hatte. Innerhalb von wenigen Momenten war Margaret versunken und machte sich in einem kleinen Block Notizen. Ihre Zukunft schwebte um sie herum und wartete.

KAPITEL DREIZEHN

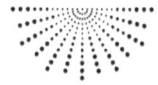

Dreieinhalb Wochen später schleppte Margaret sich aus dem Bett. Sie fühlte sich in der letzten Zeit permanent müde. *Und weinerlich*, dachte Margaret, *so weinerlich*. Nichts war so gelaufen, wie sie es erwartet hatte. Kein Wort von ihrer Cousine und kein Wort von Sean. Sie hatte ihn einmal kurz erblickt und sich hinter die Ecke eines Gebäudes geduckt, damit er sie nicht sah.

Margaret aß kaum und wusste, dass Fiona sehr um sie besorgt war. Sie erwartete ziemlich bald eine Einmischung von ihr.

Margaret zog ein langärmliges Oberteil über ihr T-Shirt und ihre Schlafanzughose, ging in die Küche und hielt abrupt an. Fiona saß am Tisch, eine Kanne Tee mit zwei Tassen und eine Papiertüte vor sich.

„Setz dich", sagte Fiona.

Stöhnend setzte Margaret sich hin. Bei diesem Ton gab es nichts zu diskutieren. Oder über die Tatsache, dass dies lange überfällig war. Margaret vermutete, dass es ihre Intervention sein würde. *Reiß dich zusammen und lass es hinter dir, mein Kind*, ahmte Margaret ihre Mutter in Gedanken nach.

„Ich mache mir Sorgen um dich", sagte Fiona sanft.

Margaret zuckte mit den Achseln, obwohl die sanften Worte ihrer Mutter ihr unerwartete Tränen in die Augen stiegen ließen.

„Es ist alles gut", sagte Margaret schlechtgelaunt und goss sich eine Tasse Tee ein.

„Es ist schwer für mich, hier zu sitzen und zu sehen, wie du hungerst. Es ist nicht gut für dich. Oder..." Fiona hörte auf zu reden. Margaret legte ihren Kopf schräg und sah ihre Mutter das erste Mal seit Wochen wirklich an. Fiona war nicht nur besorgt, dachte Margaret. Sie hatte Angst.

„Oder...was?", fragte Margaret. Margaret kannte Fionas Fähigkeit, Krankheiten zu spüren und ihr Herz verkrampfte sich.

„Bin ich krank? Richtig krank, und es ist nicht nur ein gebrochenes Herz?" fragte Margaret und knallte ihre Tasse auf den Tisch.

Fiona atmete aus und Margaret beobachtete, wie Fiona ihren Blick zur Decke richtete und ein kleines Gebet sprach. Verängstigt wartete sie, bis ihre Mutter sprach.

„Ah, also, das ist ein heikles Thema. Wann hattest du das letzte Mal deine Menstruation?", fragte Fiona leise.

„Meine Menstruation? Du meinst meine Periode? Ich habe..." Margaret gingen die Worte aus, als die Erkenntnis sie traf. Sie hatte ihre Periode etwa eine Woche vor der Nacht mit Sean gehabt. Und sie hatten nicht verhütet. Sie zählte die Tage zurück und merkte, wie ihr das Blut aus dem Gesicht wich, als ihr klar wurde, dass sie spät dran war. Ihr Mund stand offen, als sie Fiona ansah.

Fiona lächelte sie sanft an. „Einmal reicht, Schatz."

„Nein, nein, nein." Margaret schob sich vom Tisch zurück, als sie von Panik erfasst wurde. Schweiß perlte ihren Rücken herunter und sie schlug sich mit ihrer Faust wiederholt in die andere Hand.

Fiona beobachtete ihre Tochter einen Moment, bevor sie seufzte und die Tüte öffnete. Sie schob eine schwarz-weiße Schachtel über den Tisch zu Margaret, die sie entgeistert ansah.

„Was ist das?"

„Das ist ein Schwangerschaftstest. Die sollen ziemlich akkurat sein", sagte Fiona.

„Nein. Nein, das kann nicht sein", sagte Margaret und distanzierte sich von der Schachtel.

„Warum schaust du nicht erst, bevor du irgendwelche Schlussfolgerungen ziehst?", fragte Fiona.

Margaret drehte sich um und warf ihr einen bösen Blick zu. „Aber du weißt es doch, oder? Du kannst es sehen?" Margaret brachte es nicht über sich, es ein Baby zu nennen. Ein Baby! Ihr Kopf schwamm bei dem Gedanken.

Fiona nickte. „Ja, das kann ich. Aber du wirst es mir nie glauben, bis du es nicht selbst siehst. Also mach den Test.", Fiona zeigte auf die Schachtel.

Margaret starrte sie an. Ihre Zukunft in Boston verflüchtigte sich mit einer katastrophalen Geschwindigkeit.

„Also gut", sagte Margaret und nahm die Schachtel. Sie knallte ihre Schlafzimmertür hinter sich zu. Ihre Hand zitterte, als sie ins Badezimmer ging und die Packung auf die Ablage legte. Sie öffnete sie und las die Anweisungen. Das Papier zitterte vor ihrem Gesicht. Fluchend setzte sie sich, um den Test durchzuführen.

Die Minuten vergingen, während sie wartete. Margaret ging im Zimmer auf und ab und fühlte, wie Panik in ihr hochstieg und drohte, ihr die Luft zu nehmen. Die Tür ging einen Spalt auf, sie wirbelte herum und sah Fiona.

„Ich habe noch nicht nachgesehen", sagte Margaret ärgerlich.

Fiona nickte und deutete ihr an, das zu tun.

Mit geradem Rücken marschierte Margaret steif ins Badezimmer und sah auf das Stäbchen.

Positiv.

Ihr Herz fiel in ihren Magen und sie glitt zusammengerollt auf den Boden. Sie legte ihre Arme um die Beine, drückte ihr Gesicht an ihre Schlafanzughose und ließ die Tränen fließen. Sie zuckte leicht, als sich die Arme ihrer Mutter um sie legten.

„Sch, es wird alles gut. Das sind wahrscheinlich einfach die Hormone. Wir kümmern uns darum. Alles wird gut werden."

„Ein uneheliches Baby zu haben ist in diesem Land nicht gerade akzeptiert", schnaufte Margaret gegen ihre Beine. Gott, wenn sie dachte, sie würde wegen ihrer Gabe gemieden, konnte sie sich nur vorstellen, wie es mit ihrer Schwangerschaft sein würde.

Schwangerschaft. Sie war schwanger.

„Du musst es ihm natürlich sagen", sagte Fiona nüchtern. Margaret schaute sie voll Horror an.

„Das werde ich absolut nicht! Er hat mich verlassen", sagte Margaret.

„Ja, und jetzt hast du ein Baby, an das du denken musst. Er wird es auf die eine oder andere Art sowieso erfahren", sagte Fiona und stand auf. Sie streckte ihre Hände aus und Margaret ließ sich von ihr hochziehen.

„Ich hole dir etwas für den Magen. Ich will nicht, dass du das Baby mit deinem theatralischen Getue aufregst", sagte Fiona und verließ das Zimmer.

Margaret ging im Raum auf und ab. Ein Baby. Wie konnte das nur passieren? Sie schüttelte mit einem leisen Lachen ihren Kopf. Sie wusste, wie es passiert war. Es war im besten und schlimmsten Moment ihres Lebens gewesen.

Sie legte eine Hand auf ihren Bauch und fragte sich, ob sie ihr Baby fühlen konnte. Konnte sie wissen, dass da ein Baby war? Sie ließ ihre Schilder herunter und spürte in sich.

Margaret schnappte nach Luft, als aus ihrem Inneren ein kleiner Schimmer von Liebe und Licht nach ihr reichte.

Ihr Baby.

Ein unglaubliches Gefühl der Freude überkam sie. Sie konnte sich nicht bewegen, konnte nicht sprechen, sondern starrte nur erstaunt auf ihren Bauch.

Ihr Baby. Es gehörte nur ihr.

Ihre Gedanken überschlugen sich und Margaret straffte ihre Schultern und ging, um Fionas Heilmittel zu nehmen.

Ein weiterer Gedanke kam ihr, als ihre Hand nach der Tür griff.

Es war in der Bucht gezeugt worden.

Alle Töchter von Grace wurden mit einer Gabe bedacht. *Mit etwas Besonderem.*

Horror erfüllte Margaret bei dem Gedanken, dass ihre Tochter mit genau dem gleichen unnormalen Lebensstil aufwachsen würde, den sie durchleiden musste. Margaret rannte ins Wohnzimmer.

„Kannst du sehen, ob es ein Mädchen ist?", schrie Margaret Fiona fast an.

Fionas Hände verharrten an der Schüssel, in der sie Medizin mischte. Sie drehte sich und sah in Margarets Augen.

„Warum?"

„Warum? Warum! Weil sie dann anders wäre. Ein Freak!", kreischte Margaret ihre Mutter an und Fionas Gesicht wurde traurig.

„Wir sind keine Freaks. Wir sind etwas Besonderes", sagte Fiona.

„Ich habe ein Recht auf meine eigene Meinung", sagte Margaret trotzig.

„Ja, das hast du. Ja, es ist ein Mädchen", sagte Fiona mit steinerner Miene und knallte die Tasse mit Medizin vor ihrer Tochter auf den Tisch. Sie drehte sich und ging aus dem Haus während Margarets Blick ihr folgte.

Ein Mädchen.

„Oh nein, oh, es tut mir so leid", flüsterte Margaret der kleinen Lichtkugel in ihrem Bauch zu. „Ich werde dich beschützen. Ich werde dich von all dem hier wegbringen."

Margaret trank ihre Medizin und begann zu planen.

KAPITEL VIERZEHN

Am nächsten Tag wurde Margaret von einem Klopfen aufgeschreckt, als sie gerade einen Berg Kleidung sortierte. Sie fragte sich, was ihr davon in ein paar Wochen noch passen würde. Fiona war vor einer Weile aus dem Haus gegangen, vermutlich, um Kräuter für ihre Heilmittel zu sammeln, dachte Margaret auf dem Weg zur Haustür.

Sie öffnete die Tür, sah das Postauto und ihr Herz machte einen kleinen Hüpfer.

„Ein internationaler Brief für dich, Margaret", sagte der Postbote und gab ihr ein Papier zum Unterschreiben. Margarets Hand zitterte, als sie die Bestätigung unterzeichnete und ergriff den Brief. Ohne zurückzusehen, schloss sie die Tür und ging zu Fionas Schaukelstuhl.

Sie setzte sich hin, schlitzte den Umschlag auf und zog das Blatt heraus.

Hi Margaret,

ja, bitte komm! Ich würde mich freuen, Familie hier zu haben. Ich lebe im Süden von Boston und wir haben ein Gästezimmer für dich. Hier sind eine Menge Makler, die nach Angestellten suchen. Komm her, ich möchte mehr irische Stimmen um mich herum hören! Hier sind meine Telefonnummer und mein Terminkalender.

DIE WORTE VERSCHWAMMEN vor Margarets Augen, als die Tränen schnell und heftig kamen. Hier war ihr Ausweg. Sie hatte endlich einen Ausweg.

„Ich bringe dich von all dem hier weg, meine Kleine. Wir fangen ein neues Leben an, weg von dieser Verrücktheit. Und du wirst nichts als das Beste haben", schwor Margaret.

Margaret stand auf, rannte in ihr Zimmer und warf ihre restlichen Kleidungsstücke in einen Koffer. Sie drehte sich und schaute durch das Zimmer nach anderen Dingen, die sie benötigen würde. Sie fand nichts, ging ins Wohnzimmer und setzte sich mit Papier und Stift an den langen Tisch. Sie schuldete Fiona eine Erklärung.

KAPITEL FÜNFZEHN

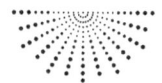

F iona hielt inne, als sie spätabends durch die Tür trat. Sie war in die nächste Stadt gefahren und begierig, Margaret die Sachen zu zeigen, die sie für das Baby gekauft hatte. Sie wusste, dass ihre sture Tochter mit ein bisschen Schubsen ihre Meinung ändern und letztendlich über ihre Schwangerschaft glücklich sein würde.

Fionas Blick ging durchs Haus. Etwas war anders. Sie konnte es fühlen.

Ihre Augen landeten auf ihrem Buch, das nicht an seinem üblichen Platz mitten auf dem Tisch lag. Es war an einer Seite aufgeschlagen und ein an sie adressierter Brief lag darauf.

Fionas Hände begannen zu zittern, als sie zum Buch ging. Sie hob den Brief hoch, um zu sehen, an welcher Stelle das Buch offen war. Sie seufzte und ohne den Brief zu lesen wusste sie, dass Margaret weg war. Die Seite, die Margaret ausgewählt hatte, beschrieb ein uraltes keltisches Ritual, um Vergebung in anderen zu ermutigen. Auf ihre eigene Art bat Margaret ihre Mutter, ihr zu vergeben.

Fiona ließ die Beutel mit Kleidung und Spielzeug, die sie gekauft hatte, fallen und ging, um in ihrem Schaukelstuhl zu sitzen.

Das warme Holz umarmte sie und sie entspannte sich in dem familiären Rahmen, bevor sie den Umschlag aufschlitzte und das Blatt Papier herauszog.

ES TUT MIR LEID.

Damit fange ich einfach mal an. Es tut mir leid, dass ich diese unschönen Dinge zu dir gesagt habe. Es tut mir leid, dass ich nie die Tochter war, die du wolltest. Aber ich kann dieses Leben einfach nicht verstehen. Es ist zu viel für mich. Vielleicht bin ich zu empfindlich, vielleicht ist es meine Fähigkeit. Es ist für mich zu schwierig zu akzeptieren. Und ich kann hier nicht leben, wissend, dass meine Tochter all dem ausgesetzt wird. Was ist, wenn sie was Schlimmeres ist? Welche merkwürdige Gabe wird die Bucht in ihr herausbringen? Ich muss sie so weit weg wie möglich von hier bringen. Ich muss ihr eine Chance geben. Eine wirkliche Chance auf ein normales Leben.

Und ich denke, dass ich mir selbst eine Chance geben muss. Ich will mehr. Mehr als diese Stadt mir geben kann. Ich werde versuchen, Immobilien zu verkaufen. Ich habe seit Wochen darüber gelesen und ich weiß, dass ich darin gut sein werde. Ich muss gehen. Um diese Chance wahrzunehmen. Für uns beide.

Nur, damit du dir keine Sorgen machst: ich bin nach Boston geflogen, um bei Cousine Mary zu wohnen. Sie wird mir helfen, dass ich auf meinen eigenen Füßen stehen kann. Ich lasse mein Auto am Shannon Airport

*und verstecke den Schlüssel unter der Stoßstange. Es tut
mir leid, dass du jemanden hinschicken musst, um es zu
holen.*

*Ich hasse dich nicht, wirklich nicht. Aber ich kann dich
nicht verstehen. Ich bin nicht wie du. Bitte versteh das.*

*Ich liebe dich und ich verspreche zu schreiben. Mach
dir keine Sorgen um mich, ich werde mich um mich und
meine Tochter kümmern. Sie wird das beste Leben haben,
das ich ihr geben kann.*

*Sollte Sean jemals nach mir fragen, sag ihm, er soll ein
neues Leben ohne mich anfangen. Ich werde meine Tochter
allein großziehen. Ich möchte ihn nicht in meiner Nähe
haben.*

Alles Liebe,
Margaret

TRÄNEN TROPFTEN Fionas Gesicht herunter und fielen auf
das Papier. Obwohl sie gespürt hatte, dass dieser Tag bald
kommen würde, hatte Margaret sie überrascht. Fiona hätte
nie erwartet, dass sie das Land verlassen würde. Eine
Welle der Traurigkeit ging durch sie. Traurigkeit für das,
was war und was hätte sein können.

Ein Klopfen an der Tür schreckte sie auf. Fiona
wischte sich schnell die Augen und blickte auf die Uhr auf
dem Kaminsims. Es war 9 Uhr abends. Wer könnte jetzt an
ihre Tür klopfen?

Mit geradem Rücken ging sie zur Tür und öffnete sie
einen Spalt.

Ihr wurde schwer ums Herz.

Sean stand da mit seinem Hut in seinen Händen.

„Ma'am", sagte Sean und neigte seinen Kopf respektvoll.

„Oh nein", sagte Fiona und schüttelte ihren Kopf hin und her.

„Was? Oh bitte, ich weiß, dass Margaret mich hasst, aber ich bin gekommen, um mich bei ihr zu entschuldigen. Ist sie hier?" Sean sah aufgeregt über Fionas Kopf.

„Sean. Komm herein", sagte Fiona, drehte sich um und ging direkt zu dem Schrank, in dem ihr Whiskey stand.

„Danke, ist sie hier?", sagte Sean drehte nervös seine Kappe in seinen Händen.

„Setz dich", befahl Fiona.

Sean setzte sich neben den Berg Babysachen, die aus den Taschen gefallen waren, als Fiona sie hatte fallen lassen. Er blickte auf die Kleidung und sah zur Seite. Fiona seufzte, während sie überlegte, wie sie am besten vorgehen sollte.

„Sean, Margaret ist weg", sagte Fiona und entschied sich für kurz und knapp.

„Okay, wann kommt sie wieder? Ich kann warten", sagte Sean.

„Nein. Weg, hat ihre Taschen gepackt und die Stadt verlassen", sagte Fiona. Sie sah, wie Seans Gesichtsausdruck fiel.

„Sie ist ohne mich nach Dublin gegangen, nicht wahr. Ich wusste, dass ich eher hätte kommen sollen", sagte Sean betrübt.

Fiona goss ihm ein kleines Glas Whiskey ein.

„Sie ist nicht in Dublin."

„Wo ist sie?", fragte Sean mit Verwirrung auf seinem Gesicht.

„Warum erzählst du mir nicht erst, was passiert ist?",
fragte Fiona und sah, wie Sean ein Pokergesicht aufsetzte.
Sie seufzte.

„Es ist mir nicht entgangen, dass du Sex mit meiner
Tochter hattest. Sag mir, warum du weggelaufen bist."

Sean starrte sie einen Moment an, bevor er das Glas
hob und den Whiskey in einem Schluck herunterkippte.

„Em, es lag nicht an ihr. Ich wollte sie nie verlassen.
Ich liebe sie. Aber da ist etwas passiert."

Fiona deutete mit ihrem eigenen Whiskey an, dass
Sean weiterreden sollte.

„Das Wasser. Es glühte einfach. Ich weiß, dass das
verrückt klingt. Aber einen Moment war es normal und im
nächsten hat es in diesem brillanten blauen Licht geleuchtet. Wir sind um unser Leben gerannt. Ich...ich habe
Margaret dafür verantwortlich gemacht. Ich habe sie
stehen und allein nach Hause gehen lassen", sagte Sean
kleinlaut.

Fiona goss Sean noch ein Glas Whiskey ein. Sie
schluckte einen Knoten in ihrer Kehle herunter, weil sie
jetzt wusste, dass ihre Tochter vor ihrer wahren Liebe
geflüchtet war. Die Bucht hatte versucht, den beiden eine
Nachricht zu übermitteln.

„Warum bist du zurückgekommen?", fragte Fiona und
wich der Antwort aus, warum die Bucht blau geleuchtet
hatte.

„Na ja, ich habe in der Stadt herumgefragt... Es
scheint, dass es einfach ein Phänomen ist, das hier passiert.
Aber es war nicht Margaret, da bin ich mir jetzt ganz
sicher", sagte Sean.

Fiona schloss ihre Augen, als sie an den Schmerz dachte, den ihre Tochter gefühlt hatte. Dass Sean von ihr weggelaufen war, hatte nur Margarets Überzeugung bestätigt, dass sie ein Freak war. Es war der perfekte Sturm.

Fiona wusste, dass sie die Welt dieses jungen Mannes für immer verändern würde und trank ihren Whiskey aus.

„Sie sitzt in einem Flugzeug nach Boston. Für immer", sagte Fiona und sah zu, wie die Farbe aus Seans Wangen verschwand.

„Nein", sagte Sean und schüttelte seinen Kopf ungläubig und verleugnend.

„Sie ist weg", sagte Fiona.

„Dann geh ich und hole sie", sagte Sean mit Entschlossenheit in seiner Stimme. Fiona seufzte.

„Sean, was siehst du da neben dir?"

„Babykleidung. Und?" Sean zuckte mit den Achseln und spielte mit seinem Glas. Seine Hände hörten auf, sich zu bewegen, als es ihm dämmerte.

„Ja, Sean, Babykleidung. Glaubst du etwa, dass ich schwanger bin?", wollte Fiona von ihm wissen.

„Baby...Margaret. Margaret ist schwanger? Und sie ist weggegangen? Einfach so?" Sean knallte mit der Faust auf den Tisch und stand auf, um hin und her zu gehen. „Ich habe Rechte als Vater. Sie kann nicht einfach verschwinden!"

„Also, es tut mir leid, Sean, aber das hat sie getan. Sie hat nicht an dich geglaubt. Ehrlich gesagt tue ich das auch nicht."

„Ich werde ihr hinterherfliegen", erklärte Sean.

„Nein", sagte Fiona nachdrücklich. Seufzend gab sie

ihm Margarets Brief und beobachtete, wie sein Herz vor ihr zerbrach.

Seufzend zog Fiona ihn in ihre Arme, während er schluchzte. Zusammen weinten sie um eine verlorene Liebe, ein verlorenes Leben und um eine unbekannte Zukunft.

KAPITEL SECHZEHN

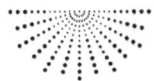

Margaret starrte aus dem Fenster, als das Flugzeug im Landeanflug auf Boston war. Sie war den ganzen Flug über wach geblieben und hatte ihre Entscheidung in Frage gestellt. Jedes Mal kam sie zu dem Ergebnis, dass keine andere Wahl hatte.

Dies war ihr neues Leben.

Lächelnd tätschelte sie ihren Bauch und sah zu, wie Boston näher kam. Es war eine ganz neue Welt für sie und ihr Baby. Zusammen würden sie das schaffen.

KAPITEL SIEBZEHN

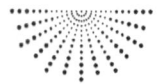

A chtundzwanzig Jahre später

MARGARET NAHM einen Schluck von ihrem Wein und sah Keelin bei ihrem ersten Tanz als verheiratete Frau zu. Wie war sie so schnell so erwachsen geworden?

Und irgendwie war Keelin wieder in Grace's Cove gelandet. Der eine Platz, an den Margaret sich geschworen hatte nie wieder zurückzukehren. Margaret verschluckte das alte Gefühl der Bitterkeit, das in ihrer Kehle hochkam.

„Lange nicht gesehen", erklang Seans Stimme hinter ihr und Margarets Rücken versteifte sich. Sie atmete tief ein und drehte sich, um Sean abzuschätzen.

Verdammt, der Mann sah immer noch aus. Der gut geschnittene Smoking betonte seine breiten Schultern. Obwohl ein paar graue Strähnen in seinen Haaren verteilt waren, strahlte seine Erscheinung immer noch Stärke und Männlichkeit aus. Sie hatte ihr Bestes getan, ihm aus dem

Weg zu gehen, seit sie am Vorabend in Grace's Cove angekommen war, aber es sah so aus, als ob eine Konfrontation
imminent war. Margaret rückte ihre Schultern gerade, hob
ihr Kinn und sah ihn an.

„Sean", sagte Margaret kühl.

„Komm schon, Maggie, ist das das Beste, was dir
einfällt?", fragte Sean mit erhobener Augenbraue.

„Kann schon sein", sagte sie und rümpfte ihre Nase
über ihren Spitznamen.

„Die Antwort gefällt mir nicht", sagte Sean, kam näher
und zwang sie, ihn anzusehen. Margaret hatte die Wucht
ihrer Reaktion nicht erwartet, als Hitze tief in ihrem
Magen aufflackerte.

„Na ja, du kannst nicht immer bekommen, was du
willst", sagte Margaret schnippisch.

„Ja, das habe ich gelernt", sagte Sean bitter. „Aber
dieses Mal werde ich es."

Margarets Herz sprang in ihre Kehle, als er das Weinglas aus ihrer Hand zog, nähertrat und sie gezwungen war,
im Dunkeln einen Schritt zurückzutreten.

„Was machst du?"

„Was ich schon lange machen wollte", sagte Sean.

„Entschuldige bitte?", fragte Margaret mit stählerner
Stimme.

Und merkte, dass ihr die Luft entwich, als Sean sie
hochhob, so dass ihr Körper über seiner Schulter hing und
ihr Gesicht auf einen sehr attraktiven Hintern in Smoking-
hosen gerichtet war.

„Du bist verrückt", fauchte Margaret, drehte sich und
haute Sean leicht auf den Kopf. „Lass mich sofort herunter. Das gehört sich nicht."

„Ich zeige dir, was sich nicht gehört", murmelte Sean und ging weiter in die Dunkelheit. Margaret hatte einen sinkenden Verdacht, wo Sean hin ging.

Zum Ort ihrer letzten Auseinandersetzung.

Natürlich musste Keelin die Hochzeit auf den Kliffen feiern, die den wichtigsten Moment ihres Lebens überblickten, grummelte Margaret zu sich selbst und betete, dass keiner der Gäste, die im Zelt tanzten, gesehen hatten, wie Sean sie davontrug.

„Hallo Shane", rief Sean und Margaret riss ihren Kopf herum und sah die grobe Silhouette von Shane, dem ortsansässigen Immobilienmakler, den sie am vorherigen Abend getroffen hatte und der sich gerade von der Bucht entfernte.

„Sean!", keuchte Margaret und fühlte Hitze ihre Wangen hochkriechen. Sie war noch nie vorher in so einer kompromittierenden Situation gewesen.

Oh, warte, da war das eine Mal. Mit genau diesem Mann.

Und war das nicht genau der Grund, warum sie Grace's Cove ferngeblieben war?

KAPITEL ACHTZEHN

L ass mich runter", fauchte Margaret nochmal, „während ihr schwindlig wurde, weil sie von Seans Schulter kopfüber nach unten hing. Die Dunkelheit hatte sie eingehüllt und die Lichter des Zeltes sahen aus wie eine zarte Lichterkette, die auf dem Hügel über den Kliffen blinkte, auf denen Sean jetzt stand.

Das Geräusch der Wellen, die unten aufschlugen, ließ Margarets Blut summen und sie wusste, dass die Bucht sie rief und zu Hause willkommen hieß.

Schade nur, dass sie nie Teil dieses Zuhause sein wollte, dachte Margaret zitternd.

„Hey!" Sie schnappte nach Luft, als Sean nach oben reichte, ihren Hintern umfasste und sie über seine Schulter an der Vorderseite seines Körpers heruntergleiten ließ, während sich Hitze zwischen ihnen ausbreitete.

Dieses Mal zitterte Margaret aus einem anderen Grund.

„Sean", begann Margaret und nahm etwas Abstand von seinem Körper, überrascht, dass sie so nervös war. Es passierte nicht oft, dass Margaret sich überrumpeln ließ, aber fünf Minuten in Seans Gegenwart und sie verlor den Boden unter den Füßen.

„Sei still!", stieß Sean aus, bevor er Margaret an sich zog und seine Lippen über ihre legte. Sie wurde in einen Sturm der Emotionen gezogen, der drohte, sie zu überwältigen.

Für einen Moment – nur einen Moment – ließ Margaret sich von Seans Versprechen einhüllen. Jahrelang begrabene Gefühle kamen in ihrem Herz zum Vorschein. Margaret wurde klar, dass sie die Vernünftige sein musste, löste ihre Lippen von seinen und legte ihre Hand auf Seans Brust, um sich von ihm abzustoßen.

„Genug", sagte sie bestimmt. Sie tat ihr Bestes, um ihren Atem zu regulieren und nicht zu zeigen, wieviel der Kuss ihr bedeutete.

Oder den Druck seiner Gefühle zuzulassen, die sie verzweifelt aus ihren Gedanken zu vertreiben versuchte. Margaret war überrascht, dass ihre Gabe – die sie streng geschützt hatte – so kräftig aufgelebt war, seit sie zu Hause war.

„Es wird nie genug sein, Margaret O'Brien", fluchte Sean und trat von ihr zurück. Er ließ einen derartigen Schwall von Flüchen heraus, dass sie nervös um sich blickte, um zu sehen, ob einige der Hochzeitsgäste nähergekommen waren.

„Würdest du bitte bei der Hochzeit meiner Tochter nicht so fluchen?", fragte Margaret pikiert und glättete ihr Seidenkleid.

Sean schwang herum und kam auf sie zu, bis sich ihre Nasen fast berührten. Margaret konnte fühlen, wie ihr Herz wild in ihrer Brust schlug und tat ihr Bestes, um Sean gelassen anzusehen.

„*Unsere* Tochter. Unsere", zischte Sean.

„Ja, das ist wohl wahr", sagte Margaret achselzuckend.

„Ich könnte dich erwürgen", sagte Sean und legte seine Hände auf ihre Schultern, um sie fest zu drücken. Das Geräusch der Wellen unten wurde lauter und Margaret fühlte etwas Panik, als sie sich fragte, was die Magie der Bucht tun würde, falls Sean versuchen würde, sie zu verletzen.

„Oh, hör schon auf", rief Sean in Richtung der Bucht. Margarets Kinnlade fiel überrascht nach unten.

„Hast du noch alle Tassen im Schrank?", fragte Margaret mit ehrlicher Sorge in ihrer Stimme.

„Meinst du, dass ich nicht alles gelernt habe über die kleinen Tricks, die die Bucht so parat hat? Meine Tochter stammt von Grace ab. Beide meiner Töchter", spuckte Sean aus. Er trat zurück und lief auf und ab. Margaret beobachtete ihn argwöhnisch, nicht sicher, wohin diese Unterhaltung ging.

„Maggie, ich bin so verdammt wütend auf dich", sagte Sean endlich, und Margaret konnte nicht anders als fühlen, wie ihr Herz etwas brach für die Liebe, die sie einst hatten. Zwei dumme Verliebte, die dachten, dass sie zusammen die Welt erobern konnten.

„Du hast mich verlassen", sagte Margaret und rieb sich die Gänsehaut von den Armen.

„Du weißt verdammt gut, dass du mir von dem Baby hättest erzählen sollen", rief Sean, seine Augen hart im schummrigen Licht.

„Du hast mich verlassen!", kreischte Margaret, überrascht, dass sie sich in einer direkten Konfrontation mit Sean befand. „Du wusstest, dass ich nicht in dieser Stadt bleiben wollte. Und ich wollte ganz bestimmt nicht meine Tochter hier großziehen." Sie zeigte zur Bucht.

„Du hättest es mir sagen sollen", beharrte Sean.

„Du hast mich verlassen. Für mehr als einen Monat. Du bist nie zu mir zurückgekommen. Soweit ich wusste, warst du mit uns fertig", Margarets Stimme brach und sie war erstaunt, dass die alte Verbitterung wieder hochkam.

„Oh Scheiße, Maggie. Hast du noch nie vom irischen Temperament gehört? Du weißt doch, dass wir unsere Wut eine Weile behalten."

„Du hättest nach Boston kommen können!", rief Margaret und überraschte sich selbst.

Sean schüttelte müde seinen Kopf. „Ach, Maggie. Ich war verloren, als du weg warst. Zerrissen. Ich habe viel getrunken. Der Gedanke an dich mit unserem Baby..." Seine Stimme brach und er schob eine Hand durch seine Haare. „Ich konnte nicht damit umgehen, dass ich dich nicht sehen konnte. Und ich bin nicht stolz auf mich, aber ich hasste es, allein zu sein. Ich...ich habe die erste sichere Frau genommen, die ich finden konnte. Es war ein Fehler", sagte Sean leise und sah ihr in die Augen.

Margaret konnte nicht glauben, was sie da hörte. All die Jahre hatte sie nachts wach gelegen und sich gewundert, warum Sean ihr nicht hinterhergekommen war – warum er ihren Bluff nicht durchschaut hatte. Als sie hörte, dass er geheiratet hatte, hatte sie die Tür zu ihm für immer geschlossen.

Und doch standen sie hier.

„Es tut mir leid, dass deine Ehe nicht gut gegangen ist", sagte Margaret steif.

„Ich bin dankbar für Aislinn und Colin, das werde ich nie bereuen. Ich hätte nicht so blind in eine Beziehung eilen sollen. Und ich hätte dir folgen sollen. Ich kann nicht glauben, dass ich deinen blöden Brief für bare Münze genommen habe", fluchte Sean wieder.

„Blöd?" Margaret spürte, wie sich ihr Blut erhitzte, als sie sich an den reinen Terror erinnerte, den sie beim Schreiben der Nachricht empfunden hatte. Ihr Kinn ging hoch. „Na, du hast zu lange gewartet und hast ein Leben verpasst. Wenn du nichts dagegen hast, würde ich jetzt gern gehen", sagte Margaret steif und versuchte, an Sean vorbeizugehen.

Er blockierte ihren Weg und sah auf sie herunter. Margaret starrte auf seine Smokingjacke und weigerte sich, ihm in die Augen zu sehen, bis Sean ihr Kinn mit einer Hand hob.

„Wenn du glaubst, dass das vorbei ist, dann bist du nicht die Frau, die ich mal gekannt habe", flüsterte Sean, bevor seine Lippen noch einmal sanft über ihre gingen.

„Du hat mich damals schon kaum gekannt. Und jetzt kennst du mich ganz sicher nicht", spuckte Margaret aus.

Diese Mal, als Margaret sich an ihm vorbeischob, ließ Sean sie gehen.

KAPITEL NEUNZEHN

„Guten Morgen, meine Liebe", kam Fionas Stimme von der Schlafzimmertür. Margaret schob ihre Haare aus dem Gesicht und drehte sich herum.

„Ihhh!" Margaret quietschte, als Ronan, Fionas irischer Setter, ihr mit seiner Zunge zur Begrüßung übers Gesicht leckte.

„Ronan, komm her", kicherte Fiona. „Ich habe Frühstück gemacht. Keelin kommt demnächst, um einige ihrer Geschenke abzuholen."

Margaret kämpfte sich in eine sitzende Position. Sie fühlte sich extrem unwohl in dem Zimmer, in dem sie aufgewachsen war, und von dem sie geschworen hatte, es für immer hinter sich zu lassen.

Ihre Beziehung mit Fiona hatte sich über die Jahre verändert – von unbehaglich zu stiller Akzeptanz, dann zu der Art Resignation, die kommt, wenn man in zwei verschiedenen Welten lebt, in weitentfernten Ländern. Es war für Margaret ein angenehmer Abstand gewesen, aber wieder zu Hause zu sein brachte eine Menge ungewollter

Emotionen mit sich. Am bemerkenswertesten war, dass Margaret merkte, wie sehr sie ihre Mutter vermisst hatte.

„Danke, ich bin gleich da", sagte Margaret mit einem Lächeln. Sie stand auf und streckte sich und ging durch das schlichte Zimmer mit den weißen Stuckwänden, den dunklen Holzbalken an der Decke und der handgenähten Steppdecke, die über dem Bett lag. Margaret machte die Tür zu dem winzigen Badezimmer auf und schüttelte ihren Kopf über die dunklen Augenringe.

„Wie hätte ich auch gut schlafen sollen", brummelte Margaret und putzte sich schnell die Zähne, bevor sie ihren Kopf unter den warmen Wasserstrahl des winzigen Duschkopfs steckte.

Schnappschüsse von Sean – zusammen mit Bildern der leuchtenden Bucht – hatten in ihren Träumen herumgespukt, so dass sie sich drehte und wälzte und ein paar einschlagende Erkenntnisse über die Entscheidungen hatte, die sie in ihrem Leben getroffen hatte.

Margaret war nicht ganz sicher, wo sie jetzt stand, aber sie konnte nicht alles gleichzeitig in Angriff nehmen.

„Eins nach dem anderen", sagte sie sich selbst, während sie sich abtrocknete. Sie ließ ihren blonden Bob an der Luft trocknen und zog schmal geschnittene Jeans und ein rosafarbenes T-Shirt an.

Margaret ging ins Wohnzimmer und lächelte über das Essen, das Fiona auf dem großen Bauerntisch angerichtet hatte, der den Wohnbereich des Hauses dominierte. Fionas Haus war größer, als es von außen schien, mit grauen Steinmauern, einer fröhlichen roten Tür und Blumen auf den Fensterbänken. Innen waren Küche, Ess- und Wohnbereich alle in einem Raum. Regale bedeckten die Wand über dem Tisch, auf denen hunderte von Flaschen und Gläsern mit kleinen Etiketten standen. Margaret tat ihr Bestes, die Flaschen nicht anzusehen, da sie sie an ihre natürliche Abneigung gegen die Heilungsfähigkeiten ihrer Mutter erinnerten.

„Das sieht fantastisch aus", sagte Margaret und blickte auf das Angebot auf dem Tisch. Speckstreifen, Rührei, gekochte Tomaten, Toast, Scones und Gläser mit Orangenmarmelade und Konfitüre standen auf Tellern mit Leinentischsets darunter.

„Tee?", fragte Fiona vom Herd aus.

„Es wäre nicht richtig irisch ohne", sagte Margaret mit einem Lächeln. Sie nahm einen Teller und häufte mit einer Zange Essen darauf. Vor Nervosität hatte sie bei Keelins Hochzeit gestern kaum etwas essen können.

„Das war eine wunderschöne Hochzeit", sagte Fiona seufzend. Sie setzte sich Margaret gegenüber hin und stellte eine Kanne Tee zwischen sie.

„Das war es wirklich. Ich bin froh, dass sie sich gegen eine traditionelle Hochzeit entschieden hat. Und sie sieht wirklich glücklich aus. Ich weiß, dass ich ein paar Bedenken hatte, aber Flynn ist wirklich ein aufrichtiger, guter Kerl", sagte Margaret, während sie Erdbeermarmelade auf ihren Scone schmierte.

„Er ist wie ein Sohn für mich", sage Fiona und hob ihre Teetasse. „Ich kann gar nicht zählen, wie oft er mir bei einem Problem aus der Klemme geholfen hat."

Margaret wusste, dass Fiona nicht anschuldigend klingen wollte, aber das minderte den Stich trotzdem nicht.

„Ja, und wenn ich dich nicht allein gelassen hätte, wäre ich hier, um zu helfen. Ich verstehe schon", sagte

Margaret mit einem Schniefen und vergrub ihre Nase in ihrem Tee.

„Das habe ich nicht gemeint", sagte Fiona mit erhobener Augenbraue.

„Na ja, ich kann deutlich zwischen den Zeilen lesen. Lass uns nicht streiten", sagte Margaret und sah ihrer Mutter in die Augen.

„Ich bin nicht diejenige, die streitet", sagte Fiona und sah Margaret mit geneigtem Kopf an.

Verflucht nochmal, die Frau hatte immer recht, dachte Margaret, während sie ihren Tee trank und Fiona beobachtete. Auch mit 47 Jahren tat es immer noch weh, wenn sie von ihrer Mutter gescholten wurde.

Und meinst du, dass du mit 47 alt genug bist, um dich zu entschuldigen? Ihr Gewissen schimpfte sie aus und Margaret seufzte. Es war wohl jetzt oder nie.

„Mama, ich...es tut mir wirklich leid, dass ich dich so verlassen habe, wie ich es getan habe. Ich hätte dich nicht hier allein lassen sollen. Das war nicht richtig von mir", sagte Margaret leise. Sie durchsuchte die verwitterten Linien im Gesicht ihrer Mutter und hoffte, dass ihre Entschuldigung akzeptiert werden würde.

Fiona schniefte und wartete einen Augenblick, bevor sie antwortete.

„Ich war nicht die, die ein Kind allein großziehen musste. Warum hast du dich in so eine Position begeben?"

„Ich möchte nicht darüber reden", sagte Margaret fest entschlossen. Sie weigerte sich, in eine Unterhaltung über die Kraft, die tief versteckt in ihr lag, gezogen zu werden.

„Es ist eine berechtigte Frage. Aber wenn du das Thema vermeiden willst, dann ist das dein Recht", sagte

Fiona kopfschüttelnd. „Aber wenn du möchtest, dass ich deine Entschuldigung annehme, dann tue ich das. Ich habe dich vermisst – und nie für einen Moment aufgehört, dich zu lieben."

Margaret spürte, wie ihr die Tränen in die Augen stiegen, als sie über den Tisch reichte und die Hand ihrer Mutter nahm.

„Ich habe dich immer geliebt. Das sollst du wissen."

„Das weiß ich. Du hast mich verletzt, Margaret. Du hast mich wirklich verletzt. Es war nicht einfach für mich, dich gehen zu lassen. Ich kann nur hoffen, dass du es in deinem Herzen findest, unsere Beziehung neu anzufangen", sagte Fiona ernst. Ihre Worte trafen wie Pfeile in Margarets Herz.

„Ich weiß, dass ich dir weh getan habe. Ich glaube nicht, dass ich wusste, wie sehr, bis Keelin nach Irland ging und nie wieder nach Hause kam. Dadurch ist eine Leere entstanden. Ich habe es nie verstanden – nicht komplett", sagte Margaret achselzuckend und nahm ihre Teetasse wieder hoch.

„Es ist ein furchtbares Gefühl, von deiner einzigen Tochter eine Welt entfernt zu sein. Aber eine zu haben, die wütend gegangen ist? Und eine Weile nicht ansprechbar war? Also das war schrecklich. So oft bin ich fast hingeflogen, um dich zu finden und dir Vernunft einzubläuen."

„Warum hast du es nicht gemacht?" Margaret hatte sich immer gefragt, warum Fiona sie nie in Boston besucht hatte.

„Wir haben alle unsere eigenen Lektionen zu lernen", sagte Fiona sanft.

„Ich hätte dich gern gesehen", widersprach Margaret.

„Du hast mich nie eingeladen. Das Stoppschild war laut und klar in jedem Telefongespräch, das wir hatten", erwiderte Fiona. Margaret konnte nur lächeln. Sie wusste ganz genau, wo ihre Sturheit herkam.

„Also, wo stehen wir dann jetzt?"

„Ich denke, wir haben eine Menge Jahre nachzuholen", sagte Fiona.

„Da hast du wohl recht", murmelte Margaret.

Fiona reichte über den Tisch und tätschelte ihre Hand.

„Wir gehen nachher spazieren und reden darüber, wie man Mauern abreißt. Aber jetzt höre ich Ronan bellen, was bedeutet, dass Keelin hier ist."

Margaret stöhnte innerlich und wusste, dass der Spaziergang später unangenehm werden würde. War sie nicht in Therapie gewesen und hatte genug Mauern abgebaut? Sie wusste, dass sie ihren Kopf hinhalten musste, und ihre Schultern versteiften sich bei dem Gedanken. Sie legte ein Lächeln auf und drehte sich zur Tür.

„Keelin!"

KAPITEL ZWANZIG

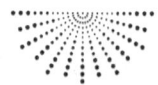

Margaret sprang auf und ging durch den Raum, um ihre Tochter zu umarmen. Sie lehnte sich zurück, nahm Keelins Schultern und betrachtete ihr Gesicht.

„Du leuchtest ja richtig", sagte Margaret.

„Ich bin glücklich", sagte Keelin einfach.

„Dann bin ich auch glücklich", sagte Margaret und trat zurück, um Keelin hereinzulassen. Fiona kam um den Tisch herum, um Keelin zu umarmen und Margaret lächelte, als Flynns langer Körper den Türrahmen füllte.

„Fiona hat Frühstück für euch", sagte Margaret.

„Wunderbar, ich sterbe vor Hunger", sagte Flynn und drückte einen Kuss auf Margarets Wange, bevor er zum Tisch ging. Margarets Kinn ging hoch, als ein weiterer Schatten auf den Eingang fiel.

„Sean", sagte sie steif.

„Maggie", sagte Sean. Er benutzte absichtlich seinen Spitznamen für sie. Bevor sie ihn aufhalten konnte, hatte er sich gebückt und einen Kuss auf ihre Lippen gelegt, dann ging er zum Tisch und umarmte Fiona.

Margaret wollte ihm am liebsten einen Klaps auf den Hinterkopf geben, aber sie hielt ihre Wut zurück. Sie drehte sich um, rieb ihre Hände über ihre Hose und betete, dass die anderen ihnen den Rücken zugewandt und nichts gesehen hatten.

Und hob den Kopf und sah, wie Fiona und Keelin sie breit angrinsten.

„Ich will nichts von euch beiden hören", fauchte Margaret, während sie an ihnen vorbei huschte, um ihre Teetasse neu aufzufüllen und Sean bewusst ignorierte.

Er sah gut aus heute in einem karierten Hemd mit aufgerollten Ärmeln. Seine dunklen Haare waren noch nass von der Dusche und kringelten sich an den Enden etwas. Ein Arbeiter, dachte Margaret mit einem Schniefen, weit entfernt von der kultivierten Elite, die sie in Boston gewöhnt war. Sie drehte sich, um mit Keelin zu reden.

„Keelin, was für eine wunderbare Hochzeit. Alles war perfekt", sagte Margaret und sah ein Lächeln über Keelins Gesicht gehen.

„Das war es wirklich, oder?" sprudelte Keelin heraus und griff nach einem Scone.

„Wann fahrt ihr zu den Aran Inseln los?"

„Gleich nach dem Frühstück. Wir fahren die Küste hoch und nehmen ein kleines Flugzeug herüber. Ich habe eine nette Überraschung, die auf uns wartet", sagte Flynn mit einem Lächeln. Er lachte, as Keelin sich umdrehte und ihn mit einem Finger in die Seite stocherte.

„Keine Überraschungen mehr! Du hast schon genug gemacht."

„Niemals genug für dich, mein Liebling", strahlte Flynn Keelin an. Ihr Geplänkel machte Margarets Herz glücklich. Sie hatte sich gesorgt, als Keelin ihr das erste Mal von Flynn erzählt hatte, aber nach vielen Gesprächen in den vergangenen Monaten und dem persönlichen Kennenlernen hatte Margaret ihre Bedenken verloren.

„Sean, wann fährst du zurück nach Dublin?", fragte Fiona.

Margaret drehte sich, um ihren Teller in die Küche zu stellen und zu signalisieren, dass sie nicht zuhörte.

Nicht, dass es sie kümmerte, wann er ging.

„Auch nach dem Frühstück. Ich muss noch ein paar Dinge erledigen, bevor die Woche anfängt", sagte Sean. Margaret rollte mit ihren Augen, als sie ihren Teller abwusch und über die Spüle aus dem Fenster sah. Die Wiese rollte sanft ab und verschmolz mit dem Himmel und dem Ozean und Margaret konnte sich gut vorstellen, welchen Preis dieser Ausblick in Boston kosten würde. Sie konnte nicht anders, als im Kontext von Immobilen zu denken, selbst wenn sie nicht arbeitete.

„Wie läuft das Geschäft?", fragte Flynn. Sean und Flynn hatten ähnliche Fischereiunternehmen an entgegengesetzten Ecken Irlands. Beide Männer waren erfolgreich – nach dem, was Margaret gehört hatte – und arbeiteten oft zusammen, wenn größere Bestellungen hereinkamen.

„Gut, ich kann mich jedenfalls nicht beklagen. Obwohl ich glaube, dass wir unsere Systeme bald erneuern müssen. Neue Software, neue Webseite, solche Sachen", Sean zuckte mit den Achseln und schüttelte seinen Kopf.

„Ach ja. Es ist hart, immer am Ball zu bleiben", stimmte Flynn zu.

„Es hat sich jedenfalls vieles verändert", stimmte Sean

zu. „Jeder will heutzutage alles online und über Email arrangieren. Es ist nicht einfach, ständig am Computer zu sein und gleichzeitig den ganzen Tag auf dem Boot."

Margaret rollte mit ihren Augen. Hatte der Mann noch nie von einem Smartphone gehört?

„Vielleicht kann ich helfen?", fragte Keelin. Margaret drehte sich, um zu sehen, wie Sean auf Keelin reagierte. Aus ihren Unterhaltungen mit Keelin wusste Margaret, dass sie im letzten Jahr an ihrer Beziehung gearbeitet hatten.

Sean strich sanft mit einer Hand über Keelins Haar, was bewirkte, dass sich Margarets Herz zusammenzog. Für einen Moment konnte sie sich vorstellen, dass dieses Bild einer glücklichen Familie Wirklichkeit war, dass sie und Sean Keelin gemeinsam großgezogen hatten. Sie dämmte ihre Emotionen ein, schürzte ihre Lippen und sagte nichts, als Keelin Sean anlächelte.

„Du genießt es einfach, frisch verheiratet zu sein. Ich stelle jemanden ein, um mir zu helfen", sagte Sean. Er drehte sich um und sah Margaret an. „Ich würde gern draußen mit dir reden, Margaret."

Es war mehr ein Gebot als eine Bitte und Margaret starrte ihn mit erhobener Augenbraue an.

„Oder wir können es hier machen", sagte Sean freundlich.

Margarets normalerweise höfliches Verhalten ging fast verloren, als ihr eine Reihe gälischer Flüche auf der Zunge lagen. Sie nickte kurz und fegte mit hoch erhobenem Kopf an Sean vorbei.

Margaret trat hinaus in den Sonnenschein und stampfte

um das Haus herum, wo ein Tisch und Stühle standen, die die sanft rollende grüne Wiese überblickten. Ronan folgte ihr mit einem Stock in seinem Maul.

„Klar werfe ich das für dich", sagte Margaret, lehnte sich herunter, um das Stöckchen aus Ronans Schnauze zu ziehen und warf es in die Luft. Sie setzte sich hin und beobachtete lächelnd, wie Ronan über sich selbst purzelte, um über die Felder zu rennen und den Stock zu verfolgen.

Ein Schatten ging über sie und Margaret hielt ihren Blick auf der dünnen Linie, wo das Wasser den Himmel traf. Sie fühlte sich plötzlich unglaublich klein und unsicher, wo sie in dieser Welt stand.

„Komm nach Dublin."

Margarets Kopf schoss hoch; sie schützte ihre Augen vor der Sonne, als sie in Seans Augen sah.

„Wie bitte?", fragte Margaret mit offenem Mund.

„Komm mit mir nach Dublin. Ich weiß, dass dein Flug von dort abfliegt", beharrte Sean.

Margaret schüttelte nur ihren Kopf über ihn, überwältigt von Unentschiedenheit und der Unfähigkeit, ihre Gedanken zu sortieren. So lange hatte sie ein ordentliches und geordnetes Leben geführt, in dem sie komplette Kontrolle hatte; jetzt wusste sie nicht, was sie mit dieser chaotischen Flut von Gefühlen tun sollte, die in ihrem Magen kitzelten.

„Verdammt, Maggie", fluchte Sean und ging vor ihr auf und ab. „Das schuldest du mir. Ich verdiene eine Chance."

„Ich schulde dir etwas?" Margarets Worte klangen schrill, selbst für sie. Wut durchflutete sie.

„Ja. *Du schuldest mir etwas.* Du hast mir meine Tochter weggenommen...", fing Sean an. Margaret sprang auf und stand direkt vor Sean. Ihr Körper bebte vor Wut.

„Ich schulde dir gar nichts! Du bist gegangen. Ich habe sie allein großgezogen. Ohne deine Unterstützung. Ohne *irgendeine* Unterstützung. Wenn überhaupt, dann schuldest *du mir* etwas", fauchte sie mit geballten Fäusten an ihrer Seite.

„Okay, also schulde ich dir etwas. Ich mache es wieder gut, wenn du mit mir nach Dublin kommst", sagte Sean leise, mit Wärme in seinen Worten. Seine Augen weiteten sich, als er sie ansah, sein Verlangen klar auf seinem Gesicht erkenntlich.

Na, jetzt war sie doch wirklich darauf reingefallen, schimpfte Margaret sich selbst, als Seans Emotionen so auf sie einschlugen, dass ihr der Atem in der Brust stockte.

„Ich weiß nicht, ob ich das kann", flüsterte sie und trat zurück.

Sean beobachtete sie für einen Moment, bevor er alle Emotionen aus seinem Gesicht wischte. Nickend steckte er seine Hand in die Gesäßtasche, zog seine Brieftasche heraus und entnahm eine Visitenkarte.

„Die Tür ist immer offen", sagte Sean kurzangebunden und gab ihr die Karte. Er lehnte sich herunter, um einen sanften Kuss auf ihre Wange zu legen, bevor er um die Hausecke verschwand.

Margaret drehte sich instinktiv um und wollte ihm etwas hinterher rufen, wollte etwas sagen, um die Verletztheit, die sie in seinen Worten hörte, zu lindern.

Aber ihre Stimme war lautlos.

Geschlagen plumpste sie auf den Stuhl und bückte sich, um Ronans weiche Ohren zu streicheln, während er seinen Kopf mit dem Stöckchen zwischen ihre Knie schob.

Vielleicht war es doch besser, die Vergangenheit in der Vergangenheit zu lassen.

KAPITEL EINUNDZWANZIG

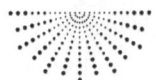

I st alles okay?"

„Margaret schrak auf, als Keelin um die Ecke des Hauses kam, wo Margaret regungslos auf den Ozean gestarrt hatte, kurz davor, in Selbstmitleid zu verfallen.

„Natürlich, Liebes, mir geht es gut", sagte Margaret automatisch und klopfte auf den Sitz neben ihr. Keelin glitt auf die Bank. Margaret breitete ihren Arm aus und zog Keelin heran, so dass ihr Kopf auf der Schulter ihrer Mutter ruhte. Es war keine Umarmung, die sie gewöhnt waren, aber in diesem Moment fühlte es sich natürlich an.

„Warum gehst du ihm nicht nach?", fragte Keelin. Margaret lehnte sich zurück, um ihre Tochter anzusehen.

„Du hast es gehört?"

„Das Küchenfenster stand offen."

Margaret stöhnte und rollte ihre Augen. Sie stellte sich die Gruppe im Haus vor, wie sie an jedem Wort hingen.

„Es ist kompliziert, Keelin."

„Dann mach es unkompliziert."

Margaret lachte und schüttelte ihren Kopf über ihre

Tochter. „Ach, die Unschuld der Jugend", sagte sie und lächelte Keelin an.

„Ich bin gar nicht mehr so jung, wenn ich dich daran erinnern darf? Und ich bin bestimmt nicht unschuldig. Geh ihm nach, Mama. Willst du kein Risiko eingehen?", fragte Keelin.

Margaret drehte sich um und blickte über das Wasser, während sie über die Worte ihrer Tochter nachdachte.

„Ich weiß nicht, ob ich *das* Risiko eingehen kann", sagte sie leise.

„Und das sagt gerade die Frau, die ihr Land verlassen und allein von vorn angefangen hat? Die ein Immobilien-emporium aus dem Nichts aufgebaut hat?", fragte Keelin mit erhobener Augenbraue.

„Das ist eine andere Art von Risiko", sagte Margaret und klopfte ihrer Tochter aufs Bein.

„Wovor hast du Angst?", fragte Keelin kopfschüttelnd.

„Ich...ich habe wirklich hart gearbeitet für das, was ich habe, Keelin", sagte Margaret, überrascht, dass ihre Stimme brach.

„Und du glaubst, dass du das verlierst?"

„Warum soll ich das alles noch einmal durchmachen? Da ist eine Menge Schmerz und Jahre der Bitterkeit. Und selbst wenn wir darüber hinwegkommen...ich habe ein Leben in Boston und er hat ein Leben hier. Es ist sinnlos", sagte Margaret.

„Du überraschst mich", sagte Keelin. „Ich hätte nie gedacht, dass du jemand bist, der so leicht aufgibt."

Margaret kannte ihre Tochter gut genug, um zu wissen, dass sie angestachelt wurde, also zuckte sie nur mit ihren Schultern. „Es tut mir leid, dass du so denkst, Keelin."

„Oh, Mama, ich möchte doch nur, dass du glücklich bist", sagte Keelin und umarmte ihre Mutter.

„Schatz, mach dir über mich keine Sorgen. Fahr in deine Flitterwochen. Dies sind die besten Tage deines Lebens. Geh...genieß es, entspann dich. Mir geht es gut. Vertrau mir", sagte Margaret beharrlich und drückte ihre Tochter.

„Aber du hast diese besten Tage nie gehabt. Meinst du nicht, es ist Zeit?", sagte Keelin, als sie aufstand, um zu Flynn zu gehen, der an seinem Auto wartete.

„Alles hat seine Zeit, Schatz. Versuch nicht, es zu erzwingen", sagte Margaret und übernahm nahtlos wieder ihre Mutterrolle. „Also, ruf mich an, wenn du auf den Inseln ankommst. Ich wünsche euch eine wunderbare Zeit."

„Ich liebe dich", sagte Keelin, küsste Margaret auf die Wange und hüpfte fast zu Flynn hinüber. Margaret schüttelte ihren Kopf über Keelins Überschwänglichkeit, aber sie fühlte, wie ihr Herz angesichts der offensichtlichen Freude ihrer Tochter leichter wurde.

Das war alles, worum eine Mutter bitten konnte.

„Ja. Das ist es. Und was machen wir für *deine* Freude?"

KAPITEL ZWEIUNDZWANZIG

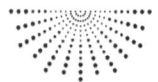

Margaret riss ihren Kopf herum und sah Fiona an. „Halt dich aus meinen Gedanken raus", sagte sie nur halb im Scherz. Sie fühlte sich unbehaglich bei dem Gefühl der Kraft, die von Fiona ausstrahlte.

Fiona kam näher. Sie hatte in jeder Hand einen Wanderstock. Lange Hosen, eine Leinenbluse mit Knopfleiste und ein Strohhut mit breitem Rand vervollständigten ihr Outfit für eine Wanderung in den Hügeln und Margaret wusste, dass sie zur Bucht gehen würden.

„Stock?", fragte Fiona und ignorierte Margarets Kommentar.

„Warum nicht", sagte Margaret, stand auf und nahm einen der gut geölten Wanderstöcke, die ihr Fiona hinhielt. Zusammen gingen sie über die Wiese, wobei sie gemächlicher gingen, als Margaret es aus ihrer Jugend in Erinnerung hatte. Mit einem Schlag wurde ihr klar, dass Fiona langsam nachgelassen hatte.

„Es ist ein wunderschöner Tag", kommentierte Fiona,

während sie über den sanft abfallenden Hügel einen ausgetretenen Pfad im Gras entlanggingen, der direkt zur Bucht
führte. Ronan rannte mit flatternden Ohren vor ihnen
durch das Feld.

„Das ist es", stimmte Margaret zu, froh darüber, dass
sie die Unterhaltung leicht hielten. Und es war ein wunderschöner Tag. Nicht viel kam einem sonnigen Tag in Irland
gleich, dachte Margaret, wenn die Wolken sich verzogen
haben, kein Regen droht und eine sanfte Brise durch die
Gräser weht. Sie atmete tief ein und der Duft von
Seewasser und feuchter Erde füllte ihre Nase.

Es roch nach Heimat.

Sie gingen wortlos weiter, bis sie das Rand der Klippe
erreichten, wo der Pfad nicht mehr so einfach war und
begannen, im Zickzack an der Seite des Kliffs herunterzu-
gehen. Margaret hielt an und ließ den Anblick der Bucht in
sich sinken. Es war genau der Platz, an den sie geschworen
hatte, nie wieder zurückzukehren.

Fiona hielt inne und schien zu spüren, dass Margaret
einen Moment brauchte.

Margaret starrte hinunter auf das kristallklare blaue
Wasser, das sanft auf einen goldenen Sandstrand
aufschlug, der wie ein perfekter Halbmond geformt war.
Die hohen Felswände umringten das Wasser in einem fast
perfekten Kreis. Direkt ihnen gegenüber war ein kleiner
Eingang, der es der Flut erlaubte, ein- und auszuströmen.
Bei Sonnenuntergang kam Licht durch die Öffnung und
beleuchtete die Klippen in einer feurigen Schau von
Arroganz.

Margaret wartete darauf, dass die alte Wut in ihr hochkam. Sie hatte es als Kind gehasst hierherzukommen, hasste, dass etwas an ihr – und an der Bucht – *anders* war.

Stattdessen wurde sie vom sanften Geräusch der Wellen, die auf dem Strand tief unter ihr aufschlugen, besänftigt. Der Schrei einer Möwe, die durch die Luft segelte, brachte sie zum Lächeln.

Wo waren ihre Angst und ihre Wut über diesen Ort geblieben?

„Bist du bereit?", fragte Fiona.

„Bin ich", sagte Margaret und meinte es auch. Sie folgte Fiona langsam den uralten Pfad herunter und hielt sich nah an der Felswand mit einem Auge auf ihrer Mutter. Obwohl Fiona langsamer war als in Margarets Jugend, war ihr Schritt kräftig und sie navigierte den Pfad mit einem Vertrauen, das aus Jahren des Wanderns in den Hügeln kam.

Margaret beobachtete, wie Fiona Blumen und Steine auf dem Weg für ihre Gabe an die Bucht sammelte. Margaret war überrascht, dass es ihr nichts ausmachte, dass sich manche Dinge nicht geändert hatten.

Und fragte sich, ob sie es vielleicht war, die sich geändert hatte.

Margaret sah zu, wie Fiona mit ihrem Wanderstock einen großen Kreis in den Sand zeichnete und Margaret zu sich winkte.

Fiona öffnete ihren Mund, um zu sprechen und sah auf das Wasser der Bucht, ihre Hände hoch in der Luft mit ihren Gaben.

„Lass mich", platzte Margaret heraus und unterbrach Fiona. Sie war von sich selbst überrascht.

Fiona warf ihr einen Blick zu, aber sagte nichts und nickte einfach.

Margaret räusperte sich und starrte auf das sanfte blaue Wasser vor ihr.

„Ich weiß, es ist lange her, seit ich hier war. Ich...ich war wirklich wütend über vieles, was hier passiert ist. Ich bin immer noch nicht sicher, dass ich bereit bin, die Kräfte, die in deinen Gewässern liegen, zu akzeptieren. Oder die in mir liegen. Aber ich möchte sagen, dass es mir leidtut, dass ich dieser Welt meinen Rücken zugekehrt habe". Margaret wusste nicht, ob sie sich bei der Bucht, Fiona oder sich selbst entschuldigte. Vielleicht bei allen drei. „Ich glaube, ich war zu jung, um es zu verstehen. Auch wenn ich vielleicht bestimmte Seiten an mir nie akzeptieren werde, hasse ich diejenigen, die ihre Kräfte beanspruchen, nicht mehr. Also was ich versuche zu sagen ist...wir kommen in Frieden."

Margaret war überrascht, dass ihr Tränen in die Augen stiegen. Sie blinzelte sie schnell weg und sah zu, wie Fiona ihre Gaben ins Wasser warf. Die ältere Frau drehte sich um und drückte Margarets Hand, ihre gegerbte Haut warm gegen Margarets Handfläche.

„Danke. Ich war nicht sicher, ob ich das je von dir hören würde. Ich bin froh, dass du uns nicht hasst", sagte Fiona und bezog sich auf sich selbst und die anderen, die von etwas Besonderem berührt waren.

Sie gingen zusammen am Strand entlang, während Margaret versuchte, die sich überschlagenden Gedanken, die durch ihren Kopf rasten, zu sortieren. Am Ende des Strands schienen die Emotionen aus fast drei Jahrzehnten sanft zu pulsieren und erinnerten sie daran, wo sie ihre Unschuld aufgegeben hatte.

An alles, was sie seitdem aufgegeben hatte.

Es schien sich alles in ihrem Kopf zu drehen, und sie brauchte einen Moment, um ihre Gefühle zu verarbeiten.

Dann atmete sie tief aus und drehte sich zu Fiona um.

„Ich war noch ein Kind", sagte Margaret und Fiona ermutigte sie mit einem Nicken, weiterzureden.

„Ich war noch ein Kind", wiederholte Margaret, „Und ich war so wütend. Ich wollte normal sein. Ich wollte niemals etwas anderes sein. Obwohl ich das Gute sehen konnte, das du mit deiner Heilkraft gemacht hast, konnte ich keinen Vorteil darin sehen, *anders* zu sein. Ich konnte ganz einfach nicht damit umgehen, was ich in der Nacht gesehen habe. Und ich war egoistisch, weil sich alles um mich drehte. Wer würde mich akzeptieren, wenn ich der Freak war? Wie würde ich mein Leben beginnen, wenn ich diese spezielle Kraft hatte? Ich würde es nie jemandem erzählen können."

Margaret hielt inne und ihre Brust hob und senkte sich aufgeregt. Fiona strich ihr mit einer Hand am Arm herunter und schickte eine kühlende beruhigende Kraft durch sie.

Margaret versuchte zu lächeln. „Danke. Also bin ich weggerannt. Ich bin weggerannt, weil Sean sah, wie die Bucht an dem Abend leuchtete. Und er ist von mir weggerannt. Er rannte weg und ließ mich allein. Es hat alles bestätigt, was ich darüber dachte, wer wir sind und was die Bucht für mich und meine Zukunft bedeutet. Und deswegen bin ich so weit weggerannt, wie ich konnte", sagte Margaret leise, drehte sich um und sah in Fionas Augen.

„Ich weiß, warum du weggerannt bist. Du hast mir allerdings nie davon erzählt, dass die Bucht geleuchtet hat", sagte Fiona und grübelte über den Worten.

„Naja, sie leuchtete wie eine Million Weihnachtsbäume und Sean flüchtete zu seinem Auto", sagte Margaret bitter.

Ein Grunzen durchbrach ihre Gedanken und Margarets Kopf schoss hoch.

„Lachst du mich aus?"

Fiona schnappte nach Luft und hielt ihre Hand vor ihren Mund. Ihre Schultern bebten.

„Tut mir leid. Nur, das Bild von ihm, wie er über das Feld vom Licht wegrennt. Ich kann nicht..." Fiona lachte noch stärker und zu ihrer Überraschung lachte Margaret mit. Sie fühlte, wie eine Leichtigkeit die Traurigkeit ihrer Erinnerung durchzog.

„Mama, es war so furchtbar. Aber auch so dramatisch und lächerlich", sagte Margaret endlich und wischte ihre Augen.

„Es ist sogar noch witziger, dass er nicht nur eine, sondern gleich zwei Töchter aus Grace O'Malleys Blutlinie hat."

„Ja, das hat er erwähnt. Es sieht aus, als wäre inzwischen alles gut zwischen ihm und der Bucht", sagte Margaret und schweifte dramatisch mit ihrem Arm.

„Ach ja. Die Angst der Jugend. Ihr liebt stark und streitet heftig. Der wahre Test der Liebe ist aber, ob sie ihren Weg durch die Zeit finden kann", sagte Fiona und drehte sich, um Margaret anzusehen. Margaret hielt inne und fühlte ein nervöses Flattern in ihrem Magen.

„Na ja, ich glaube, dass der Zug abgefahren ist", sagte Margaret und vergrub ihren Zeh im Sand.

„Weißt du, warum die Bucht leuchtet?"

„Em, nein, eigentlich nicht. Um den Freund wegzuscheuchen?", fragte Margaret mit erhobener Augenbraue und Fiona kicherte wieder.

„Nicht ganz. Sie leuchtet, wenn Liebe gegenwärtig ist. Wirkliche Liebe. Familiäre Liebe. Andauernde Liebe. Und am stärksten strahlt sie für wahre, starke, reine romantische Liebe."

Margarets Mund wurde trocken.

„Du meinst, Sean ist meine...meine wahre Liebe?"

„Die Bucht denkt das anscheinend", sagte Fiona sanft.

Margaret drehte sich um und starrte auf das Wasser. Wut kam in ihr auf. „Warum musstest du ihm dann Angst einjagen und ihn verscheuchen?", schrie sie das Wasser an.

Fiona legte einen Arm um Margaret. „Es gibt für alles die richtige Zeit", murmelte sie. Margarets frühere Worte an Keelin hallten wider.

„Scheißzeitpunkt", fluchte Margaret frustriert.

„Du weißt, dass unsere Seelen hier sind, um zu lernen. Vielleicht musstest du erst ein paar Lektionen bekommen. Vielleicht hast du noch ein paar vor dir", sagte Fiona.

„Das einfachste wäre es, einfach nach Hause zu gehen", sagte Margaret mit Bitterkeit in ihren Worten.

„Ja, du bist es gewohnt wegzurennen", stimmte Fiona zu und Margaret fühlte, wie sich ihr Rücken versteifte.

„Das ist nicht gerecht", sagte Margaret.

„Findest du?", fragte Fiona und Margaret seufzte. Es war schwierig, mit der Wahrheit zu streiten. Sie war jahrelang gerannt.

„Warum muss es so schwer sein?", fragte Margaret wütend darüber, dass alles in ihrem Leben ein Kampf sein musste.

„Wenn es leicht wäre, wäre es nichts wert", murmelte Fiona in ihr Ohr, während sie eine Welle beobachteten, die heranrollte und den Kreis schluckte, den sie im Sand gezeichnet hatten.

KAPITEL DREIUNDZWANZIG

Sean starrte auf die Straße, als er gedankenverloren von Grace's Cove nach Dublin fuhr, wie hunderte von Malen vorher.

Und doch fühlte es sich dieses Mal so ganz anders an.

Margaret wiederzusehen hatte ihm fast den Boden unter den Füßen weggezogen. Er war sich so sicher gewesen, dass er über sie hinweg war – dass sie nur eine verblichene Erinnerung in seinem Kopf war. Er war nicht auf die Gefühle vorbereitet gewesen, die über ihm einschlugen.

Er hätte David McCormick fast den Kopf abgerissen, als er mit Margaret auf die Tanzfläche gegangen war. Seans besitzergreifendes Verhalten hatte ihn anfangs überrascht.

Aber er war jetzt ein erfolgreicher Geschäftsmann und daran gewöhnt, schnelle Entscheidungen zu treffen. Ein Blick auf die Verletzlichkeit in Margarets Augen beim Polterabend hatte alles wieder für ihn hochgebracht.

Sie war in der Nähe der Tür gestanden, unsicher, wie sie empfangen werden würde. Sie sah gut aus in ihrem pastellfarbenen engen Rock, der Seidenbluse und einer Perlenkette am Hals. Hochgeschlossen und bieder schien sie nur darauf zu warten, dass er wiederentdeckte, was unter ihrem Rock war.

Sean stöhnte und schlug mit seiner Faust auf das Lenkrad.

Ihre Vergangenheit war so chaotisch.

Wenigsten war er bereit gewesen, es nochmal zu versuchen, dachte Sean und schlug wieder auf das Lenkrad. Er war wütend auf Margaret, weil sie nicht in seine Arme gesunken war und verärgert über sich selbst, weil er sie wieder verlassen hatte.

Sean war sicher, dass er es vermasselt hatte. Er fuhr weiter nach Dublin und zwang sich, den unerfüllten Traum loszulassen.

Es war einfach zu spät für sie, dachte er.

KAPITEL VIERUNDZWANZIG

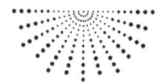

M argaret stand vor ihrem Koffer, der geöffnet auf ihrem Bett lag und faltete eine Bluse mit Händen, die vor Unentschlossenheit zitterten.

„Du gehst zu ihm, oder?", sagte Fiona von der Tür.

„Ich glaube, dass ich das muss", gab Margaret zu.

„Gut, es ist Zeit, dass du Rückgrat zeigst", schniefte Fiona.

Margaret drehte sich um und sah ihre Mutter mit erhobener Augenbraue an.

„Klar, denn ein Unternehmen zu gründen, während ich mein Kind allein in einem anderen Land großziehe, zeigt offensichtlich wenig Rückgrat", sagte sie trocken.

Fiona kicherte ertappt. „Das stimmt."

„Es tut mir leid, wenn mein Besuch hier dadurch kürzer ist", sagte Margaret plötzlich, als ihr klar wurde, dass sie die Tage, die sie mit Fiona zusammen verbringen wollte, gerade verworfen hatte.

„Du kommst ja wieder", sagte Fiona einfach – und Margaret realisierte, dass sie recht hatte.

Egal was mit Sean war, stand es außer Frage, dass Margaret wiederkommen würde, um Keelin und Fiona zu sehen.

„Der Flug von Boston ist total einfach", stimmte Margaret zu, machte den Koffer zu und stellte ihn auf den Boden.

„Vielleicht kann ich mal irgendwann kommen und es sehen", sagte Fiona leise und Margaret dämmerte, dass sie ihre Mutter nie wirklich eingeladen hatte, sie zu besuchen.

„Ja, das fände ich schön. Warum planen wir das eigentlich nicht gleich? Ich kaufe dir ein Ticket, wenn ich nach Hause komme."

„Das wäre toll", sagte Fiona und kam mit ausgestreckten Armen auf sie zu.

Margaret bückte sich und legte ihre Arme um Fiona. Sie zog sie eng an sich und ließ ihre Schilder herunter, so dass die volle Kraft der Liebe ihrer Mutter durch sie pulsierte.

Vielleicht musste sie es fühlen, wahrhaftig *fühlen* mit ihrer Gabe, um endlich ihre Vergangenheit loszulassen, dachte Margaret, als sie zurücktrat.

„Ich liebe dich sehr", sagte Margaret und legte ihre Hand auf die Wange ihrer Mutter.

„Ich dich auch. Oh, und Margaret", sagte Fiona, als Margaret an ihr vorbeiging und ihren Koffer hinter sich herzog.

„Ja?"

„Fall nicht wieder in deine alten Verhaltensmuster."

Margaret verbiss sich die übliche sarkastische Antwort und sah Fiona an.

„Ich werde mein Bestes tun, um das zu vermeiden."

KAPITEL FÜNFUNDZWANZIG

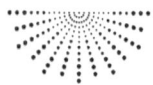

„Links fahren, links fahren", wiederholte Margaret und lenkte ihr Mietauto von der rechten Straßenseite weg. Sie hatte anscheinend so lange ohne Auto in Boston gelebt, dass sie vergessen hatte, wie riskant es war, in Irland zu fahren.

Es würde noch mindestens zwei Stunden dauern, bis Margaret in Dublin ankam und die Autofahrt hatte ihr Zeit gegeben, darüber nachzudenken, was sie tun würde.

Sollte sie versuchen, eine romantische Beziehung mit jemandem zu erneuern, den sie vor achtundzwanzig Jahren für ein paar Monate gekannt hatte? Wem wollte sie etwas vormachen?

Margaret lachte über sich selbst und schüttelte ihren Kopf. Sie konnte sich noch nicht mal mehr mit der Person von damals identifizieren, und konnte sich kaum an die Hälfte der Dinge erinnern, die sie zu der Zeit ihres Lebens gedacht oder gesagt hatte. Zeit hatte ganze Arbeit geleistet und die Erinnerung an das Mädchen, das sie gewesen war,

war verschwommen und hinterließ nur vage emotionale Spuren dieses Lebensabschnitts.

Sean ist die Liebe deines Lebens.

Fionas Worte hallten in ihrem Kopf wider.

Wie kannst du jemandem lieben, wenn du ihn kaum kennst? Natürlich war sie mit neunzehn Jahren voller Hormonschwankungen und Träumen von einem neuen Leben gewesen, aber jetzt? Margaret bezweifelte stark, dass Liebe so widerstandsfähig war.

Ja, vielleicht bin ich ein bisschen abgestumpft, dachte sie schniefend.

Es war nicht einfach gewesen als alleinerziehenden Mutter in Boston vor achtundzwanzig Jahren, dachte Margaret, und erinnerte sich an die Schwierigkeiten, ein neues Land zu erkunden, Keelin großzuziehen und sich einen Weg in der von Männern dominierte Immobilienbranche zu bahnen.

Liebesleben? Sie lachte innerlich. Erst als Keelin ein Teenager war, konnte Margaret Luft holen von den Anforderungen ihres Jobs und über Verabredungen mit Männern nachdenken. Dann hatte sie sich aber mit Begeisterung in die Szene geworfen und sich nur die besten und angesehensten Männer ausgesucht, die sie in der Stadt finden konnte. Männer, die niveauvoll und weltmännisch waren.

Alles das, was Welten entfernt war von den Männern, die sie in Grace's Cove finden würde.

Von Sean, wenn sie mit sich selbst ganz ehrlich war.

Und da dieser Besuch viel damit zu tun hatte, dass sie mit sich selbst ehrlich war, gab Margaret achselzuckend zu, dass sie sich definitiv die erfolgreichsten Männer ausgesucht hatte in der Hoffnung, die gleiche Anziehungskraft zu spüren, die sie nur mit einem ungehobelten Kerl auf einem Strand in Irland gefunden hatte.

Es war nicht passiert – nicht, dass Margaret es nicht versucht hätte. Nach ein paar Jahren mit diesen Verabredungen hatte sie diesen Teil ihres Lebens aufgegeben und sich auf ihr Unternehmen und Keelin konzentriert.

Was brauchte sie denn sonst noch?

Ein Leben, dachte Margaret. Vielleicht war es an der Zeit, den Trubel in Boston hinter sich zu lassen und ein wirkliches Leben zu haben. Sie hatte eine der renommiertesten Makleragenturen in Boston aufgebaut und hatte mehr Geld, als sie wusste, was sie damit anfangen sollte, aber sie merkte jetzt – ihr war langweilig.

Der Reiz, für ihre Kunden das perfekte Haus zu finden, war für sie weg; meistens war sie zu beschäftigt mit der Verwaltung und Geschäftsleitung, als dass sie direkt mit Kunden arbeiten könnte. Und sie konnte nur an so vielen Wohltätigkeitsveranstaltungen allein teilnehmen.

Wenn sie wirklich ehrlich mit sich selbst war – sie war einsam und mehr als ein bisschen gelangweilt. Jetzt, da Keelin nicht mehr in Boston lebte, hatte Margaret wenig außer ihrer Firma, worauf sie sich konzentrieren konnte.

Margaret seufzte und starrte auf das Farmland, das an ihrem Fenster vorbeizog. Sie konnte den Charme Irlands nicht verleugnen, das war mal sicher.

Ihre Gedanken bewegten sich zu Sean und zu dem, was sie tat. Nervosität ging durch ihren Magen, als sie daran dachte, an seine Tür zu klopfen.

Fiona hatte sie eine Flüchtige genannnt. Eine, die immer weglief.

Naja, vielleicht würde sie diesmal auf die Liebe *zulaufen*.

KAPITEL SECHSUNDZWANZIG

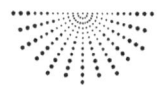

Obwohl sie die ganze Fahrt genutzt hatte, ihren Mut zusammenzunehmen, konnte Margaret sich nicht ganz dazu durchringen, aus dem Mietwagen auszusteigen. Sie hatte vor der abgesperrten Einfahrt eines Hauses etwas außerhalb des Stadtzentrums von Dublin geparkt. Margaret sah sich die Wohngegend an und die eleganten Tore und gepflegten Häuser fanden ihre Anerkennung. Ihr war klar, dass Seans Unternehmen gut laufen musste, wenn das Haus hinter dem Tor ein Anhaltspunkt dafür war.

Ein Backsteinhaus mit antik aussehender Außenbeleuchtung, Blumenkästen mit fröhlichen lila Blumen und einem gepflegten Rasen stand etwas zurückgesetzt von der Straße. Margaret fragte sich, wer sich um die Blumen kümmerte; sie konnte sich einfach nicht vorstellen, dass Sean draußen stand und seine Pflanzen wässerte. Sie fragte sich, ob er eine Haushälterin hatte – oder vielleicht sogar eine langjährige Freundin, von der sie nichts wusste. Was machte sie überhaupt hier? Sie sollte wahrscheinlich einfach gehen und sich in der Stadt ein Hotel suchen. Nickend griff Margaret zum Schlüssel.

„Bleibst du jetzt den ganzen Tag draußen sitzen oder hattest du die Absicht hereinzukommen?"

„Huch!" Margaret schrak hoch und wurde dann gegen ihren Sitz gedrückt. Ihr Gurt erwürgte sie fast, als er sich festklemmte. Sie legte ihre Hand auf ihr Herz, das in ihrer Brust hämmerte und drehte sich, um Sean böse anzustarren.

„Also du musstest dich nicht so anschleichen", sagte Margaret. Ihr irischer Akzent wurde in ihrer Wut stärker.

„Ich komme seit fünf Minuten die Straße hoch. Das war nicht gerade heimlich. Wenn du in deinen Spiegel geschaut hättest, hättest du mich gesehen", sagte Sean nüchtern und lehnte sich nach hinten auf seine Fersen, eine Leine in seiner Hand. Margaret folgte der Leine bis zu einem struppigen kleinen Hund mit braunen, schwarzen und weißen Flecken, der geduldig dasaß und sie anstarrte. Seine Zunge hing ihm aus seiner Schnauze.

„Was ist das?", fragte Margaret merkwürdig fasziniert von der komischen kleinen Kreatur.

„Das ist ein Hund", sagte Sean geduldig.

„Es ist mir klar, dass das ein Hund ist, Sean. Welche Rasse?", sagte Margaret ungeduldig.

„Es ist ein Straßenköter. Baron war der älteste Hund im Tierheim. Niemand wollte ihn haben. Ich habe mich damit irgendwie identifiziert", sagte Sean achselzuckend und rote Flecken machten sich auf seinen Wangen breit. „Also habe ich ihn mit nach Hause genommen. Wir sind jetzt Freunde."

Margaret fühlte, wie sich ihr Herz bei seinen Worten

etwas zusammenzog. Sie sah zum ersten Mal eine neue Seite an Sean. Nicht nur seine Einsamkeit, sondern auch seine Güte, dass er den unschönen Hund aufgenommen hatte, den sonst niemand haben wollte.

„Das ist ein ziemlich königlicher Name", sagte Margaret und lächelte auf den kleinen Hund herunter. Baron wurde ihr langsam sympathischer.

„Ich habe gedacht, dass er das brauchte, um sein Selbstbewusstsein zu stärken", stimmte Sean zu und drehte seinen Blick wieder zu ihr. „Also, hattest du vor, in deinem Auto sitzenzubleiben oder wolltest du hereinkommen?"

„Das habe ich noch nicht ganz entschieden", gab Margaret zu und drehte sich, um wieder auf die Straße zu starren.

„Baron findet, du solltest den Ball für ihn werfen", sagte Sean.

„Meinst du?" Margaret wandte ihren Blick auf Baron, dessen Körper vibrierte. Er wollte ganz offensichtlich, dass sie aus dem Auto stieg.

„Das hat er mir jedenfalls erzählt", sagte Sean.

„Dann kann ich ihn wohl nicht enttäuschen", stimmte Margaret zu und kämpfte damit, nicht zu lächeln.

Sean öffnete ihre Autotür und Margaret löste den Sitzgurt und wollte ihre Füße auf den Boden stellen. Baron sprang sofort in ihren Schoß und drehte sich, um ihr Gesicht mit seiner Zunge gründlich abzulecken.

„Siehst du? Er mag dich", sagte Sean.

„Ich bin mir sicher, dass das ein Trick ist, den du bei allen Frauen anwendest", grummelte Margaret, aber sie konnte nicht anders, als mit ihren Händen über Barons strubbeliges Fell zu streichen. „Du bist eine wirkliche Straßengrabenmischung, oder, Baron?"

Baron leckte ihre Hand und Margaret lächelte wieder.

„Er ist wirklich lieb", sagte sie endlich und sah in Seans Augen.

„Wir alten Kerle haben doch noch etwas Charme übrig", sagte Sean.

„Das habe ich noch nicht festgestellt", sagte Margaret und presste ihre Lippen zusammen, damit sie beim Anblick von Seans Gesichtsausdruck nicht laut lachte.

„Wenn du Charme willst, bekommst du Charme", sagte Sean und zog leicht an der Leine, um Baron zu ermutigen, von Margarets Schoß herunter zu springen. Er hielt ihr seine Hand hin und wartete, bis sie zögerlich ihre Hand in seine legte, dann zog er sie sanft aus dem Auto.

„Ihre Taschen, Madam?", sagte Sean scherzend und Margaret musste ein Kichern unterdrücken.

„Im Kofferraum", sagte Margaret, obwohl sie nicht ganz sicher war, ob sie wollte, dass Sean ihre Tasche herausnahm. Das würde bedeuten, dass sie bei ihm bleiben würde. Margaret wollte keine falschen Signale aussenden.

Aber was für ein Signal war es, dass sie aus Grace's Cove gekommen war, um vor seinem Haus zu sitzen, fragte sie sich.

„Vielleicht lassen wir die Tasche hier", schlug Margaret vor, aber Sean hatte sie schon in der Hand.

„Dann ist es schwerer für dich zu entkommen", sagte Sean leichthin. Er stieß das Tor zu seiner Einfahrt auf und ließ Baron von der Leine. Der Hund sprang durch den Garten und zeigte eine überraschende Beweglichkeit für sein Alter. Margaret versuchte, die Nervosität zu unterdrücken, die Seans Worte in ihr erweckt hatten. Sie ging in den Garten und zuckte beim lauten Zuschlagen des Tors zusammen.

„Niedlich", sagte Margaret. Dann sah sie nach unten auf Baron, der mit einem schleimigen grünen Ball in seiner Schnauze zurückgekommen war.

„Er glaubt nicht wirklich, dass ich den anfasse, oder?"

Als Antwort spuckte Baron den Ball auf ihrem Fuß aus und wedelte sie mit seinem kurzen Schwanz an. Sie konnte dem hoffnungsvollen Blick in seinen Augen nicht widerstehen, bückte sich und hob den nassen Ball mit ihren Fingerspitzen auf. Sie warf ihn durch den Garten und musste darüber lachen, wie Baron ihm hinter-herrannte.

Margaret sah auf ihre schleimige Hand.

„Hast du ein Handtuch?"

„Klar, komm rein", sagte Sean, ging zu seiner Haustür und schloss sie auf. Margaret ging an ihm vorbei, als er sie ins Haus führte, unsicher, was sie erwartete.

Ein Eingangsbereich mit Steinfliesen führte zu einem offenen Wohnzimmer, das in eine große Küche an einem Ende überging. Das Design war ein Kontrast zu dem typi-schen irischen Haus, in dem Wohn- und Esszimmer und Küche durch Wände getrennt sind. Hohe Fenster auf einer Seite des Wohnzimmers ließen das Sonnenlicht herein, das auf ein einsames Sofa und einen Tisch schien, die gegen-über von einem Fernseher standen. Die Wände waren kahl und die Arbeitsfläche in der Küche leer.

„Ich stelle nur schnell deine Tasche in dein Zimmer", rief Sean fröhlich und Margaret fühlte, wie sich ihre Schul-tern anspannten

„Das tust du ganz bestimmt nicht", sagte sie mit stählerner Stimme.

„Da tue ich nicht?", fragte Sean, nahm langsam seine Hand von ihrer Tasche und überkreuzte seine Arme über seiner Brust.

„Ich weiß noch nicht mal, was ich hier mache. Es ist ein bisschen voreilig, davon auszugehen, dass ich die Nacht hier verbringen werde", schniefte Margaret und sah ihn mit erhobenem Kinn an.

„Also ich glaube, dass wir beide wissen, was du hier machst", sagte Sean ruhig.

„Oh, wirklich?", sagte Margaret. Ihr Herz hämmerte in ihrer Brust.

„Du hast mich vermisst und konntest nicht von mir wegbleiben", sagte Sean und schritt durch den Raum, bis er nur wenige Zentimeter von ihr entfernt stand. Margaret war gezwungen, von seiner Brust nach oben und in seine Augen zu sehen. Ihr Mund wurde für eine Sekunde trocken, während ihr Gehirn nach Gedanken suchte.

„Immer noch sehr von dir überzeugt, wie ich sehe", sagte Margaret leichthin und ein umwerfend sexy Lächeln ging über Seans Gesicht.

„Immer noch stur, wie ich sehe", sagte Sean und lehnte sich näher heran, bis seine Lippen ihren nah waren.

Ein Schwarm von Emotionen griff Margarets Geist an, von Lust zu Gelächter bis zu tief vergrabener Bitterkeit. Ihre Macht verschluckte sie fast und sie wusste, dass es die Kombination ihrer beider Gefühle war. Sie legte eine Hand auf seine Brust und schob sich von ihm zurück. Sie atmete tief ein, als er sie losließ.

Das Zimmer drehte sich ein bisschen und sie schloss

ihre Augen und atmete durch ihre Nase, um sich zu beruhigen.

„Ist alles okay?", sagte Sean. Seine Verspieltheit war verschwunden, als er mit einer Hand über ihren Arm strich.

„Kann ich ein Glas Wasser haben?", fragte Margaret. Sie brauchte einen Moment, um sich wieder zu fangen.

„Natürlich", sagte Sean und eilte durch den Raum.

Margaret fiel aufs Sofa, lehnte sich zurück auf die Kissen und streckte automatisch ihre Hand aus, um Baron zu streicheln, der hochgesprungen war und sich an ihre Seite kuschelte.

Natürlich machte es Spaß, mit Sean etwas zu plänkeln. Aber in Wirklichkeit hatten sie eine schwierige Vergangenheit. Margaret machte sich selbst etwas vor, wenn sie glaubte, dass sie darüber hingwegkommen würden.

„Hier", sagte Sean und stand mit einem kobaltblauen Glas in seinen Händen neben ihr.

„Danke", sagte Margaret. Sie nahm einen Schluck von der kühlen Flüssigkeit, bevor sie sich vorbeugte, um das Glas auf den Tisch vor ihr zu stellen. Sean setzte sich auf das Sofa und lehnte sich mit geschlossenen Augen in die Kissen.

„Sean", begann Margaret und hielt inne, als er seine Hand hob.

„Lieber nicht, Maggie. Ich glaube nicht, dass ich das ertragen kann", sagte Sean leise und Margaret fühlte, wie Traurigkeit durch sie ging.

Sie zögerte.

„Ich denke einfach, dass da zu viel Wut ist. Zu viel Vergangenheit. Wie würden wir darüber hinwegkommen?", fragte Margaret und plädierte mit Sean, dass er sie verstand.

„Wir tun es einfach. Wir alle haben die Wahl, Maggie. Du kannst jahrelang an der Wut über etwas, das du nicht mehr ändern kannst, festhalten oder du kannst entscheiden, dich von den Ketten zu befreien", sagte Sean und sah ihr in die Augen. Seine Worte enthielten eine Wahrheit, die sie nicht verleugnen konnte.

Margaret atmete tief ein, lehnte sich zurück in die Kissen und starrte in den Garten hinter dem Haus. Könnte es so einfach sein? Könnte sie es einfach loslassen und neu anfangen?

„Ich weiß nicht, ob ich die Art von Person bin, die so etwas einfach loslassen kann", gab Margaret zu. „Wütend auf dich sein – unsere Familiengabe hassen – es ist so tief in mir verwurzelt, dass es die Basis dessen geworden ist, worauf ich mein neues Leben aufgebaut habe."

Margarets Atem stockte als sie realisierte, dass das die Wahrheit war. Ihr neues Leben in Boston war von reiner Wut und Angst genährt worden – und der Entschlossenheit, nie wieder nach Irland zurückzukehren. Was würde mit ihr passieren, wenn diese Grundlage zerbröckelte?

„Und wie ist das für dich ausgegangen?"

Sean wollte wahrscheinlich nicht absichtlich sarkastisch klingen, aber es kam so rüber und Margaret sträubte sich etwas.

„Ich weiß nicht, Sean, eine der erfolgreichsten frauengeführten Immobilienfirmen in Boston zu haben, ist das ein Zeichen dafür, dass es okay gelaufen ist?", fragte Margaret mit erhobener Augenbraue.

„Ich bezweifle nicht, dass du das so oder so geschafft

hättest", sagte Sean besänftigend und seine Worte beinhal-
teten eine gewisse Wahrheit.

„Ich weiß nicht", sagte Margaret und zog an der Bügel-
falte in ihrer Hose. „Vielleicht habe ich diese Wut
gebraucht, um meine Entschlossenheit zu verstärken."

„Nein, das hast du immer schon gehabt. Weißt du nicht
mehr, wie du nachts Bücher über Immobilien in dein Bett
geschmuggelt hast? Das ist jemand, der entschlossen ist.
Wut oder nicht."

Margaret versuchte, auf ihr neunzehnjähriges Selbst
zurückzublicken.

„Ich vermute, ich *war* entschlossen. Aber Sean, da ist
so viel Wut und Elend aus der Zeit in meinem Leben. Wie
soll ich das einfach vergessen und mit dir ins Bett
springen?"

Sean verschluckte sich und hustete. Er bedeckte seinen
Mund mit seiner Hand, bevor er betrübt den Kopf
schüttelte.

„Warum fangen wir nicht mit einem Abendessen an?"

„Abendessen?", fragte Margaret und legte ihren Kopf
fragend schräg.

„Ja, Maggie. Abendessen. Ich möchte dich zum
Abendessen ausführen. Warum fangen wir nicht damit an?
Niemand hat gesagt, dass du mit mir ins Bett springen
musst – obwohl ich dich nicht abweisen würde, solltest du
es anbieten. Aber", er hob seine Hand, um sie zum
Verstummen zu bringen, „warum machen wir nicht einen
Schritt nach dem anderen."

„Aber – ", sagte Margaret voller Verwirrung.

„Wann geht dein Flugzeug?"

„In zwei Tagen. Dienstagmittag."

„Also gut. Das ist nicht viel Zeit. Aber ich kann mein Bestes tun, damit du zweimal darüber nachdenkst, ob du in das Flugzeug steigst."

Bei seinen Worten überkam sie Hitze, und sie sah auf ihre Hände herunter, die geballt in ihrem Schoß lagen. Wäre es so schlimm, etwas lockerer zu sein und ausnahmsweise mal etwas Spaß zu haben?

Denk daran, was das letzte Mal passiert ist, als du mit diesem Mann locker gewesen bist, schimpfte ihr Unterbewusstsein. Margaret kämpfte innerlich, bevor sie tief einatmete und sich drehte, um Sean in die Augen zu sehen.

„Freunde. Lass uns das als Freunde machen", sagte sie.

„Ach Maggie, wir sind immer Freunde gewesen", sagte er und drückte ihre Hand.

„Waren wir das? Weil ich das Gefühl habe, dass wir Liebhaber waren, und dann warst du mein Ex-Freund und der abwesende Vater meines Kindes", sagte Margaret eiskalt – und war überrascht, dass Sean wieder lachte.

„Siehst du? Das ist gut. Lass es alles heraus", sagte er besänftigend.

„Versuch nicht andauernd, mich zu beschwichtigen!", sagte Margaret, überrascht, dass ihr Temperament wieder von null auf hundert stieg.

„Ich beschwichtige dich nicht. Lass uns die Karten auf den Tisch legen", sagte Sean und Margaret warf sich in die Kissen und überkreuzte ihre Arme, während sich ihr Fuß im Kreis bewegte.

„Erstens war ich ein totaler Idiot, dass ich mich von der Bucht so habe einschüchtern lassen. Ich hätte niemals weglaufen sollen", sagte Sean und hielt seine Hand hoch, um Margaret zu stoppen, als sie anfing, ihm zuzustimmen.

„Zweitens hätte ich nie dein Wort für bare Münze nehme
sollen, dass du nicht wolltest, dass ich nach Boston
komme. Ich hätte dir nachfliegen sollen."

Margaret war überrascht, dass ihr die Tränen hochka-
men. Sie schluckte und versuchte, sie aus ihren Augen zu
blinzeln. Sie hatte ehrlich gesagt nie damit gerechnet, dass
sie diese Worte von Sean hören würde.

„Drittens hättest du den Anstand haben sollen, mir
persönlich von Keelin zu erzählen", sagte Sean und
Margarets Kinnlade fiel nach unten.

Er hatte recht.

Sie hätte nicht weglaufen sollen, ohne Sean von ihrem
Zustand, ihrem Baby zu erzählen. Egal, wie die Situation
war, sie hatte nicht das Recht gehabt, es ihm vorzu-
enthalten.

„Ich..." Margaret stampfte fast mit ihrem Fuß auf, als
er sie wieder zum Schweigen brachte.

„Viertens hätte ich nicht blind in die nächste Beziehung stolpern sollen, ohne dir hinterherzukommen. Ich
konnte nicht gut damit umgehen, allein zu sein. Das kann
ich jetzt besser", sagte Sean gelassen.

Margaret nickte heftig. Verdammt richtig. Er hätte
nicht die nächste Schlampe heiraten sollen, die ihm über
den Weg lief, dachte sie.

„Fünftens hättest du an uns glauben sollen, dass wir es
hinbekommen hätten", sagte Sean und dabei drehte
Margaret sich um und spuckte ihn fast an.

„*Ich* hätte das tun sollen?", kreischte sie fast.

„Wir hätten es tun sollen", berichtigte Sean sich mit
festem Blick.

Margaret sah Sean an – sah ihn richtig an – das erste

Mal, seit sie in Irland angekommen war. Seine Augen waren voll Schmerz, aber da war auch ein Unterton von Hoffnung; sie konnte es von weitem sehen.

„Du hast recht", sagt Margaret, unsicher, warum sie sich von diesem Mann so angezogen fühlte. „Wir hätten es tun sollen."

„Also lass uns das nochmal versuchen. Margaret O'Brien, kann ich dich zum Abendessen ausführen?", sagte Sean. Er stand auf und streckte seine Hand aus.

„Ich...das fände ich schön", sagte Margaret schüchtern und schob ihre Hand in seine.

Sie fühlte sich, als wäre sie wieder neunzehn.

KAPITEL SIEBENUNDZWANZIG

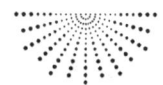

M argaret zog sich im Gästezimmer um, nachdem sie Sean letztendlich doch erlaubt hatte, ihr Gepäck hineinzustellen. Es war ja nicht so, als ob zwischen ihnen etwas passieren müsste. Sie waren beide erwachsen und ihre gemeinsame Vergangenheit war ewig her.

Margaret fummelte vorm Spiegel an ihren Haaren und versuchte, die Nervosität zu dämpfen, die durch ihren Magen raste. Es kam ihr vor, als ob seit ihrer Ankunft in Irland nichts als Wellen von Emotionen sie durchflutet hatten. Es war, als hätte sie in Boston ein schwarzweißes Leben geführt und hier war alles in Farbe zu sehen. Margaret wusste, dass viel davon mit ihrer Gabe zu tun hatte. Die spezielle Fähigkeit, die sie zu Hause so streng kontrollierte, schien in Irland zu neuem Leben erweckt zu sein.

Es machte sie nervös. Sie hatte größere Schwierigkeiten damit, ihre Schutzschilder aufrecht zu erhalten und damit begann die alte Bitterkeit über ihre Gabe in ihrer Brust zu brennen.

„Bist du soweit?", rief Sean und Margaret strich mit ihren Händen über die rote Seidenbluse, die sie zu einem weißen engen Rock trug. Margaret legte eine auffällige Kette um den Hals – eine von Aislinns, die Keelin ihr gegeben hatte – warf einen letzten Blick in den Spiegel und streckte ihre Schultern.

„Ja", sagte sie und öffnete die Tür des spärlich eingerichteten Gästezimmers, um den schlichten weißen Flur entlang zu Sean zu gehen, der mit Baron zu seinen Füßen am Eingang stand.

Gott, der Mann war immer noch attraktiv, dachte Margaret, als sie seine makellosen Hosen, das weiße Hemd und die karierte Mütze auf seinem dunklen Haar sah. Er war elegant, selbstbewusst und sah noch besser aus als vor all den Jahren. Margaret schluckte gegen den plötzlichen Klumpen im Hals und kicherte, als er pfiff, während sie auf ihn zuging.

„Ich traue meinen Augen nicht...die schönste Frau in Dublin ist meine Begleitung? Womit habe ich dieses Glück verdient?", fragte Sean Baron, der begeistert zu seinen Füßen wedelte.

„Oh, hör auf", sagte Margaret errötend.

„Du bist ein Bild für die Götter, Maggie", sagte Sean und bot ihr seinen Arm.

„Dankeschön. Du siehst auch sehr gut aus", sagte sie förmlich, während sie ihren Arm in seinen schob und aus der Haustür trat.

„Keine Parties, während wir weg sind", instruierte Sean Baron und brachte Margaret wieder zum Kichern.

Wann hatte sie das letzte Mal so unbeschwert gelacht? Margaret liebte ihr Leben in Boston, aber sie hatte nicht gemerkt, wie angespannt sie gewesen war. Sie hatte sich immer so darauf konzentriert, die nächste Krise in ihrer Firma zu beheben, dass sie sich nie wirklich die Zeit genommen hatte zu entspannen oder Spaß zu haben.

Und wäre es nicht eine tolle Abwechslung, mal Spaß zu haben?

„Wo gehen wir hin?", fragte Margaret, als sie zur Garage gingen – und dann schnappte sie nach Luft, als sich das Tor öffnete und ein schnittiges rotes Cabrio enthüllte. „Sean!"

„Na ja, ein Mann braucht ein paar Spielzeuge, oder?", sagte Sean zwinkernd. Er kam herum, um die Tür für Margaret zu öffnen. Sie lachte, als sie auf den weichen Ledersitz glitt und bewunderte den Kontrast des cremefarbenen Leders mit der roten Lackierung des Autos.

„Guck mal, du passt genau dazu!", rief Sean und lachte, als er auf den Fahrersitz glitt.

„Als ob es so sein sollte", sagte Margaret leichtfertig, dann biss sie sich auf die Zunge.

„Ich glaube, das haben wir schon immer gewusst", sagte Sean. Er hielt seinen Blick auf dem Rückspiegel, während er aus der Garage zurücksetzte. Margaret bebte bei seinen Worten.

„Juhu", lachte Margaret, als sie mit rasantem Tempo aus seiner Einfahrt schossen. Sean fuhr eindeutig schnell, um anzugeben. Er lächelte sie an und wurde langsamer, als sie durch sein Wohnviertel fuhren.

„Möchtest du am Wasser entlang fahren, bevor wir Essen gehen?", fragte Sean und Margaret nickte.

„Das wäre schön."

Sie fielen in behagliches Schweigen, während der Wind durch ihre Haare wehte und Sean aus dem Stadtzentrum fuhr. Er machte das Radio an, als sie am Ufer entlangfuhren. Das Sonnenlicht war warm auf ihren Schultern und der weiche irische Akzent des Radiosprechers beruhigte Margaret.

Vielleicht könnte sie dies hier doch tun.

„Ich hoffe, du magst Mittelmeerküche", sagte Sean über den Wind, als er die Küstenstraße verließ und den kleinen Flitzer wieder zur Stadt lenkte.

„Das tue ich", sagte Margaret, überrascht, dass er eine ihrer Lieblingsküchen gewählt hatte.

„Gut", sagte Sean mit einem Lächeln auf dem Gesicht.

„Ich muss schon sagen, ich liebe dieses Auto", sagte Margaret und lachte ihn an. Es hatte etwas Befreiendes, mit dem offenen Dach herumzufahren und an den Leuten vorbeizuflitzen. Es machte Spaß. Sie brauchte wirklich mehr Spaß in ihrem Leben.

Sie fuhren zu einem trendigen kleinen Restaurant. Aus den Lautsprechern draußen erklang lebhafte Musik und die Fenster standen offen, um die Brise zu erhaschen. Sean stieg aus und warf die Autoschlüssel zu dem Parkplatzangestellten, der freundlich lächelte und Margarets Tür öffnete.

„Madam", sagte der Mann mit einem Lächeln und Margaret lächelte automatisch zurück.

Madam.

Hatte sie das nicht gerade wieder an ihren Platz verwiesen? Margaret schüttelte ihren Kopf, als sie ums Auto herum zu Sean ging. Sie war fast fünfzig Jahre alt, um Himmelswillen. Was machte sie hier, in einem Cabrio herumflitzen und wie ein Schulmädchen kichern? Sie nahm sich vor, sich gut zu benehmen und lächelte höflich, als die Hostess sie zu einer breiten Ledereckbank führte, die in einer privaten Nische versteckt war. Die Gerüche aus der Küche ließen ihr schon das Wasser im Mund zusammenlaufen.

„Sean, es ist toll hier", sagte Margaret und drehte sich, um durch das Restaurant zu schauen. Es war elegant und modern mit viel Metall und weißem Holz, aber irgendwie hatte es trotzdem noch eine charmante Gemütlichkeit.

„Ja, Dublin hat sich wirklich entwickelt in den letzten zwanzig Jahren oder so. Die Kunstszene ist wunderbar, es gibt mehr musikalische Darbietungen und die Restaurants sind toll."

„Du gehst in Kunstgalerien?", fragte Margaret mit erhobenen Augenbrauen, während sie den Kellner anlächelte, der sich ihrem Tisch näherte.

„Na ja, Margaret, du weißt doch, dass Aislinn eine berühmte Künstlerin ist. Ich habe bestimmt nicht so viel Stil wie du, aber trotzdem kann ich Kunst schätzen", sagte Sean steif, bevor er sich zum Kellner umdrehte. Margaret warf ihm einen verwirrten Blick zu, bevor sie sich selbst schalt, ein Snob zu sein. Der Sean, den sie vor Jahren gekannt hatte, hätte sich keine Besuche in Kunstgalerien leisten können. Es war offensichtlich, dass sich seitdem viel geändert hatte.

Margaret wartete, bis sie Getränke bestellt hatten, bevor sie ihre Hand auf Seans Arm legte.

„Es tut mir leid. Das kam ziemlich arrogant rüber", sagte sie ruhig und sah in seine Augen.

„Wir werden noch viel über einander lernen müssen", sagte Sean.

„Das müssen wir wohl", sagte Margaret leise. Sie lächelte, als der Kellner wieder an ihrem Tisch auftauchte und zwei Gläser Rotwein eingoss.

„Erzähl mir von deiner Firma", lenkte Sean geschmeidig ab. Margaret war dankbar, dass er nicht mehr verärgert war.

„Willst du das wirklich wissen?", fragte Margaret. Sie nahm einen Schluck von ihrem Wein und beobachtete Sean sorgfältig. Die Männer, die sie in Boston traf, verbrachten normalerweise den ganzen Abend damit, über ihre eigenen Unternehmen zu reden und wie erfolgreich sie waren. Es war eine wohltuende Abwechslung, dass jemand nach ihrer Firma fragte.

„Natürlich will ich das. Ich will alles über dich wissen", sagte Sean. Seine Worte schienen ihren Körper zu streicheln. Margaret fühlte ein Zittern durch sie gehen und sie nahm noch einen Schluck von ihrem Wein, um ihren plötzlich trockenen Mund zu befeuchten.

„Ich bin im Immobilienmarkt tätig, wie du weißt", sagte Margaret.

„Ich weiß. Ich bin so froh, dass du diesen Traum nicht aufgegeben hast", sagte Sean lächelnd.

„Danke, ich auch", sagte Margaret und lächelte zurück. Die Unterhaltung stockte, während sie ihr Essen bestellten.

„Red weiter", sagte Sean, nachdem der Kellner weg war. Er gab ihr den Brotkorb und Margaret tauchte ein knuspriges Stück warmes Brot in Öl. Sie aß es, ohne über Kalorien oder ihre Taille nachzudenken, was sie in Boston nie tat.

„Ich habe mit nur einem Kunden angefangen. Meine
Cousine ließ mich eine Weile mit Keelin bei ihr wohnen
und hat mir viel geholfen. Ich bin auf ewig in ihrer
Schuld."

„Ich hätte da sein sollen, um zu helfen", sagte Sean
leise und Bedauern zeigte sich auf seinem attraktiven
Gesicht.

Margaret fuchtelte mit dem Brot in ihrer Hand.

„Ich glaube, dass ich das allein machen musste.
Obwohl mein Herz zu der Zeit gebrochen war, musste ich
sehen, wozu ich fähig war. Und aus einem Kunden wurden
fünf und dann immer mehr. Jetzt habe ich fünfzig Makler,
die für mich arbeiten. Ich habe kaum noch Zeit, Häuser zu
zeigen, weil ich so mit der Geschäftsführung beschäftigt
bin", lachte Margaret.

„Dein Herz war gebrochen?", fragte Sean und kam zu
dem Geständnis zurück, das Margaret gemacht hatte.

Margaret fühlte, wie ihre Wangen warm wurden und
sie drehte sich für einen Moment weg und nahm noch
einen Schluck von ihrem Wein.

„Das war es. Zumindest für die Gefühle, die ich zu der
Zeit für dich hatte. Ich weiß nicht, ob es Liebe war oder
einfach die rohe Emotion der Jugend, aber ich habe dir
lange nachgeweint. Das ist keine Lüge", sagte Margaret
achselzuckend. Sie nahm noch einen Schluck Wein und
beobachtete Seans Gesichtsausdruck aus halb geschlossenen Augen.

„Ich hatte auch ein zerbrochenes Herz, als du gingst.
Meine Depression hat mich fast blind gemacht. Ich habe
mich im Trinken verloren und bin fast nur noch aus dem
Haus gegangen, um mit dem Boot rauszufahren. Jeden Tag

nach der Arbeit bin ich direkt in den Pub gegangen. Fiona war diejenige, die mich da rausgezogen hat", gab Sean zu.

„Du hast zu viel getrunken?", fragte Margaret und neigte den Kopf.

„Ja, das war meine einzige Ausflucht. Bis Fiona mehr oder weniger gesagt hat, ich sollte anfangen zu leben oder es einfach beenden. Das war genau der Tritt in den Hintern, den ich brauchte", sagte Sean.

„Und dann hast du deine Frau kennengelernt", sagte Margaret. Sie trieb die Unterhaltung voran, obwohl sie überrascht war, dass der Gedanke an seine Heirat immer noch schmerzte.

„Das habe ich. Es...es war dumm von mir. Wir haben nie zusammengepasst. Sie ist eine gute Frau und sie hat mich viel länger ertragen, als sie sollte. Aber sie wusste, dass mein Herz nicht dabei war. Ich denke, wir haben beide gedacht, wir könnten es hinkriegen. Und als die Zwillinge kamen...na ja. Was hätten wir sonst tun sollen?", fragte Sean schulterzuckend.

„Das kann ich verstehen", sagte Margaret und Sean sah sie erleichtert an.

„Wirklich?"

„Ja wirklich. Kinder ändern alles. Ich kann nachvollziehen, dass du daran festhalten und ihnen ein gutes Leben geben wolltest ", sagte Margaret. Als Mutter konnte sie es wahrhaftig verstehen, was Sean meinte.

„Na ja, es hat trotzdem nicht lange gehalten. Wir haben uns getrennt, als sie Teenager waren", sagte Sean und strich mit seinen Fingern über eine Falte im Tischtuch.

„Das muss hart gewesen sein", sagte Margaret.

„Das war es. Aislinn wollte wenig mit mir zu tun

haben. Es hat eine Weile gedauert, bis sie mir wieder wohlgesonnen war. Colin hatte ein bisschen mehr Verständnis. Jetzt habe ich noch eine Tochter, an deren Beziehung ich arbeiten muss. Irgendwie ist man als Eltern nie fertig, oder?"

„Nein, das stimmt. Keelin scheint ziemlich empfänglich dafür zu sein, dass ihr beide eine Beziehung habt", sagte Margaret vorsichtig. Sie wollte nicht eine von Keelins privaten Ansichten über Sean preisgeben.

„Das ist sie. Und dafür bin ich dankbar. Wir bekommen das schon hin. Ich bin froh, dass sie und Aislinn Freundinnen geworden sind. Ich glaube, das hat Keelin und mir auch geholfen, unsere Beziehung zu stärken", lächelte Sean, als der Kellner eine Platte mit dampfendem Fleisch brachte und dazu noch zwei Platten mit Oliven, Käse, Hummus und Obst. Margaret lachte über all das Essen.

„Das ist genug, um zehn Leute satt zu kriegen", sagte Margaret begeistert.

„Du wirst es lieben", garantierte Sean.

Und sie liebte es. Die ganze Nacht eigentlich. Nach ein paar holprigen Momenten, in denen sie unbehagliche Dinge aus ihrer Vergangenheit ansprachen, war Margaret erstaunt, wie viele Gemeinsamkeiten sie hatten – vom Unternehmen betreiben bis zur gemeinsamen Liebe für Bruce Springsteen – und als sie wieder in seinem Haus waren, war Margaret entspannt und lachte.

„Ich kann nicht glauben, dass du Nachtisch bestellt hast", lachte Margaret und legte ihre Hand auf ihren Magen, da wo sie sicher war, dass ihr Bauch gegen ihren Rock drückte.

„Das war es doch wert, oder?", sagte Sean und lächelte sie an, als er aus dem Auto sprang und herumging, um ihre Tür zu öffnen. Margaret stieg aus und ging an ihm vorbei. Sie fühlte seine Nähe wie eine greifbare Welle über ihrem Körper.

„Es war jedenfalls dekadent", stimmte Margaret zu. Sie wartete, als er die Haustür aufschloss und bückte sich sofort, um einen aufgeregten Baron zu streicheln.

„Ich muss ihm noch sein Futter geben", sagte Sean und Margaret folgte ihm in die Küche und setzte sich auf einen der Hocker. Sie sah zu, wie er ein offensichtliches Futterritual mit Baron absolvierte: sitz, bleib, roll dich.

„Das ist niedlich", bemerkte Margaret.

„Ach, das ist nur ein kleines Ding, das wir machen", sagte Sean. Seine Wangen röteten sich leicht bei ihrem Lob.

„Baron muss gute Gesellschaft sein", stellte Margaret fest. Sie drehte sich etwas, um die leeren Wände anzusehen. „Keine Freundinnen, die dir Gesellschaft leisten?", fragte sie. Sie vermied seinen Blick aber wollte die Antwort wirklich wissen.

„Na ja, da waren ein paar, aber niemand Besonderes", sagte Sean und eine Welle von Erleichterung durchlief Margaret.

„Es ist eindeutig, dass du alleinstehend bist", sagte sie und zeigte auf die leeren Wände. Verwirrung ging über Seans Gesicht, bevor er verstand, was sie meinte.

„Ja, ich habe immer vor, Bilder aufzuhängen, aber dann vergesse ich es wieder. Die Arbeit hält mich ziemlich auf Trab", gab er zu. Er ging zu Margaret und stand neben ihrem Stuhl.

„Arbeitest du morgen?", fragte Margaret und wagte kaum zu atmen; seine Nähe machte sie nervös.

„Ja. Hast du Lust, mit mir aufs Boot zu kommen?", fragte Sean.

Margaret sah ihn überrascht an. „Fischen?"

„Nein, es ist eins der Ausflugsboote. Es sei denn, du hast Interesse am Angeln?", sagte Sean und lachte sie an.

„Eine Tour wäre schön", sagte Margaret und dann fühlte sie, wie sie sich anspannte, als Sean seine Hand ausstreckte und die Rückenlehne ihres Stuhls anfasste. Er drehte den Hocker, bis ihre Beine an seine stießen und er zwischen ihnen stand. Margaret wurde rot bei der Intimität und war unsicher, ob sie dafür bereit war, aber überrascht, wie schnell ihr Körper auf seinen reagierte.

„Ach Maggie", sagte Sean und legte seine Stirn an ihre, bevor seine Lippen sanft zu ihren gingen und seine Hände ihre Arme hochstrichen.

Margaret wusste nicht, warum seine Berührung sie zu Tränen rührte. Da war so viel Vergangenheit mit ihm, sie war nicht sicher, dass sie zurückgehen konnten. Margaret drückte sich gegen ihn und ließ sich in den Kuss fallen. Sie stöhnte leise in Protest, als er den Kuss abbrach. Sie sammelte sich, lehnte sich zurück und sah die Frage in seinen Augen.

Und traf eine Entscheidung.

„Danke für das Essen. Ich bin wirklich müde, es war spät gestern Abend bei Keelins Hochzeit", sagte Margaret. Sie zog sich von seiner Berührung zurück und errichtete ihre emotionalen Mauern wieder. Enttäuschung blitzte in seinen Augen auf, bevor er nickte und zurücktrat.

„Brauchst du etwas? Im Badezimmer sind Handtücher. Ein Glas Wasser?"

„Wasser wäre gut, danke", sagte Margaret. Sie schwieg, als er ein Glas füllte und es ihr brachte.

„Wir könnten wirklich gut zusammen sein – wenn du uns lässt", sagte Sean leise und sah Margaret an. Sie fühlte, wie sich ihr Herz zusammenzog. Als sie das Glas Wasser von ihm nahm und seine Haut an ihrer spürte, schwankte sie etwas in ihrer Entscheidung.

„Ich bin nicht mehr die Person, die ich mal war. Ich treffe keine voreiligen Entscheidungen mehr", sagte Margaret schulterzuckend und weigerte sich, ihre Meinung zu ändern.

„Das kann ich verstehen. Träum schön, hübsche Margaret", sagte Sean und strich mit einem Finger über ihre Wange, bevor er Baron heranpfiff, während er zur Hintertür ging. „Weck mich, wenn du irgendetwas brauchst."

Margaret schluckte gegen den Klumpen in ihrer Kehle, als sie den Flur entlangging. Machte sie einen Fehler? Ihr Herz schrie sie an zurückzugehen und den Mann anzuspringen, aber ihr Rückgrat – das sie in Stahl verwandelt hatte – zwang sie, weiterzulaufen.

Sie hatte bereits einen lebensverändernden Moment mit diesem Mann gehabt. Margaret war nicht sicher, dass ihr Herz einen weiteren verkraften konnte.

KAPITEL ACHTUNDZWANZIG

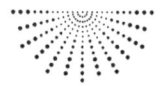

„D er Tee ist fertig", rief Sean und klopfte leise an
ihre Tür. Margaret zog das Kissen vom Kopf und
stöhnte.

„Wie spät ist es?", grummelte sie.

„Halb sieben", rief Sean fröhlich durch die Tür und
Margaret stöhnte nochmals. Halb sieben bedeutete, dass es
in Boston etwa halb eins morgens war. Sie seufzte,
schwang ihre Beine aus dem Bett und bewegte sich zum
Badezimmer.

Worüber beschwerte sie sich eigentlich? Es war ja
nicht so, als ob sie viel Schlaf gehabt hätte. Wenn Margaret
glaubte, ihre Träume über Sean in der vorigen Nacht seien
lebendig gewesen, dann hatten die Träume der letzten
Nacht ihnen die Schau gestohlen. Zu wissen, dass er nur
Meter von ihr entfernt war, hatte das Erlebnis noch gestei-
gert und Margaret war mehr als einmal mit einem Lust-
schrei aufgewacht und hatte sich seine Hände auf ihr
vorgestellt. Sie schüttelte ihren Kopf, als sie in die Dusche
trat und betete, dass ihre Stimme leise genug gewesen war,

dass sie Sean nicht geweckt hatte. Margaret war nicht sicher, dass sie ihm heute ins Gesicht schauen könnte, wenn er sie gehört hatte.

Nach einem Blick aus dem Fenster entschied sich Margaret für Jeans und einen dunkelblauen leichten Pullover über einem weißen Seiden-T-Shirt. Sie wusste, wie sich der Wind auf dem Wasser ändern konnte und wollte vorbereitet sein. Nach einem Blick in den Spiegel musste Margaret Keelin zustimmen.

Ihr Hintern sah gut aus in Jeans.

Margaret öffnete die Tür und fand Baron, der auf sie wartete. Der kleine Hund krümmte sich vor Freude und rollte sich auf seinen Rücken. Sie war entzückt.

„Ach, was bist du für ein süßer Kleiner", gurrte Margaret und bückte sich, um Barons Bauch zu kratzen. Die kleine Promenadenmischung wuchs ihr schnell ans Herz und sie fragte sich, ob sie einen Hund halten und ein Geschäft führen könnte.

„Also er bekommt die ganze Liebe heute morgen? Wann werde ich am Bauch gekrault?", fragte Sean mit erhobener Augenbraue, während er am Herd Eier machte.

Margaret war überrascht, dass sie schon wieder über ihn lachte und ging impulsiv um die Ecke und küsste ihn auf die Wange.

„Natürlich, du küsst mich jetzt, wenn ich meine Hände mit Eiern und einer heißen Pfanne voll habe", grollte Sean und Margaret lachte wieder. Sie ging an ihm vorbei, um an der Theke zu sitzen und goss sich eine Tasse Frühstückstee ein aus der fröhlichen roten Kanne, die dort stand.

„Ich möchte dich nur auf Trab halten", sagte sie leichthin, während sie Sahne und Zucker in ihren Tee gab und mit einem Löffel umrührte. Margaret nahm einen kleinen Schluck und sah zu, wie Sean in der Küche arbeitete. Er bewegte sich mit einer Leichtigkeit, während er die Eier auf die Teller legte, den Toast butterte und ein Glas mit Marmelade herauszog. Margaret wurde auf einmal klar, dass noch nie ein Mann für sie gekocht hatte. Es war eine überraschend nette Erfahrung.

„Ach, ich würde mir den ganzen Tag für dich ein Bein ausreißen, Maggie", sagte Sean sanft und schob ihr einen gehäuften Teller mit Eiern und Toast zu. Margaret lachte darüber und sah ihn an.

„Ich nehme normalerweise nur Tee und Obst zum Frühstück. Das ist eine Menge Essen", erklärte sie.

„Oh. Ich habe Obst. Möchtest du welches? Ich hole es", sagte Sean und Margaret beeilte sich, ihn aufzuhalten, als er durch die Küche wuselte, um im Kühlschrank nach Obst zu schauen.

„Nein, wirklich, das hier ist wunderbar. Danke", sagte Margaret schüchtern und fand seinen Eifer liebenswert. Sie gabelte etwas Ei auf und fing an, sich durch den Berg auf ihrem Teller zu arbeiten.

„Wir haben heute zwei Touren, aber ich führe nur die am Morgen. Dann muss ich etwas Zeit im Büro verbringen, also kannst du entweder dort sitzen oder vielleicht hast du Lust, durch Dublin zu laufen? Ein bisschen einkaufen gehen? Dann habe ich gedacht, wir können nochmal zum Abendessen gehen oder ich koche hier etwas", sagte Sean mit Aufregung in seiner Stimme, als er ihr all die Möglichkeiten aufzählte.

Er ist wirklich einsam, realisierte Margaret mit einem

plötzlichen Knoten im Bauch. Sie konnte fühlen, wie es in dicken Wellen von ihm ausging.

„Das klingt doch gut. Ich muss nicht einkaufen gehen, ich kann einfach bei dir bleiben", sagte Margaret. Boston hatte in der Newbury Street einige der besten Läden der Welt, also war sie nicht zu interessiert daran, ihren Kleiderschrank hier aufzufüllen.

„Okay, dann muss ich nur Baron fertig machen", sagte Sean, schob sich zurück und stellte seinen Teller in die Spüle.

„Baron kommt mit dir mit?"

„Natürlich", sagte Sean und schüttelte seinen Kopf über sie.

„Natürlich", wiederholte Margaret und stand von ihrem Stuhl auf. „Ich kümmere mich um das Geschirr."

„Danke, das wäre toll." Sean klang erleichtert, als er von der Spüle wegging. Margaret schüttelte nur ihren Kopf.

Männer würden alles tun, um sich vorm Abwasch zu drücken.

Margaret seufzte, als sie den Schrank öffnete und feststellte, dass die zwei Teller, die sie gerade abgewaschen hatte, seine einzigen waren. Neugierig öffnete sie eine andere Schranktür und fand eine Sammlung unterschiedlicher Gläser auf dem Regal. Sie blickte kurz über ihre Schulter, um zu sehen, ob Sean sie sah. Sie steckte ihren Kopf in ein paar andere Schränke und kam wieder hoch, überrascht über den kompletten Mangel an Küchengeschirr.

„Suchst du etwas?", fragte Sean von der anderen

Zimmerseite, wo er eine kleine Tasche gepackt hatte und eine Leine in einer Hand hielt.

„Ich versuche herausfinden, wo deine Pfanne hinge-hört", sagte Margaret mit einem Lächeln und hielt die Pfanne in ihrer Hand. „Obwohl es aussieht, als könnte sie überall hin, deine Schränke sind ziemlich leer. Bist du gerade einzogen oder so?"

„Nein, ich bin seit ungefähr sechs Jahren hier?", sagte Sean und legte sein Gesicht in Falten, als er über ihre Frage nachdachte.

„Sechs Jahre und du hast nur zwei Teller? Hast du nie Leute da zum Essen?" Margaret war ehrlich neugierig. Es war völlig un-irisch, niemanden in sein Haus einzuladen.

„Ich lade Leute in Restaurants und Pubs ein. Hier habe ich ganz selten jemanden", sagte Sean achselzuckend und ging in den Flur. „Fertig?"

„Ich hole nur meine Handtasche", sagte Margaret und merkte, dass die Unterhaltung zu Ende war.

Und fragte sich, warum dieses Haus so unbewohnt erschien.

KAPITEL NEUNUNDZWANZIG

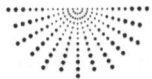

Die Fahrt in dem großen schwarzen Pickup zu Seans Firma war ganz anders als die in seinem schnittigen kleinen Cabrio, dachte Margaret, als sie aus der Stadt heraus und zu den Docks fuhren.

Nicht, dass es ihr etwas ausmachte. Es war irgendwie nett, so hoch in dem Fahrzeug zu sitzen. Zu Hause hatte Margaret noch nicht mal ein Auto. Sie nahm entweder öffentliche Verkehrsmittel, ging zu Fuß oder bestellte einen Fahrservice für längere Fahrten. Die Kosten und die Unbequemlichkeit eines Autos, wenn man in Beacon Hill wohnte, machten für Margaret keinen Sinn.

Die Morgensendung im Radio machte eine Unterhaltung schwierig und Margaret verbiss sich ein Lächeln, als Sean über das Ergebnis eines Hurlingspiels vom Vorabend fluchte. Sie hatte vergessen, wie aufgebracht die Iren sein konnten, wenn ihr Team beim beliebtesten Sport Irlands verlor.

Sean erreichte ein großes Lagerhaus an den Docks mit einem Maschendrahtzaun um das Gelände herum. Er winkte dem Wächter zu und das Tor ging auf, damit er hineinfahren konnte. Margarets Kinnlade fiel herunter bei der schieren Größe des Betriebs, der sich vor ihr eröffnete. Das Lagerhaus war bestimmt so groß wie ein Fußballfeld mit einem großen Parkplatz voller Lastwagen, wo Arbeiter geschäftig mit Karren und Kisten umhergingen. Rechts war eine lange Reihe von Docks, die beeindruckende Fischerboote beherbergten, von denen einige schon vom Dock abfuhren, während andere aussahen, als wären sie mitten in einer Inspektion. Margaret wusste genug über gewerbliche Immobilien, um zu erahnen, dass dieser Platz am Wasser ein kleines Vermögen gekostet haben musste.

„Du bist ganz schön weit gekommen, oder?", fragte Margaret Sean mit erhobener Augenbraue. Er lachte laut und schüttelte seinen Kopf, aber Margaret konnte die Freude auf seinem Gesicht sehen.

„Ich habe dir ja gesagt, dass ich ein großes Unternehmen aufbauen würde", sagte Sean und tat ihre Worte achselzuckend ab. Und doch war da etwas. Margaret fühlte eine leichte Welle von Ärger in Verbindung mit Genugtuung durch sie gehen. Sie fragte sich, ob Sean dachte, dass sie Zweifel an seinem Erfolg gehabt hatte.

„Ich habe immer gewusst, dass du das schaffen würdest", sagte Margaret leichthin, als sie in eine Parkbucht einbogen, die mit „Besitzer" gekennzeichnet war.

„Hast du das?", sagte Sean im gleichen Tonfall wie sie, dann sprang er aus dem Wagen. Dieses Mal kam er nicht herum, um die Tür für Margaret zu öffnen und sie fragte sich, auf welche Landmine sie jetzt getreten war.

Margaret knallte die Tür, rückte ihre Schultern gerade und wartete, dass Sean ihr den Weg zeigte.

„Komm mit ins Hauptbüro, ich muss einchecken",
sagte Sean leichthin. Der Ärger in seiner Stimme war
durch einen höflichen Ton ersetzt worden. Margaret
wusste, dass es manchmal in schwierigen Situationen am
besten war zu schweigen, also nickte sie und folgte Sean
wortlos, als er durch ein großes Rolltor ging, das hochge-
zogen war, um die Meeresbrise hereinzulassen.

Margaret war erneut erstaunt über die Anzahl der
Leute, die für Sean arbeiteten. Es schien, dass wo immer
sie hinsah, Leute umherwimmelten, Kisten mit Trockeneis
packten, in Kühlräumen ein und aus gingen und Anweisungen durch den Raum riefen. Nach ihrer Einschätzung
sah Seans Firma aus wie ein straff geführtes Unternehmen.

Sie rümpfte die Nase über den Fischgeruch, der aus
dem Lagerhaus kam und fragte sich, wie sie jeden Tag bei
diesem Geruch arbeiteten konnten. Margaret vermutete,
dass man es nach einer Weile nicht mehr merkte. Sie
versuchte ihr Bestes, um durch ihren Mund zu atmen und
folgte Sean durch das Lagerhaus zu einer Wand mit
verglasten Büros.

Sean hielt an einer Tür an und wartete auf Margaret. Er
lächelte höflich, bevor er sie für sie aufstieß. Sie führte in
eine Art Wartezimmer. Margaret lächelte die Frau am
Schreibtisch automatisch an und hielt sie für die
Empfangsdame.

„Adeline, dies ist...eine alte Freundin von mir,
Margaret O'Brien", sagte Sean. Er stockte für eine
Sekunde, als er darüber stolperte, wie er sie vorstellen
sollte. Margaret nahm es ihm nicht übel – wer wollte schon
die Mutter seines nicht existierenden Kindes vorstellen?

Margarets Augenbrauen gingen hoch, als Adeline sie

ansah. Die Frau war klein, aber hatte an den richtigen
Stellen Kurven. Sie betonte ihre Figur durch einen engen
grauen Strickpullover, schwarze Lederhosen und hohe
Schuhe, bei deren Anblick Margaret schauderte, als sie nur
darüber nachdachte, sie zu tragen. Üppiges rotes Haar –
kein irisches Rot, sondern aus einer Flasche, stellte
Margaret fest – thronte über einem attraktiven Gesicht mit
viel zu viel Makeup für diese Tageszeit. Margaret schätzte
sie etwa gleichaltrig ein und ihr Rücken versteifte sich, als
sie eine Welle der Abneigung von Adeline spürte, die das
Lächeln auf ihrem Gesicht widerlegte.

So ist das also, dachte Margaret. Sie streckte ihre Hand
aus und legte ein höfliches Lächeln auf ihr Gesicht.

„Freut mich, dich kennenzulernen. Wir lieben es, wenn
Freunde zu Besuch kommen, oder, Sean?", sagte Adeline.
Sie stand neben Sean und tätschelte kurz seinen Arm. Man
müsste blind sein, um den anhimmelnden Blick zu verpas-
sen, den sie Sean gab und Margaret war überrascht zu
merken, dass ihr irisches Temperament anfing sich zu
regen.

„Em, das tun wir", sagte Sean und räusperte sich. „Ich
dachte, ich nehme Maggie heute morgen auf einer Boots-
tour mit und zeige ihr die Gegend."

„Oh, ich bin sicher, dass...*Maggie*...das total toll
findet", schnurrte Adeline und ging um den Schreibtisch
herum, um eine Akte zu ergreifen. „Hier ist deine Passa-
gierliste für heute. Wenn du möchtest, dass ich Maggie ein
bisschen herumführe, mache ich das gern."

Du bist ja wirklich zuckersüß, oder? Margaret rollte
hinter Adelines Rücken ihre Augen.

„Das wäre super", sagte Sean, während Margaret zur

gleichen Zeit sagte: „Ich komme schon allein zurecht, danke."

„Em", sagte Sean und sah zwischen den beiden Frauen hin und her.

„Ich würde es hassen, sie von ihren Rezeptionspflichten wegzunehmen", erklärte Margaret leichthin und wurde belohnt, als Adeline ihre Augen zusammenkniff und sie ansah.

„Ich bin Managerin, nicht die Rezeptionistin", sagte Adeline, warf ihre Haare zurück und legte ihre Hände auf ihre Hüften.

„Hoppla", sagte Margaret schulterzuckend.

„Ihr beide könnt später weiterreden", sagte Sean und zog seine Nase aus der Akte, die er las. Er nahm die Spannung im Raum gar nicht wahr. „Wir müssen zum Boot."

„Hab eine gute Tour", sagte Adeline und strich wieder mit ihrer Hand über Seans Arm. Er nickte geistesabwesend, während er weiter den Ordner durchschaute und aus dem Büro ging.

„Tschüß, Maggie", rief Adeline süßlich. Die Art, wie sie Margarets Spitznamen benutzte – den nur Sean verwendete – ging Margaret wirklich auf die Nerven. Sie drehte sich an der Tür auf dem Absatz herum und warf ihr einen Blick zu.

„Tschüß, Addie."

Die Augen der Frau blitzten wieder und Margaret betrachtete ihre Arbeit als getan, als sie sich beeilte, Sean aufzuholen.

Und fragte sich, auf was genau sie sich da eingelassen hatte.

KAPITEL DREISSIG

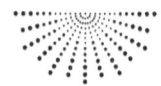

„Sie ist nett", sagte Margaret scheinheilig und fragte sich, ob Sean den Sarkasmus in ihrer Stimme hören würde.

„Wer? Oh, Adeline? Ja, sie ist ziemlich neu, seit einem halben Jahr oder so ist sie hier. Unser letzter Manager hat plötzlich gekündigt und wir waren in der Klemme", sagte Sean. Er steckte die Akte unter seinen Arm und streckte seine Hand aus, um Margaret zu helfen, über ein Seil auf dem Dock zu steigen.

„Warum hat dein Manager gekündigt?", fragte Margaret. Sie hielt mit Sean Schritt, während sie an mehreren leeren Stegen vorbeigingen, bis sie zu dem fröhlichen Boot kamen, das am Ende dockte. Margaret konnte schon eine Schlange von Passagieren sehen, die darauf warteten, an Bord gehen zu können.

„Er hat gesagt, er würde nicht gerecht bezahlt werden für das, was er mitmachen musste", spottete Sean. „Ich weiß noch nicht mal, was er meint – wir haben eine tolle Crew, die für uns arbeitet."

Margarets Alarmglocken gingen bei dem Kommentar los, aber sie waren am Boot, bevor sie reagieren konnte.

„Hallo Leute! Ich mache nur kurz den Sicherheits-check, dann geht es gleich an Bord", rief Sean. Er signalisierte Margaret, an der Schlange der Leute vorbeizugehen und über die kleine Planke ins Boot einzusteigen.

Margaret hielt Seans Hand, um auf das Boot zu steigen und sprang gelenkig aufs Deck. Das Ausflugsboot war rechteckig, mit Bänken an allen Seiten ausgestattet und eine fröhliche blauweiße Markise bot Schatten. Der Kapitänssitz war hinten mit einem großen Mikrofon und Lautsprechern. Einer von Seans Männern ging ums Boot herum und hakte ab, wie viele Rettungswesten unter den Bänken verstaut waren, während Sean zum Kapitänsstuhl ging.

„Hier, du kannst neben mir sitzen", sagte Sean und zeigte auf den Teil der Bank, der hinter dem Kapitänssitz versteckt war. Sie hätte immer noch einen guten Ausblick, aber müsste sich nicht neben die anderen Leute quetschen. Margaret lächelte Sean dankbar an und setzte sich hin. Sie lehnte sich mit gekreuzten Armen zurück und beobachtete Sean. Margaret fragte sich, warum er Touren machte, wenn sein Fischereibetrieb doch offensichtlich sehr erfolgreich war.

„Alle Mann an Bord!", rief Sean in das Mikrofon wie ein Zugführer und schreckte Margaret aus ihrer entspannten Haltung auf der Bank hoch. Sean ging hinüber und stand an der Planke zum Boot. Er schüttelte die Hand von jedem, der an Bord kam und half denen, die es benötigten. Er lachte, machte Witze und erzählte Geschichten. Margaret konnte sehen, dass Sean in seinem Element war.

Ihre Gedanken wanderten zurück zu seinem spärlich

eingerichteten Haus. Sie fragte sich, ob das der Grund für die Touren war, weil er Gesellschaft brauchte. Margaret würde sofort zugeben, dass es definitiv einsame Momente gab, wenn man allein älter wurde. Nur Augenblicke später lachte Margaret mit Sean mit, als er ein staunendes Kind damit aufzog, dass Haie im Wasser waren.

„Nein, ich mache nur Spaß", sagte Sean, kniete sich hin und gab dem kleinen Mädchen einen spielerischen Knuff. Margaret fühlte ein Ziehen im Herz. Wäre es so gewesen, wenn sie Keelin mit Sean großgezogen hätte? Was wäre, wenn sie geblieben wäre, um es herauszufinden, statt wegzulaufen? Sie presste ihre Lippen zusammen und drehte sich, um über den Hafen zu blicken. Sie weigerte sich, Bedauern in ihre sorgfältig geplante Vergangenheit einschleichen zu lassen. Ich kann es nicht ändern, dachte sie.

Sean setzte sich hinter das Steuer und gab einem seiner Mitarbeiter ein Zeichen. Er wartete, während die Seile vom Dock gelöst wurden, bevor er rückwärtsfuhr und das Boot wendete. Die Touristen jubelten, als Sean die Glocke an seiner Seite läutete. Margaret erschrak wieder und lachte. Sean betätigte einen Schalter, um traditionelle irische Musik über die Lautsprecher zu spielen und ließ den Passagieren Gelegenheit, den Ausblick zu genießen, während sie sich vom Dock entfernten. Es zeigte ihnen eine andere Seite von Irland. Als sie weiter an der Küste entlangfuhren, fing Margaret an, sich in ihrem Sitz zu entspannen. Sie war fasziniert von Seans lebhaftem Gesicht, während er von großen Schlachten erzählte, die vor langer Zeit an diesen Ufern gekämpft worden waren.

Margarets Herz zog sich ein bisschen zusammen, als

sie sein Gesicht anschaute, seine Gebärden und die Art, wie er stand. Sie konnte Keelin in ihm sehen – oder vielleicht war es andersherum und Keelin teilte viele seiner Eigenarten. Schuld kroch ihr das Rückgrat hoch, als sie darüber nachdachte, wie wenig sie Keelin von ihrem Vater über die Jahre erzählt hatte. Obwohl Sean ihr nie gefolgt war oder versuchte hatte, Kontakt aufzunehmen, hätte Margaret Keelin trotzdem mehr über den Mann erzählen können, von dem sie abstammte.

Das kam auch auf die Liste der Dinge aus ihrer Vergangenheit, die sie bedauerte, dachte Margaret seufzend und drehte sich, um die Küste zu betrachten. Sie fragte sich nicht das erste Mal, was sie hier machte.

Mit ihm.

Während die Leute über sein Geplänkel lachten, klinkte Margaret sich wieder ein, um Sean zuzuhören und schob ihre düsteren Gedanken beiseite, um ihn weiter zu studieren. Sie würde sich selbst belügen, wenn sie behauptete, dass es zwischen ihr und Sean nicht immer noch funkte. Margaret war sich nur nicht sicher, ob es mehr war als das.

Und eine Lektion, die sie vor langer Zeit gelernt hatte, war, dass sie im Schlamassel endete, wenn sie mit ihrem Herzen handelte.

„Macht es dir Spaß?", fragte Sean und durchbrach ihre Gedanken. Margaret sah ihn lächelnd an.

„Natürlich, das ist eine tolle Tour", sagte sie begeistert.

„Ich bin froh, dass es dir gefällt. Du wunderst dich wahrscheinlich, warum ich das immer noch mache", sagte Sean verlegen und bedeckte das Mikrofon mit seiner Hand.

„Nein, ich glaube, ich verstehe warum", sagte Margaret.

„Wirklich?"

„Du liebst es. Du liebst Irland, die Geschichte, die Erzählungen...und du liebst es, Leute zu unterhalten. Es ist eindeutig, dass es dir große Freude bereitet", sagte Margaret.

Sean strahlte sie an, erfreut, dass sie es verstand. Er zuckte verlegen mit der Schulter. „Ich weiß, dass es nicht viel Geld einbringt und wahrscheinlich nicht der beste Nutzen meiner Zeit ist."

„Manchmal muss es im Geschäft nicht nur um Geld gehen. Besonders, wenn du ein Unternehmen hast, das sich alleine trägt", sagte Margaret sanft und dann setzte sie sich wieder hin, um über ihre Worte nachzudenken.

Wenn es nicht ums Geld ging, warum verbrachte sie dann ihre ganze Zeit damit, ihr Unternehmen zu führen und nicht mit dem, was sie liebte? Das Problem dabei war, dass Margaret nicht wusste, was sie liebte. Es war schon schön, Leuten zu helfen, ihr Traumhaus zu finden, aber Margaret vermisste die Zeiten, als ihre Firma ein Startup war. Probleme lösen war ihre Stärke und sie liebte es, sich in die Details und Feinheiten zu vertiefen, um ihr Geschäft zu führen. Ihr Unternehmen lief jetzt so gut, dass sie von allen ermuntert wurde, in Urlaub zu fahren und sie versprachen, dass sie sie überhaupt nicht vermissen würden.

Und stimmte das nicht? Ihr Telefon hatte nicht mit einer einzigen E-Mail gepiept, seit sie abgeflogen war. Das sollte sie eigentlich stolz machen, dachte Margaret mit einem Schniefen, nicht verärgert.

Margaret lachte, als die Touristen buhten, während Sean das Boot herumdrehte, aber er war so fröhlich, dass die Tour zu Ende ging, dass sie nur lächeln und Seans Hand am Dock schütteln konnten. Margaret wartete, bis er sich von allen verabschiedet hatte, bevor sie zu ihm ging.

„Gut gemacht, Kapitän", sagte Margaret und streckte sich, um einen Kuss auf seine Wange zu drücken.

„Ich stehe jederzeit für einen Abstecher zur Verfügung", sagte Sean eifrig. Dann wurde er knallrot, als er merkte, was er gesagt hatte.

Margaret konnte nicht anders als sich vorbeugen und vor Lachen schreiend brüllen.

Manchmal brauchte es keine Worte.

KAPITEL EINUNDDREISSIG

„Woran denkst du gerade, hübsche Maggie?",
fragte Sean, als sie an einem Picknicktisch am
Wasser saßen und Fisch und Chips aßen, die Sean vom
besten Restaurant in der Stadt geholt hatte. Denen er natürlich die Fische lieferte.

„Dass du recht hast, das ist der beste Fisch mit
Pommes, den ich je hatte", sagte Margaret, obwohl es
nicht wirklich das war, worüber sie nachgedacht hatte.

Ein Gefühl von Melancholie hatte sie nach der Boots-
tour erfasst, während sie auf Sean wartete, der das Mittagessen holte. Glücklicherweise war sie Adeline nicht noch
einmal begegnet, da sie am Hafen gesessen hatte. Die
Minuten, in denen sie auf das Wasser starrte und über ihre
Lebensrichtung nachgrübelte, hatten sie nachdenklich
gemacht, bis Sean mit ihrem Essen zurückkam.

„Ja, das ist er", stimmte Sean zu und sah sie an. Er
wartete geduldig, was Margaret noch ärgerlicher machte.

„Ich hab einfach schlechte Laune", sagte sie am Ende
gereizt, weil er sie zum Reden zwang.

„Weshalb?", sagte Sean fröhlich und sie wollte ihn schlagen.

„Diese Woche war nicht gerade einfach für mich", sage Margaret steif und hoffte, dass das das Ende der Unterhaltung wäre.

„Ja, es muss schwierig sein zuzusehen, wie deine Tochter heiratet", stimmte Sean zu.

„Ich dachte, es ist ‚unsere' Tochter", sagte Margaret schnippisch.

„Das ist sie. Aber sie ist mehr deine Tochter als meine. Ich kann mir vorstellen, dass das eine Menge bittersüße Emotionen mit sich bringt", sagte Sean leichthin und tat ihren Kommentar ab.

„Das tut es. Obwohl ich mit Flynn ein ziemlich gutes Gefühl habe. Ich weiß, dass er unsere Tochter liebt", sagte Margaret steif. Ihre Gedanken schnellten zu ihrer Gabe und sie fragte sich, ob sie und Sean ihre Fähigkeiten jemals diskutieren würden. Er hatte es noch nicht erwähnt – was für sie okay war.

„Flynn ist ein guter Mann. Ich habe jahrelang mit ihm gearbeitet. Er wird ein guter Ehemann sein", sagte Sean.

„Das sehe ich. Ich kann es fühlen. Ich bin wirklich glücklich für sie. Es ist nur...es war viel", sagte Margaret achselzuckend, nicht sicher, ob sie tiefer darauf eingehen wollte.

„Du bist das erste Mal wieder in Irland, seit du verwirrt abgehauen bist. Ich verstehe, dass das schwierig ist", sagte Sean einvernehmlich und lehnte sich gegen den Tisch, um seine Beine auszustrecken.

„Verwirrt?" Margarets Stimme quietschte und sie fühlte, wie ihr Blut anfing zu brodeln.

„Na ja, du warst eingeschnappt", sagte Sean.

„*Eingeschnappt*? Sean, du hast mich am Rand der Bucht sitzen gelassen, nachdem du mich entjungfert hast und ich habe fünf Wochen oder so nichts von dir gehört!", schoss Margaret zurück. Ihr Herz fing an zu rasen. *Eingeschnappt*? War der Mann *wahnsinnig*?

Sean merkte, dass ihre Unterhaltung gerade den Siedepunkt überschritten hatte, setzte sich auf und wollte einen Arm um sie legen. Margaret zog sich zurück, sie wollte in diesem Moment nicht, dass er sie anfasste.

„Okay, eingeschnappt ist nicht das richtige Wort, es tut mir leid", sagte Sean und versuchte sie zu besänftigen. Margaret schüttelte nur ihren Kopf über ihn.

„Versuch niemals herunterzuspielen, was die grundlegendste und schwierigste Entscheidung war, die ich je in meinem Leben hatte treffen müssen. Ich war nicht eingeschnappt. Ich musste ein neues Leben anfangen. Ohne die Person, die mein Herz gebrochen hatte", sagte Margaret und stand auf, um ihren Abfall zum nächsten Mülleimer zu tragen. Ihr Herz hämmerte in ihrer Brust. Es schien, als würden sie nie über diesen endlosen Kreis von Anschuldigung und Schmerz hinwegkommen.

Und vielleicht war das einfach das, was sie hatte wissen müssen. Margaret konnte nach Boston zurückgehen mit einer klaren Antwort auf die Frage, was passiert wäre, wenn sie und Sean jemals zusammengekommen wären.

Vielleicht könnte sie dann endlich nach vorne schauen.

Margaret drehte sich um und legte ein Lächeln auf ihr Gesicht.

„Lass uns einfach nicht länger darüber reden, okay?", sagte sie süßlich. Sie wollte nicht weiter darauf eingehen, insbesondere, weil sie Adeline sah, die über das Gras zu ihnen marschierte.

„Sean, du hast einen Anruf aus New York", sagte Adeline und Sean sprang auf und drehte sich, um sich bei Margaret zu entschuldigen.

„Den muss ich annehmen. Wir verhandeln einen großen Deal. Adeline, kannst du Margaret Gesellschaft leisten?", fragte Sean, als er an den Frauen vorbeieilte und zu seinem Büro ging.

„Für dich mach ich alles, Sean", rief Adeline über ihre Schulter. Sie drehte sich um und begann, Margaret mit ihren Blicken zu erdolchen.

Wunderbar, einfach wunderbar, dachte Margaret, als sie den Rest des Abfalls in den Mülleimer knallte. Ihr letzter Tag in Dublin entwickelte sich zu einem absoluten Traum.

KAPITEL ZWEIUNDDREISSIG

„Du musst in meinem Büro sitzen, ich habe heute Nachmittag viel zu tun", sagte Adeline kurzangebunden und warf ihre roten Haare über ihre Schulter, als sie zum Lagerhaus ging. Margaret warf einen resignierten Blick zur Parkbank und hätte fast dankend abgelehnt, mit Adeline mitzugehen.

Aber sie war einfach zu neugierig.

„Arbeitest du schon lange für Sean?", fragte Margaret. Sie schaute auf die Lederleggings der Frau und fragte sich, wie das als angemessene Kleidung für die Managerin eines großen Fischereiunternehmens durchgehen konnte. Sie beschloss, ihren Mund zu halten und hielt ihren Blick geradeaus gerichtet.

„Ein halbes Jahr oder so", sagte Adeline und gab keine weiteren Erläuterungen ab.

„Was hast du davor gemacht?", fragte Margaret und war überrascht, als die Frau herumfuhr und ihr aggressiv nahe kam.

„Meine vorherige Arbeitserfahrung geht dich überhaupt nichts an", zischte Adeline und Margarets Augenbrauen schossen bis in ihre Stirn.

„Entschuldigung", sagte Margaret. Sie hielt ihre Hände abwehrend hoch und fragte sich, in welche eigenartige Verrücktheit Sean hier verwickelt war.

„Setz dich dahin", herrschte Adeline sie an und zeigte auf einen Stuhl gegenüber von ihrem Schreibtisch. Margaret glitt wortlos auf den Stuhl und wunderte sich, warum sie dieser Frau überhaupt gehorchte. Wahrscheinlich, weil Margaret neugierig war, wie Adeline Managerin geworden war und was genau zwischen ihr und Sean war. Sie biss sich auf die Zunge und lehnte sich zurück, um sie zu beobachten.

Eine Stunde später war Margarets Zunge fast blutig davon, dass sie sich so oft davon abhalten musste zu sprechen.

Seans Firma war in einer Krise und Adeline war ein Fiasko. Margaret fand es überraschend, dass Sean nicht gemerkt hatte, wie furchtbar sein Geschäft geführt wurde. Sie schauderte, als Adeline einen Anruf in die Warteschleife hing, um einen Aktenschrank voller berstenden Akten zu durchsuchen, um eine Bestellung zu finden.

Wenn es ihre Firma wäre, hätte sie längst alles modernisiert und Bestellungen könnten im Computer nachverfolgt werden. Margaret beobachtete fasziniert, wie Adeline eine Akte nach der anderen herauszog und sie ohne System wieder zurücksteckte, bevor sie endlich die richtige fand. Mit einem kleinen befriedigten Jubelruf ging sie zum Schreibtisch zurück.

„Hallo? Ich habe die...", sie verstummte, als sie

verwirrt auf das Telefon sah. „Hmm, die Verbindung muss unterbrochen worden sein."

Oder sie haben gemerkt, dass Zeit Geld ist und mit einer Firma zu verhandeln, die zehn Minuten braucht, um einen Auftrag zu finden, bedeutete, dass dieser Kunde nicht wiederkommen würde.

„Kann ich etwas fragen?", sagte Margaret und Adeline drehte sich um und starrte sie böse an.

„Was?"

„Warum sind die Bestellungen nicht im Computer?"

„Weil wir kein System haben, mit dem das geht?", sprach Adeline langsam, als ob sie mit jemandem redete, der die Intelligenz eines Viertklässlers hatte.

„Wäre es nicht dein Job, eine Software zu finden, die das kann?", sagte Margaret mit erhobener Augenbraue.

„Was zum Teufel weißt du denn schon darüber, ein Unternehmen zu führen?", sagte Adeline wütend und warf ihre Haare wieder über ihre Schulter.

„Oh, ich weiß nicht, vielleicht die Tatsache, dass ich eines der erfolgreichsten Immobilienbüros in Boston leite. Mit einem Jahresumsatz in Millionenhöhe", sagte Margaret leichthin und betrachtete ihre Fingernägel, während Adeline an ihrem Schreibtisch vor Wut kochte.

„Das hier sind keine Immobilien. Es ist ein großes Fischereiunternehmen. Du hast keine Ahnung, wovon du redest", spuckte Adeline aus und sah dann Margaret aus ihren Augenschlitzen an. „Was willst du dann von Sean? Wenn du nicht auf sein Geld scharf bist?"

Margarets Kinnlade fiel nach unten.

„Wie bitte?"

„Du hast mich schon verstanden. Warum schnüffelst du um ihn herum, wenn du sein Geld gar nicht brauchst?"

„Ist das wirklich eine angebrachte Frage über deinen Chef?", sagte Margaret mit einem Gesichtsausdruck, der normalerweise selbst die aufmüpfigsten ihrer Angestellten zum Schweigen brachte.

„Er ist nicht nur mein Chef", fauchte Adeline. Sie kam herum, um sich mit überkreuzten Armen an den Schreibtisch zu lehnen und sah Margaret scharf an.

„Wirklich?", fragte Margaret. Sie fühlte, wie sich ihr Herz zusammenzog und ihr im Unterbewusstsein der Anfang von „ich habe es dir doch gleich gesagt" durch den Kopf ging.

„Wir haben eine Beziehung. Daher würde ich es zu schätzen wissen, wenn du dich zurückhalten würdest", sagte Adeline.

„Beziehung? Du hast eine Beziehung mit deinem Chef? Ist das nicht unmoralisch?" Margaret wusste, dass sie das Thema einfach fallenlassen sollte, aber es ärgerte sie zu denken, dass Sean sie hintergangen hatte.

„Hör mal zu, ich haben diesen Job nicht für den Titel angenommen. Ich bin hier für den Mann. Sean ist einer der begehrtesten Junggesellen in der Stadt. Und ich bin perfekt für ihn", sagte Adeline. Sie ließ ihren Blick über Margaret schweifen, die sich plötzlich altbacken vorkam in den Jeans, die sie heute morgen noch toll fand. Margaret war es nicht gewohnt, mit anderen Frauen um einen Mann zu konkurrieren, und beschloss, sich nicht aufzuregen.

„Na ja, es ist offensichtlich, dass du nicht für den Job hier bist", sagte sie zuckersüß.

„Was soll denn das heißen?", sagte Adeline und stellte sich gerade hin.

Margaret schwang ihren Arm über den chaotischen Schreibtisch und die überfließenden Aktenschränke.

„Es ist eine totale Katastrophe hier", sagte sie.

„Na, ich sollte eigentlich versorgt werden und nicht gezwungen sein zu arbeiten. Sean wird das schon bald genug einsehen", sagte Adeline und schniefte, während sie auf ihre Nägel sah.

„Ah, na gut, dann sieht es so aus, als hättest du alles im Griff", sagte Margaret und schluckte die Bitterkeit herunter, die in ihrem Hals hochkam. Sie hatte gewusst, dass es ein Risiko gewesen war, nach Dublin zu kommen, um Sean zu sehen. Sie war blöd gewesen zu denken, dass er in seinem Alter niemanden in seinem Leben hatte.

Selbst wenn es eine Schlampe wie Adeline war, dachte Margaret verschnupft, als sie aufstand.

„Na gut, jetzt, wo alles klar ist, kannst du Sean ausrichten, dass ich unten am Wasser bin, wenn er soweit ist, zum Abendessen zu gehen."

„Was meinst du damit, zum Essen gehen?", platzte Adeline mit Sorge im Gesicht heraus.

„Oh, hat er dir das nicht erzählt? Ich wohne bei ihm", sagte Margaret süßlich und knallte die Bürotür hinter Adelines Flüchen zu.

Vielleicht war das gemein von ihr, aber sie konnte nicht anders als lächeln, als sie vom Büro zum Wasser ging.

Ja, das hatte sich gut angefühlt.

KAPITEL DREIUNDDREISSIG

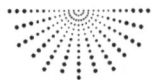

Eine Stunde später ertappte Margaret sich dabei, sich in nutzlose Gedanken über Sean und Adeline hineinzusteigern. Sie fragte sich, warum es ihr überhaupt etwas ausmachte – der ganze Sinn für ihr Herkommen war zu beweisen, dass sie und Sean keine Verbindung mehr hatten. Oder war es nur das, was sie sich selbst erzählte, nachdem Sean sie jetzt enttäuscht hatte?

Wieder.

Seufzend stand Margaret auf, als sie sah, wie Sean das Gebäude verließ und ihr zuwinkte. Mit einem aufgesetzten Lächeln auf ihrem Gesicht schlenderte sie ihm entgegen.

„Ich mache heute früher Feierabend, so dass wir Zeit für ein schönes Abendessen haben", erklärte Sean lächelnd, als sie näherkam.

Margaret lächelte ihn nur an, da sie nichts zur Sprache bringen wollte, wenn sie sicher war, dass Adeline sie vom Bürofenster aus beobachtete.

„Das wäre toll. Wo gehen wir hin? Ich sollte mich

wahrscheinlich umziehen", sagte sie und sah verlegen an ihren Jeans herunter.

„Nee, du siehst gut aus. Ich muss nur auf dem Weg einmal anhalten", sagte Sean mit einem Lächeln. Diesmal öffnete er die Tür seines Autos für sie. Margaret fragte sich, ob er seinen Ärger von vorhin vergessen hatte oder ob er ihn nur vorläufig unterdrückte.

Margaret starrte aus dem Fenster, als sie vom Parkplatz fuhren. Sie fühlte eine Welle der Traurigkeit in sich aufkommen über all die Wut und den Schmerz, die sie sich gegenseitig verursacht hatten. Trotz ihrer kurzen Beziehung war etwas Besonderes zwischen ihnen, das sie nicht losließ. Margaret dachte zurück zu seinem Gebrauch des Wortes ‚eingeschnappt' und wie wütend es sie gemacht hatte. Es schien, als wären sie einfach dazu bestimmt, umeinander zu kreisen und kontinuierlich ihre Gefühle zu verletzen. Und jetzt mit einer anderen Frau im Bild?

Sie hatte die ganze Zeit recht gehabt, in Boston zu bleiben.

Margaret atmete tief ein und begann, ihre Mauern wieder aufzubauen. Sie wusste, dass es leichtsinnig gewesen war, sie für einen Moment fallen zu lassen und zu denken, dass sie und Sean vielleicht eine Chance hätten. Vielleicht könnte sie anfangen, ihn einfach als einen alten Freund zu betrachten.

Sie sah ihn liebevoll an und klopfte auf seinen Oberschenkel.

„Danke für den Tag heute. Es war schön zu sehen, was du aufgebaut hast", sagte Margaret. Sie hielt ihre Gedanken über Adeline und was die Frau dem Geschäft antat zurück. Es war letztendlich nicht ihre Verantwortung.

Wenn Sean die Probleme in seiner Firma nicht sehen konnte, was konnte sie daran ändern? Margaret wusste, dass sie dazu neigte, alles kontrollieren zu wollen – Keelin wies sie oft genug darauf hin – und das Letzte, was Sean brauchte, nachdem er ihr so stolz sein Unternehmen gezeigt hatte, war ihm zu sagen, was daran alles falsch war.

„Ich bin froh, dass du gekommen bist. Es war schön, dich hier zu haben", sagte Sean, als er auf den Parkplatz eines kleinen Supermarkts fuhr. „Bin gleich wieder da."

Margaret sah zu, wie er heraussprang und in den Laden rannte und fragte sich, ob er Wein holte oder Hundefutter für Baron. Das Geschäft war einladend, in der Fensterauslage lag Obst und darüber war eine gestreifte Markise. Altmodische Lebensmittelgeschäfte wie dies waren etwas, das sie oft vermisste, da sie in Boston lebte, wo riesige Supermärkte alles dominierten.

Sean kam mit einem Karton in den Armen aus dem Laden und hatte ein breites Grinsen auf seinem Gesicht. Margaret konnte nicht anders als zurückzulächeln, obwohl sie sich selbst daran erinnerte, dass er nur ein guter Freund war.

Das war alles, was er sein konnte. Ihre Leben waren einfach zu unterschiedlich.

„Baron frisst ganz schön viel", bemerkte Margaret, als sie wieder losfuhren.

„Warum sagst du das?"

„Wegen des Kartons mit Hundefutter", sagte Margaret und zeigte mit ihrem Daumen auf den Rücksitz.

„Ach das", sagte Sean und grinste, als er die Fernbedienung für das Tor zu seinem Haus betätigte. Margaret

blickte auf die Straße, um sicherzugehen, dass ihr Mietauto noch unversehrt dastand und rechnete im Kopf aus,
wie viel Zeit sie vor ihrem Flug nach Boston am
nächsten Morgen brauchen würde. Sie müsste spätestens
um zehn im Bett sein, wenn sie einigermaßen gut
schlafen wollte.

Margaret folgte Sean ins Haus und lächelte über Baron,
der ihnen wedelnd folgte, offensichtlich bereit für das, was
im Karton war.

„Was soll ich heute Abend anziehen?", rief Margaret
und wartete im Flur. Sean sah auf und sein Blick glitt über
ihren Körper. Er entfachte tief in Margarets Magen Hitze.

„Was du trägst, ist okay. Obwohl mir weniger lieber
wäre", zwinkerte Sean und Margarets Augenbraue schoss
hoch.

„Das Restaurant akzeptiert Jeans?", fragte sie und
überhörte Seans anzüglichen Kommentar.

„Da ich der Koch bin, kann ich sagen, dass ich die
Jeans für angemessen befinde", sagte Sean. Er grub in dem
Karton und zog zwei Weinflaschen heraus.

„Du kochst?", sagte Margaret voller Überraschung.

„Klar, glaubst du nicht, dass ich für dich kochen
kann?"

Margaret wollte Sean nicht beleidigen, aber den
fehlenden Kochutensilien in seiner Küche nach zu urteilen
war klar, dass er nicht viel Erfahrung im Kochen hatte.

„Ich bin sicher, es wird gut", sagte Margaret taktvoll,
was Sean zum Lachen brachte.

„Hab keine Angst. Ich habe zwei Shepherd Pies zum
Aufwärmen gekauft. Mutter O'Sullivan macht die besten
in der Stadt. Ich würde sie beleidigen, wenn ich versuchen

würde, sie selbst zu machen", sagte Sean und zog zwei geschlossene Behälter aus dem Karton.

Margaret verspürte Erleichterung und lachte Sean an, als er hochsah.

„Du musst nicht so erleichtert aussehen."

„Na ja, ich *wollte* eigentlich darauf hinweisen, dass du nichts in dieser Küche hast, womit du kochen kannst, aber habe mich dagegen entschieden", sagte sie, während sie sich auf einen Hocker ihm gegenübersetzte.

„Das ist aber nett von dir", sagte Sean. Er entkorkte eine Flasche Rotwein und schenkte Margaret ein Glas ein. Er schob es über die Arbeitsfläche und wartete, bis sie probierte.

„Köstlich, das ist ein guter vollmundiger Wein. Was für einer ist es?", fragte Margaret und drehte sich, um auf das Etikett zu sehen.

„Ein Grenache. Einer meiner neuen Favoriten", sagte Sean.

„Du magst Wein? Ich habe dich immer als Guinnesstrinker eingeordnet", sinnierte Margaret und nahm noch einen Schluck von dem Wein.

„Natürlich kommt nichts zwischen mich und mein Pint, aber ab und zu eine gute Flasche Wein mit einer hübschen Frau ist auch nicht unter meiner Würde", sagte Sean, hob seine Nase in die Luft und tat so, als ob sein Pint mehr Klasse hätte als der Wein. Margaret lachte wieder, obwohl sie einen kleinen Stich Eifersucht spürte bei dem Gedanken, dass Sean mit anderen Frauen ausging und Wein trank.

Margaret musste wirklich damit aufhören. Sean war ein Freund. Sie hatte sich in den letzten achtundzwanzig

Jahren mit Männern getroffen und es war nicht, als hätte er abstinent sein sollen.

„Was stimmt nicht?", fragte Sean. Er hatte sich zum Herd gedreht, um ihn aufzuheizen.

„Hm? Nichts", winkte Margaret ab.

„Bist du sicher?"

„Ich muss nur noch ein paar Dinge vor meinem Flug morgen organisieren, das ist alles", sagte Margaret achselzuckend.

„Warum machst du das nicht jetzt? Wir haben Zeit. Ich richte etwas Käse und Obst als Snack zum Wein."

„Das wäre schön", sagte Margaret. Sie glitt von ihrem Hocker herunter und nahm das Weinglas mit.

Baron folgte ihr den Flur herunter und Margaret konnte nicht anders als Liebe für den kleinen Mischling zu empfinden. Er war ihr in so kurzer Zeit richtig ans Herz gewachsen und Margaret konnte verstehen, warum Sean einen Hund hielt.

Margaret nahm sich Zeit, ihr Outfit für den Flug herauszulegen, überprüfte ihre Flugzeiten und zog ihren Pass heraus. Sie überlegte kurz, ob sie Fiona anrufen sollte und fand sich dann vor dem Spiegel im Badezimmer des Gästezimmers.

Und fragte sich, ob sie wirklich bereit war zu gehen.

KAPITEL VIERUNDDREISSIG

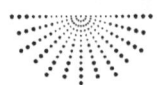

Sean nahm einige Käsestücke in braunem Wachspapier aus dem Karton und ließ seine Gedanken zu Margaret schweifen, die im Gästezimmer packte. Es fühlte sich gut an, Gesellschaft im Haus zu haben, und noch besser, dass es Margaret war. Er hatte nicht gewusst, was ihn bei dem Wiedersehen erwarten würde.

Nicht, dass es ihn davon abgehalten hatte, sich die Haare schneiden zu lassen und einen nagelneuen Anzug zu kaufen, dachte er.

Und wenn er ganz ehrlich war, als er merkte, was mit Keelin und Flynn im Gange war, hatte Sean angefangen, Gewicht zu verlieren, um für Margarets anstehenden Besuch eine bessere Figur zu haben. Er hatte gewusst, dass sie nicht lange von Keelin wegbleiben würde.

Er war nur nicht darauf vorbereitet gewesen was für eine Wirkung sie auf ihn hatte, als er sie wiedersah. Ganz plötzlich – war sie einfach da. Voller Schönheit und Licht und unnahbar. Sean wollte schon am Polterabend ihre hochgeschlossene Bluse aufreißen, um zu sehen, ob sie so weich und warm war, wie er sie in Erinnerung hatte.

Als sie vor seiner Tür stand, war das wie Glück im Unglück gewesen und wenn es nach Sean ginge? Dann würde sie nicht wieder weggehen.

„Baron. Was hältst du davon, dein Haus zu teilen, hm, Junge?", fragte Sean den kleinen Hund, der zurück in die Küche gewandert war, als er hörte, dass Essen vorbereitet wurde.

Baron wedelte mit seinem Schwanz, was Sean als Ja interpretierte.

Jetzt musste er nur noch Margaret davon überzeugen zu bleiben.

KAPITEL FÜNFUNDDREISSIG

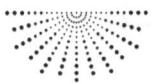

„Ist alles erledigt?", fragte Sean, als Margaret kurze Zeit später den Flur herunterkam. Sie hatte ihr Oberteil gewechselt und trug jetzt eine seidige braune Bluse, die sich um ihre Kurven schmiegte.

Ihre Unterwäsche hatte sie auch gewechselt. Aber das musste Sean nicht wissen.

„Ja, ich habe alles gepackt und bin reisefertig. Es kann losgehen", sagte Margaret und hielt ihr leeres Weinglas hoch.

„Ich mach das schon", sagte Sean und lächelte sie an, als er ihr nachschenkte.

„Ich habe draußen angerichtet, wenn du da sitzen möchtest", sagte Sean und zeigte auf seine Terrasse, auf der ein kleiner Tisch und zwei Stühle standen. Eine dicke Kerze flackerte in der Mitte neben einer Vase mit Blumen und Margaret war entzückt.

„Blumen, hm?"

„Blumen für eine schöne Frau", sagte Sean. Er hielt mit einer Hand die Tür auf und trug in der anderen ein

Tablett mit Käse. Obwohl es eine einfache Bemerkung gewesen war, errötete Margaret wie ein Schulmädchen.

„Es ist schön hier", sagte Margaret, als sie sich auf den Stuhl setzte und Seans Garten ansah. Lichterketten waren am Zaun entlang angebunden und Baron ging zu einem Rosenstrauch in der Ecke und hob sofort sein Bein, was Margaret ein Kichern entlockte.

„Ach ja, sein Lieblingsplatz", seufzte Sean und schüttelte seinen Kopf, als er sich Margaret gegenüber hinsetzte. Er stellte das Brett mit Essen zwischen sie. „Probier mal."

Margaret nahm ein Stückchen Käse auf einem kleinen Cracker und stöhnte, als es in ihrem Mund schmolz.

„Das ist ausgezeichnet."

„Ich überlasse es Mutter O'Sullivan, alles zusammenzustellen. Sie ist hervorragend."

„Bestellst du solches Essen öfter?"

„Na ja, vielleicht nicht immer so grandios, aber ein paarmal die Woche hole ich mir Mahlzeiten ab."

Margaret nippte an ihrem Wein und nickte. Es war ihrem Leben nicht unähnlich.

„An einigen Abenden in der Woche gehe ich in mein Lieblingsrestaurant. Die Hälfte der Zeit esse ich sowieso an meinem Schreibtisch", sagte sie.

„Das kommt mir bekannt vor", stimmte Sean zu und stieß mit seinem Glas leicht gegen ihres.

„Wir sind Arbeitstiere", sagte Margaret.

„Das kann durchaus sein."

„Kannst du dir jemals vorstellen, dass du aufhörst?" Margaret war wirklich neugierig. Sie fragte sich, ob Sean je Sehnsucht hatte zu verreisen. Sie hatte sie jedenfalls.

„Ja, irgendwann mal. Colin arbeitet gerade an seinem

MBA und ist daran interessiert, die Firma zu übernehmen. Ich fange wahrscheinlich in den nächsten Jahren an, ihn so einzuarbeiten, dass er eine Position unter mir annehmen kann" sagte Sean achselzuckend und griff nach unten, um einen kleinen Ball bei seinen Füßen aufzuheben. Margaret sah zu, wie Baron in Habachtstellung ging und sich auf den Ball konzentrierte.

„Hol ihn dir", rief Sean und lachte, als Baron durch den Garten lief, um den Ball zu jagen.

„Das klingt schön, Familie zu haben, die für dich arbeitet", sagte Margaret leichthin. Sie hatte immer gehofft, dass Keelin sich für Immobilien interessieren würde, aber nichts lag ihrer Meeresbiologie liebenden Tochter ferner. Den ganzen Tag in einem Büro eingesperrt sein? Das war definitiv nichts für Keelin.

„Das ist es. Und wenn Colin näher ist, kann ich mehr Zeit mit Finn verbringen", sagte Sean. Margaret sah ihn mit erhobenen Augenbrauen an.

„Ich vergesse immer wieder, dass du Großvater bist. Gott, wir klingen so alt", sagte Margaret seufzend und trank mehr Wein.

„Alter ist im Herz, meine Liebe", sagte Sean, als er aufstand und ins Haus ging, nachdem die Ofenuhr geklingelt hatte.

Margaret stolperte über das Wort „Liebe". Wäre es wirklich so einfach, sich wieder in ihn zu verlieben? Margaret fragte sich, wie er das Wort so leichtfertig an eine Frau richten konnte, die er kaum kannte. Er muss es oft als Kosewort benutzen, dachte sie, als sie sich bückte, um den durchnässten Ball aufzuheben, den Baron zu ihren Füßen hingelegt hatte. Sie hielt ihn vorsichtig zwischen ihren Fingern, warf ihn von sich und wurde belohnt, als Baron freudig bellte und ihm hinterhersprang.

„Kannst du die Tür öffnen?"

„Oh, klar", sagte Margaret, sprang auf und zog die Tür auf, damit Sean mit zwei dampfenden Tellern mit Shepherds Pies in seinen Händen herauskommen konnte. Margarets Augen wurden beim Anblick der enormen Menge an Kartoffelbrei auf jedem Teller größer.

„Das kann ich nie im Leben alles essen", sagte Margaret alarmiert.

„Das ist okay. Man kann es gut wieder aufwärmen", sagte Sean leichthin und dann hielt er inne.

„Dann kannst du es mit zur Arbeit nehmen. Ich esse nur von einer Seite des Tellers", sagte Margaret schnell und vermutete, dass er sich gerade erinnert hatte, dass sie nicht hier sein würde, um morgen die zweite Hälfte ihres Gerichts zu essen.

„Gute Idee, das mache ich", sagte Sean leise, als er den Teller vor sie stellte und sich dann hinsetzte. Er lehnte sich über den Tisch, hob sein Glas und hielt es in die Luft, bis Margaret ihres anhob und mit ihm anstieß.

„Auf einen neuen Anfang."

Margaret konnte nur nicken und trinken. Der Wein brannte eine Spur in ihrer Kehle herunter, als sie sich fragte, was sie hinter sich lassen würde.

KAPITEL SECHSUNDDREISSIG

E ine Stunde und fast anderthalb Flaschen Wein später
lag Margaret zusammengerollt auf dem Sofa und
lachte hysterisch über Sean, während er sich über sie lustig
machte.

„Und da warst du in dieser hochgeschlossenen Bluse –
mit diesem Gesichtsausdruck, als wolltest du der ganzen
Welt drohen", beschrieb Sean ihr Aussehen am
Polterabend.

„Das war ich nicht!", sagte Margaret. Sie lehnte sich
herüber und schlug ihm auf den Arm, während sie
mitlachte.

„Oh, das warst du. Ich glaube, der ganze Raum hat
nach Luft geschnappt und sich gefragt, wer die Zicke
war", sagte Sean und lächelte, als er ihren Arm nach unten
zog, bis sie sich bei ihm anlehnte.

„Ich kann auch nichts dafür, dass ich Stil habe",
schniefte Margaret.

„Du kannst aber was für deinen zickigen Gesichtsausdruck", sagte Sean und Margarets Kinnlade fiel herunter, als sie Sean streitsüchtig ansah.

Und wurde mit einem Kuss zum Schweigen gebracht.

Oh, sie hatte sich nach seinen Händen auf ihr gesehnt, seit er sie am Abend von Keelins Hochzeit über seine Schulter geworfen hatte. Diese Sehnsucht war alles, woran Margaret denken konnte, als seine Lippen über ihre gingen und tief in ihrem Bauch Lust erweckten. Margaret lehnte sich in den Kuss hinein und kroch ihm fast die Brust hoch, als sie sich tiefer in das Sofa wühlten. Sie würde sich selbst belügen, wenn sie sagte, dass sie dies nicht wollte.

Sie hatte schließlich andere Unterwäsche angezogen, oder?

Margaret stöhnte, als Sean seine Zunge durch ihre Lippen schob, um mit ihrer zu tanzen. Er zog sie tiefer in seine Wärme hinein, der Druck seines Körpers schwer auf ihrem. Ein Gefühl von Richtigkeit machte sich in ihr breit, das sie mehr aufwühlte als die Küsse, die er auf ihr Gesicht regnete.

Vielleicht hatte Fiona letztendlich doch recht.

Sean war vielleicht wirklich der Richtige für sie. Margarets Körper stimmte dem jedenfalls zu, als sie sich gegen seine harte Länge krümmte, die bis in ihr tiefstes Innere drückte. Die Anfänge von Leidenschaft brodelten direkt unter der Oberfläche. Margaret stöhnte, als Sean seine Lippen von ihren riss, um die Knöpfe an ihrer Bluse aufzumachen und ihren hautfarbenen Spitzen-BH freizulegen. Sie zitterte, während sein Atem heiß über ihre Haut ging, herunter zu ihrem Nacken, bis er die Spitze wegschob, um eine sehr empfindliche Brustwarze in seinen Mund zu nehmen. Margarete fühlte, wie Empfindungen drohten, sie zu überwältigen, als er sie nur mit seinem Mund fast zum Höhepunkt brachte und sich sanft zwischen ihren Beinen in einem gleichmäßigen Rhythmus bewegte.

Margaret konnte sich nicht an das letzte Mal erinnern, als sie mit einem Partner auf dem Sofa gerangelt hatte. So viel in ihrem Liebesleben drehte sich nur um achtbares Dating; jetzt wurde sie von der Schamlosigkeit von Seans Lust fast überwältigt, während ihre Schilder herunterkamen und seine Emotionen sich über ihr ergossen.

Oh, sie hatte sich so danach gesehnt. Für so lange Zeit. Diese wahre, ehrliche Verbindung, wenn man jemanden von ganzem Herzen liebt. Margaret konnte fühlen, wie diese Gefühle auf eine fast beängstigende Art aus Sean herausgeschossen kamen, und ihren eigenen Emotionen gleichgestellt waren. Sie berührten sich wie verlorene Liebhaber, die nicht wussten, ob sie nochmal eine Minute zusammen haben würden.

Es war vermutlich die einzige Art Liebe, die sie jemals gekannt hatten.

Ein schrilles Klingeln vom Couchtisch lenkte sie ab und Margaret versuchte sich loszumachen und über Seans Schulter zu schielen.

„Ignorier es", sagte Sean und fuhr fort, ihre Bluse aufzuknöpfen.

„Ich kann es nicht ignorieren. Was ist, wenn es wichtig ist?", fragte Margaret. Als Unternehmerin wusste sie, dass Anrufe am späten Abend selten gute Nachrichten brachten.

„Ist es nicht. Dies hier ist wichtig", sagte Sean und schaute auf ihren Körper, als wollte er jeden Zentimeter anbeten. Margaret zitterte bei seinem Blick. Sie zeigte auf den Tisch und nickte ihn an.

„Nimm einfach ab."

„Also gut. Beweg dich nicht von der Stelle", fluchte Sean und zog sich von ihr weg. Er lehnte sich herüber, um das Telefon zu beantworten, ohne zu sehen, wer anrief. Margaret fühlte eine merkwürdige Leere, als er sich von ihr entfernte. Sie atmete tief ein und zog ihre Bluse etwas zu. Es wäre gut, nicht zu weit zu gehen, erinnerte sie sich selbst.

Um Himmelswillen, sie hatte noch nicht mal irgendeine Art von Verhütung, dachte Margaret und schlug sich fast an die Stirn. Natürlich war das in den letzten Jahren nicht wirklich ein Thema gewesen, aber sie war noch nicht in den Wechseljahren und bei ihrer und Seans Vergangenheit – naja, es war besser, dass sie abgesichert waren, dachte Margaret.

„Sean am Apparat", bellte Sean. Seine Brust hob und senkte sich mit seinem schweren Atem. „Adeline, was ist los?"

Margarets Hände hielten an dem Knopf ihrer Bluse inne und ihr Herz sprang in ihren Hals.

„Ist das wirklich eine Diskussion, die wir jetzt haben müssen?", sagte Sean. Seine Stimme wurde leiser, obwohl es nutzlos war, zu versuchen zu verstecken, was er sagte, wenn Margaret einen halben Meter entfernt von ihm saß. Margaret fühlte, wie ihr neu verletzliches Herz anfing zu brechen; sie machte schnell die letzten Knöpfe ihrer Bluse zu, während sie in Gedanken lange und heftig fluchte.

Und begann ihre Mauer wieder aufzubauen.

„Das ist jetzt nicht angebracht", sagte Sean und

riskierte einen Blick auf Margaret. Seine Augenbrauen zogen sich zusammen, als er sah, wie sie sich aufsetzte und ihre Arme über ihrer Brust kreuzte.

„Adeline, das kann ich dir in diesem Moment nicht beantworten. Ich muss los", sagte Sean. Er wartete nicht ab, was sie zu sagen hatte, bevor er auflegte. Er drehte sich zu Margaret und hob eine Augenbraue bei ihrem hochgeschlossenen Aussehen.

„Es ist nicht, was du denkst", begann er.

„Oh, es ist genau das, was ich denke", fauchte Margaret. Ihr Blut fing an zu brodeln, als sie sich in ihre Wut hineinsteigerte.

„Das ist es nicht. Ich schwöre es. Sie ist manchmal ein bisschen...überschwänglich."

Margaret konnte die Lüge fühlen, die von ihm ausging. Ihre Gabe gab ihr die Fähigkeit, ihn wie ein Buch zu lesen. Es schmerzte – wissend, was sie kurz davor gewesen war mit ihm zu machen – es schmerzte mehr, als sie in Worte fassen konnte. Sie stand vom Sofa auf und brauchte Distanz zwischen sich und ihm.

„Du lügst", sagte Margaret von der gegenüberliegenden Seite des Couchtisches. Ihre Arme waren über ihrer Brust verschränkt, während sie auf und ab ging.

„Das tue ich nicht", sagte Sean und log wieder.

Margaret riss ihren Kopf herum, um ihm einen bösen Blick zuzuwerfen. Sie biss sich auf ihre Lippen, als sie sich zwang, die Worte herauszufiltern, die sie sagen wollte.

„Sean, erinnerst du dich daran, als wir uns das erste Mal geliebt haben?", fragte Margaret. Sie drehte sich um und nagelte ihn mit ihrem Blick fest.

„Wie könnte ich das vergessen. Es war einer der besten

Momente meines Lebens", sagte Sean und Margaret wusste, dass es die Wahrheit war.

„Was war danach?", ermunterte sie ihn.

„Na ja, das war etwas heftig. Aber es stört mich jetzt nicht mehr", sagte Sean und beobachtete sie vorsichtig.

„Hast du jemals darüber nachgedacht, *warum* die Bucht in diesem Licht geleuchtet hat? Über den Hauch von Magie, der in meiner Familie ist? Und auch in Aislinns Familie?"

Sean sah unbehaglich aus, als er mit einer Schulter zuckte und nickte. „Ja, natürlich. Ich musste mich irgendwie daran gewöhnen, da meine beiden Töchter...spezielle Fähigkeiten haben."

„Und hast du dir jemals überlegt, dass meine Tochter diese Fähigkeiten nur hat, weil ich sie auch habe?", fragte Margaret leise.

Die Stille dehnte sich zwischen ihnen aus, während Sean es gedanklich ausarbeitete, bis Erkenntnis auf seinem Gesicht erschien.

„Das hatte ich vermutlich nicht. Ich habe nie daran gedacht, mich zu sehr damit zu beschäftigen, wie das alles funktioniert, ehrlich gesagt", sagte Sean.

„Na, dann kläre ich dich mal über meine nette kleine Gabe auf. Ich bin ein Empath. Das bedeutet, dass ich die Emotionen anderer Leute fühlen kann und ich ganz genau weiß, wenn mich jemand anlügt. Und der Haufen Mist, den du mir da gerade aufgetischt hast, war eine knallharte Lüge", schäumte Margaret und griff nach ihrem Glas, um es zu werfen.

Und sah Baron unter dem Tisch, wo er wegen ihres Geschreis kauerte.

Margaret stellte das Glas zurück auf den Tisch und stand stumm Sean gegenüber. Ihr Körper bebte vor Wut.

„Es ist nicht, was du denkst", fing Sean an und Margaret hielt einen Finger hoch, um ihn aufzuhalten.

„Hast du mit ihr geschlafen?"

„Nein, Gott, niemals, sie ist eine Angestellte", sagte Sean stotternd.

„Bist du mit ihr ausgegangen?", fragte Margaret und ließ ihren Blick nicht von ihm weichen.

„Ich...ich, na ja, ja, wir sind ein paarmal zum Essen gegangen. Nichts besonderes", sagte Sean achselzuckend.

„Habt ihr euch geküsst?", fragte Margaret und wollte schreien, als Sean rot wurde und nickte. Er blickte auf den Boden vor ihm.

„Nur einmal. Sie hat sich nach ein paar Gläsern Wein an mich rangeschmissen. Das war alles, was da war, ich schwöre es."

„Na, sie denkt jedenfalls anders darüber", sagte Margaret.

„Maggie, ich schwöre, dass ich keine Gefühle für sie habe. Ich will nur mit dir zusammen sein", bat Sean.

„Willst du das? Du sagst das, aber du kennst mich doch gar nicht! Du hast noch nicht mal darüber nachgedacht, dass ich eine spezielle Fähigkeit habe! ‚Liebst' du mich jetzt immer noch?", rief Margaret. Ihre Brust hob und senkte sich. „Tust du das? Kannst du mit mir leben in dem Wissen, dass ich es jedesmal weiß, wenn du eine Lüge erzählst? Wissend, dass unsere Tochter Leute mit ihren Händen heilen kann? Dass die Bucht leuchtet, wenn wir in der Nähe sind? Möchtest du mir sagen, dass du mit all dem einverstanden bist?"

Seans Gesicht sah erschlagen aus, als er nickte.

„Ich glaube, ich kann damit umgehen. Wenn ich dich habe, um mir dabei zu helfen", sagte er ruhig.

„Das kaufe ich dir nicht ab. Du hast mich schon einmal verlassen. Jetzt bist du noch nicht mal richtig meins. Es ist genau wie letztes Mal", kochte Margaret und Sean warf seine Hände in die Luft.

„Was meinst du, wie beim letzten Mal?"

„Du kannst nicht allein sein. Ich bin überrascht, dass du nicht wieder geheiratet hast! Es hat letztes Mal nicht lange gedauert, bist du in einer Ehe gelandet bist. Und hier bin ich endlich und du bist mit einer anderen Frau zusammen!"

„Jetzt mach mal halblang, Prinzessin!" Sean stand auf, als er schrie, und Margaret lehnte sich vom Tisch zurück. „Es tut mir leid, dass ich mein Leben nicht einfach ein- und ausschalten kann, wann immer du entscheidest, darin aufzutauchen. Vielleicht geht es nicht immer nur um dich."

„Entschuldigung? Niemand hat dich gebeten, aufzuhören zu leben."

„Und trotzdem bin ich in der Patsche, weil ich geheiratet habe oder weil ich Verabredungen hatte. Also bitte. Ich habe nicht einmal nach deiner sexuellen Vergangenheit gefragt, oder?! Ich verstehe, dass du erwachsen bist und Gesellschaft brauchst. Verdammt, ich wollte sogar, dass du glücklich bist. Aber du hast nicht das Recht zurückzukommen und mich anzuschreien, weil ich ein paar Verabredungen hatte. Wer glaubst du denn, wer du bist?"

Margarets Mund bewegte sich, aber es kam nichts heraus. Wut pulsierte ihr entgegen, von Sean, von ihr selbst, von überall.

Sie war dumm gewesen hierherzukommen. Da war einfach zu viel Vergangenheit. Tief einatmend hob Margaret ihr Kinn.

„Danke für die Gastfreundschaft. Ich finde meinen Weg raus", sagte sie steif.

„Natürlich, das musste ja kommen", rief Sean ihr hinterher, während Margaret den Flur herunterlief, völlig überrascht, dass Tränen ihren Blick verschleierten. Sie stopfte ihre Reisekleidung in ihre Tasche, nahm ihre Kosmetik aus dem Badezimmer und weigerte sich, sich im Spiegel anzusehen. Mit einem letzten Blick um sich ergriff Margaret ihre Tasche und ihre Handtasche und ging aus dem Gästezimmer direkt zur Eingangstür.

Sie stand einen Moment still und sah Sean kopfschüttelnd an.

„Es hätte toll sein können."

Sie drehte sich um, öffnete die Tür und trat nach draußen. Sie wollte sich nicht von Baron verabschieden, weil sie wusste, dass die Tränen dann heftig fließen würden.

„Da haben wir es. Du rennst schon wieder weg. Genau wie das letzte Mal." Seans Worte erreichten sie gerade, als die Tür zuknallte und Margaret wäre fast umgedreht, um mit ihm zu streiten.

Sie lief nicht weg. Er hatte sie getäuscht. Er hätte ehrlich sein sollen über seine Beziehung mit Adeline. Margaret besänftigte sich selbst mit diesen Gedanken, als sie ihr Auto zu einem Hotel am Flughafen fuhr. Sie wusste, dass sie sowieso kein Auge würde zumachen können.

Und fragte sich, ob sie vor sich selbst oder vor Sean weglief.

KAPITEL SIEBENUNDDREISSIG

Sean warf eins der Sofakissen zur Tür, wütend über sich selbst und wütend über Margaret, weil sie wieder von ihm weggelaufen war. Er stand am Fenster in der Hoffnung, dass sie nicht in den Mietwagen einsteigen würde.

Er drückte seine Stirn an das Glas und sein Herz verkrampfte sich, als er die Rücklichter ihres Autos über dem Horizont und aus seinem Leben verschwinden sah.

Sean fragte sich, ob es für immer sein würde.

Baron winselte nervös zu seinen Füßen und Sean bückte sich, um ihn hochzuheben und drückte sein Gesicht für einen Moment in das weiche Fell des Hundes.

„Tut mir leid, Kleiner", sagte Sean, als er Baron zum Sofa trug. Baron drehte sich in seinen Armen und sah auf die Haustür.

„Ich weiß. Ich wollte auch nicht, dass sie geht."

Sean lehnte sich gegen die Kissen und spielte alles durch, was gerade passiert war – von dem Moment, als er vor Lust fast seinen Verstand verloren hätte bis zu dem

Punkt, als Margaret sein Geschrei mit einem Türknallen beendet hatte.

Wenigstens hatte er dieses Mal das letzte Wort gehabt, dachte Sean. Dann setzte er sich aufrecht hin, als ihm eine Idee kam.

Nur weil Margaret ihre alten Muster wiederholte, hieß es nicht, dass er das auch musste, dachte Sean und ging in die Küche, um einen Notizblock zu finden.

Es sah aus, als hätte er eine Frau zu umwerben.

KAPITEL ACHTUNDDREISSIG

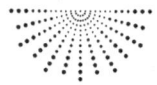

S echs Monate später

MARGARET SCHAUTE auf das große Paket, das gegenüber von ihrem Schreibtisch in ihrem Büro im Zentrum Bostons an der Wand lehnte. Das zerknitterte braune Papier stand in Kontrast zur modernen Ausstattung ihres Büros und sie vermutete, dass sie genau wusste, wer es geschickt hatte.

Margaret seufzte und drehte ihren Stuhl, um aus ihrem Fenster zu starren, das über den Charles River blickte. Die Miete in diesem Gebäude war hoch, aber der Ausblick allein war es das wert. Dazu kam, dass Margaret wusste, wie wichtig der äußere Schein in diesem Geschäft war – wenn neue Kunden kamen und den Fluss durch die bodenhohen Fenster sahen, waren sie schon so angetan, dass sie ihre Makleragentur engagierten.

Margarets Hände verkrampften sich in ihrem Schoß,

als sie sich zwang, nicht durch ihr Büro zu rennen und das Papier vom Paket zu reißen.

Es war Monate her, seit sie Irland verlassen hatte. Monate, seit sie das Potential für eine Liebesbeziehung mit Sean gespürt hatte. Jeden Morgen sagte sie sich selbst, dass sie Glück gehabt hatte, einer vorhersehbaren Katastrophe zu entkommen. Und jede Nacht lag sie wach und fragte sich, was sie verpasste.

Es half auch überhaupt nicht, dass Sean eine Kampagne gestartet hatte, um sie zu umwerben, dachte Margaret verschnupft. Sie kam heim nach Boston, entschlossen, die Vergangenheit in Irland zu lassen und war überrascht gewesen, als in der folgenden Woche ein Topf mit Margeriten auf ihrem Schreibtisch erschienen war mit einer Karte. Margaret war der Symbolismus der Margeriten nicht entgangen.

ICH VERMISSE DICH.

DAS WAR ALLES, was auf der Karte stand. Es war keine Entschuldigung gewesen, aber Margaret fragte sich, ob die Zeit dafür nicht vorbei war. Im ersten Moment hatte Margaret die Augen gerollt und den Zettel tief in ihre Schublade geschoben, aber die Margeriten hatten ihren Platz auf ihrem Schreibtisch und die ganze Woche schien ihre Fröhlichkeit ihre schlechte Laune zu durchlöchern.

Die Woche darauf waren es Rosen und teure Badeseife gewesen. Margaret hatte verwirrt auf die Geschenke auf

ihrem Schreibtisch gestarrt und sich gefragt, ob Sean
verrückt geworden war.

Dieses Mal stand auf der Karte:

*ICH WÜNSCHTE MIR FAST, dass du nicht in mein Leben
zurückgekommen wärst, dann würde ich deine Abwesen-
heit nicht so heftig fühlen.*

„ES IST NICHT MEINE SCHULD, dass du mich nicht hast",
hatte Margaret verärgert gesagt und ihre Assistentin
erschreckt, weswegen sie dann errötete. Es war nicht
normal für sie, Emotionen während der Arbeit zu zeigen,
und das machte sie noch wütender über Sean.

Und die Geschenke hatten nicht aufgehört zu kommen.
Alle zwei Wochen stand etwas Neues auf ihrem Schreibtisch mit einer weiteren Karte, die Margaret anflehte, es
sich anders zu überlegen.

Ihm eine Chance zu geben.

Je länger es her war, seit sie Sean zuletzt gesehen
hatte, desto aufwändiger wurden seine Geschenke.
Gerade vor ein paar Wochen hatte er ihr eine atemberaubende Halskette geschickt aus feinen Kristallen, die mit
Golddraht verflochten waren. Es war ein eleganter Hingu-
cker und die Karte enthielt eine atemberaubende
Erklärung.

*ICH HOFFE, dass du an mich denkst, wenn du sie trägst —
meine Lippen an deinem Hals. Mein Herz gegen deins*

gedrückt. Unsere Liebe zueinander verwickelt wie die Drähte dieser Halskette.

MARGARET WAR ZIEMLICH SICHER, dass ihr Gesicht in allen Rottönen geglüht hatte, bevor sie die Karte in ihre Schreibtischschublade stopfte.

Aber sie trug die Kette jeden Tag, und wenn sie mit ihren Händen über die Steine strich, träumte sie von seiner Berührung. Sie fühlte sich immer lächerlich, wenn sie sich selbst bei ihren Tagträumen ertappte und arbeitete abends noch länger, um die Aussetzer ihrer Konzentration während des Tages wettzumachen. Während die Tage ins Land gingen, arbeitete Margaret mehr, aß weniger und schlief nur sporadisch. Als ihre Kleidung anfing, an ihr herunterzuhängen, fragte sich Margaret, ob sie sie zu einem Schneider bringen musste.

„Hast du es aufgemacht?" Katie, ihre lebhafte Assistentin, schaute in ihr Büro.

„Nein", sagte Margaret und drehte sich, um sie anzusehen.

„Brauchst du eine Schere?", fragte Katie und steckte ihr aalglattes blondes Haar hinter ihr Ohr. Ihre Augen waren vor Aufregung weit geöffnet. Es war schwierig gewesen, ihren fernen Bewunderer vor Katie geheim zu halten, und bald hatte Katie den UPS-Mann jede Woche stürmisch begrüßt in der Hoffnung auf eine Fortsetzung in Margarets Liebesaffäre.

„Nein, danke", sagte Margaret. Was sie brauchte, war etwas Mumm, um das riesige Paket zu öffnen, das auf der anderen Seite des Büros stand. Margaret wusste, dass ihre

Mauern anfingen zu bröckeln, aber sie war nicht sicher, ob sie bereit war für das, was sich unter dem braunen Papier verbarg.

„Hast du ihn schon angerufen?", fragte Katie, lehnte sich an die Wand und kreuzte ihre Arme über ihrer Brust, während sie Margaret beobachtete.

Margaret schüttelte nur traurig ihren Kopf und wusste nicht, was sie sagen sollte.

„Du musst ihn anrufen. Schon allein die Halskette war bestimmt richtig teuer gewesen. Das mindeste ist, dass du dich bei ihm bedankst", rügte Katie sie und Margaret fühlte, wie sich ihre Schultern hochzogen.

„Ich habe ihm für jedes Geschenk eine Dankeskarte geschickt", protestierte Margaret.

„Eine höflich formulierte Dankeskarte. Er schickt dir Liebeserklärungen und du sendest ein Danke auf Geschäftspapier", betonte Katie. Sie hatte ein paar von Seans Nachrichten gelesen.

Margaret fühlte, wie ihr Schuldgefühle den Rücken hochkrochen.

„Ich weiß nicht, was ich sagen soll", sagte sie endlich.

„Sag was du fühlst", sagte Katie.

„Genau damit habe ich Schwierigkeiten", murmelte Margaret. Es stimmte. Ihre Gefühle für Sean waren so durcheinander, dass sie nicht wusste, was sie zu ihm sagen sollte. Je mehr Zeit verging und je mehr Geschenke und gefühlsbetonte Erklärungen ankamen, desto mehr fand sich Margaret von seinen Bitten beeinflusst. Aber dann fragte sie sich, ob es nur die Distanz zwischen ihnen war, die ihr einen weicheren Blickwinkel gab. Es war alles so verwirrend und durcheinander in ihrem Kopf. Sie hatte sich noch nie vorher so gefühlt – in ihrer geordneten Welt hatten unordentliche Gefühle keinen Platz.

„Warum hältst du meine Anrufe nicht für eine Weile?", fragte Margaret.

„Das mache ich. Aber du solltest das Paket öffnen und dann darüber nachdenken, was du ihm sagen willst. Ich vermute, dass es noch dramatischer ist als dein letztes Geschenk, schon allein in Anbetracht der Größe", sagte Katie und schloss die Tür hinter sich.

„Jetzt oder nie", sagte Margaret. Sie stand auf und wischte ihre plötzlich verschwitzten Handflächen an ihrer zu locker sitzenden schwarzen Anzugshose ab. Sie ging durch den Raum und untersuchte das Paket, bis sie die Plastikhülle fand, in der ein Briefumschlag und der Lieferschein versteckt waren. Sie zog den Brief heraus und konnte die pulsierende Liebe spüren, die von ihm ausging.

Ja, sie konnte auch Dinge fühlen, die von leblosen Gegenständen ausgingen. Margaret fragte sich, wie Sean es aufnehmen würde, wenn er die Ausmaße ihrer Fähigkeiten wüsste. Margaret steckte ihren Finger unter die Umschlagklappe und zog die Karte heraus.

DAS SIND WIR. *Ich weiß, was es bedeutet.*

‚DAS SIND WIR'? Margaret fühlte, wie ihr Herz in ihrer Brust stärker zu hämmern anfing, als sie die Karte ablegte. Sie zog an einer Ecke des braunen Papiers. Der Klang des Reißens schien in ihrem Büro widerzuhallen, als sie das Papier wegzog und sah, dass es ein Gemälde war.

„Oh...ich..." Margaret hielt eine Hand an ihren Mund, während ihr Tränen in die Augen stiegen.

Das Bild war in dramatischen Acrylfarben gemalt, die Blautöne des Wassers und des Himmels standen in Kontrast zum braunen Sand des Strandes und dem Grau und Grün der Kliffe, die stolz über das Wasser herausragten.

Es war die Bucht, die für alle sichtbar leuchtete, mit der blassen Silhouette eines sich umarmenden Paares am Strand.

Margaret wusste instinktiv, dass es Aislinns Arbeit war, und sie fragte sich, wann Sean sie gebeten hatte, es zu malen.

Wie merkwürdig passend, dass die Halbschwester ihrer Tochter den wichtigsten Moment in Margarets Leben für sie malen würde. Die Ironie war ihr nicht entgangen. Aber darin lag auch Schönheit. Das Gemälde hätte nicht die gleiche Wirkung gehabt, wenn es von einem anderen Künstler angefertigt worden wäre. Es schien sie anzuschreien – *siehst du? Kannst du nicht sehen, dass wir alle verbunden sind?*

Ich verstehe es jetzt, dachte Margaret. Ich verstehe es.

Die Vergangenheit, und was daraus entstanden war, war nicht mehr wichtig. Wichtig war das Jetzt und wer sie waren. Wenn sie an dem Abend nicht auf den Strand gestolpert wären, wäre nichts von all dem passiert.

Ein leises Klopfen an der Tür ließ Margarets Kopf herumgehen und sie wischte sich schnell die Tränen aus den Augen.

„Ich hatte gesagt, ich möchte nicht gestört werden", rief sie.

„Ich weiß; aber du hast Besuch. Oh, wow", hauchte Katie, als sie das Bild sah. „Das ist fantastisch."

„Ja, das ist es", sagte Margaret, weil sie nicht wusste, was sie sonst sagen sollte. „Kannst du dem Besuch sagen, dass sie einen Termin machen sollen? Ich wäre gern allein heute Nachmittag."

„Em, das kann ich nicht machen", fing Katie an und dann schoss Margarets Blick zur Tür, als sie eine Stimme hörte.

„Na sag mal, du wirst doch wohl nicht deine eigene Mutter wegschicken?"

KAPITEL NEUNUNDDREISSIG

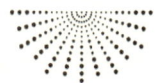

„Na, ist das nicht toll?", sagte Fiona. Sie schob sich an Katie vorbei und stand mit den Händen in ihren Hüften vor dem Bild. Ihr graues Haar war ordentlich gekämmt und sie trug eine weiße Hemdbluse und Khakis, wie fast immer. Das Einzige, was fehlte, war der Strohhut auf ihrem Kopf und eine Tasche mit Gartenwerkzeug an ihrer Seite.

„Mutter!", sagte Margaret und fühlte sich, als ob jemand sie k.o. geschlagen hätte. Sie eilte durch den Raum, bückte sich und hielt Fiona in einer Umarmung, während sie mit den Tränen kämpfte.

„Ich lasse euch beide allein. Möchtet ihr etwas Tee?", fragte Katie.

„Das wäre lieb", sagte Fiona mit einem strahlenden Lächeln, während sie sich zurücklehnte und Margaret genau anschaute. Eine Furche bildete sich auf ihrer Stirn, als sie Margarets Gesicht durchsuchte.

„Warum hast du mich nicht angerufen? Es sieht aus, als ob ich gebraucht werde", schalt Fiona sie.

„Es geht mir gut", sagte Margaret automatisch, was Fiona ein Lachen entlockte.

„Gut? Du hast bestimmt sechs Kilo verloren. Deine Kleider hängen mehr oder weniger an dir herunter. Und ich komme herein und finde dich, wie du vor einem Gemälde der Bucht stehst und heulst. Dir, meine Liebe, geht es alles andere als gut."

„Ich stelle das einfach hier ab", sagte Katie schüchtern von der Tür und stellte ein Tablett mit zwei Tassen auf einen kleinen Beistelltisch.

„Danke, Katie", sagte Margaret und folgte ihr, um die Tür zu schließen. „Mama, du kannst solche Sachen nicht einfach von dir geben. Ich will nicht, dass die Leute in meiner Firma denken, ich würde durchdrehen."

„Aber du bist doch menschlich, oder? Du darfst auch ab und zu mal eine Krise haben", sagte Fiona, als sie sich auf einen der weichen grauen Ledersessel setzte. „Komm, setz dich."

Und jetzt wird mir in meinem eigenen Büro gesagt, was ich tun soll, dachte Margaret seufzend. Sie realisierte aber, dass sie eigentlich nichts lieber wollte als mit ihrer Mutter Tee zu trinken, also setzte sie sich hin und nahm dankbar die Tasse von Fiona.

„Schönes Büro", sagte Fiona fröhlich und Margaret musste lächeln.

„Das ist es. Ich liebe dieses Gebäude", stimmte sie zu.

„Ja, es ist sehr einladend, während es gleichzeitig klar macht, wie erfolgreich du bist."

„Danke – warte mal, Moment. Warum bist du hier?", fragte Margaret und schüttelte verwirrt ihren Kopf.

„Du brauchst mich", sagte Fiona einfach und Margaret rollte mit ihren Augen.

„Ich hätte dich gern herfliegen lassen – erste Klasse in einem der neuen Schlafpods. Wir hätten Keelin mitkommen lassen und einen schönen Frauentrip daraus gemacht. Ich habe kein Problem damit, dass du mich besuchen kommst. Ich hätte es nur gern besser geplant."

„Du hast mir gesagt, ich kann kommen, wann ich will. Also bin ich gekommen", sagte Fiona und lächelte ihre Tochter zufrieden an.

„Ja, ich freue mich, dich hier zu haben, auch wenn es unerwartet ist. Ich muss nur ein paar Termine ändern, das ist alles", sagte Margaret und ging zu ihrem Schreibtisch. „Wie lange bist du hier?"

„Zwei Tage."

„Zwei Tage? Warum so kurz?", sagte Margaret noch verwirrter.

„Ich habe Kräuter zu züchten und Dinge zu tun", sagte Fiona achselzuckend und umging eine direkte Antwort. Wenn Margaret etwas wusste, dann dass Fiona eine Meisterin darin war, Fragen auszuweichen. Kopfschüttelnd blickte Margaret durch ihren Terminkalender für die nächsten zwei Tage.

„Katie, kannst du mir die nächsten zwei Tage freimachen? Außer dem Termin am Donnerstag mit Jan." Jan war Vizepräsident in Margarets Immobilienfirma und war über die Jahre auch eine enge Vertrauensperson geworden. Margaret sagte nie ein Treffen mit Jan ab.

„Mach ich", sang Katie durch die Gegensprechanlage. Margaret richtete sich auf und sah, wie ihre Mutter sie anstrahlte.

„Was?"

„Ich bin so stolz auf das, was du hier aufgebaut hast", sagte Fiona.

Margaret fühlte sich sofort unbehaglich. Der Teil von ihr, der ihrer Mutter schon immer beweisen wollte, dass sie allein erfolgreich sein könnte, freute sich, aber der andere Teil fand es schwierig, Komplimente zu akzeptieren und sie errötete.

„Danke, Mama. Das bedeutet mir viel", sagte Margaret leise. Sie ging durch das Zimmer, setzte sich wieder hin und nahm ihre Teetasse.

„Ich bin immer stolz auf dich gewesen, Margaret. Aber manchmal muss man als Mutter wissen, wann man seine Jungen allein fliegen lassen muss", sagte Fiona und tätschelte Margarets Arm.

„Ist das der Grund, warum du nie gekommen bist?" Margaret hatte diese Frage schon mal gestellt, aber aus irgendeinem Grund beschäftigte es sie immer noch.

„Du wolltest es nie", sagte Fiona sanft und Margaret wusste, das sie recht hatte. Zu viele vergrabene Gefühle, für deren Bewältigung Margaret keine Zeit hatte, als sie ihr Emporium aufgebaut und Keelin großgezogen hatte.

„Da hast du wahrscheinlich recht", sagte Margaret und glättete eine Falte in ihrer Hose.

„Wir können die Vergangenheit nicht ändern, meine Liebe. Alles, was wir haben, ist das Jetzt", sagte Fiona. Ihre Augen zeigten kleine Fältchen in den Winkeln.

„Wo wir gerade vom Jetzt sprechen. Möchtest du mit mir nach Hause kommen? Ich kann dir das Gästezimmer herrichten und dann können wir ein bisschen was unternehmen."

„Ja, das wäre nett."

Margaret war in Gedanken schon dabei zu entscheiden, wo sie zu Abend essen würden, stand auf und blickte wieder auf das Bild. Es schien vor Energie zu summen, die aufschlagenden Wellen und der Lichtstrahl schienen ihre Haut zu streicheln. Es juckte sie, zurück auf dem sandigen Ufer zu sein, in den Armen ihres Liebhabers, ihre Vernunft überdeckt von der Überschwänglichkeit der Jugend.

„Das ist ein bemerkenswertes Geschenk", murmelte Fiona und stand neben Margaret, während sie das Gemälde anschauten.

„Das ist es", sagte Margaret. Ihr Herz schlug beim Anblick des Bildes schneller.

„Es ist ein Geschenk der Liebe", stellte Fiona fest.

Margaret zuckte mit den Achseln. Sie konnte ihre Behauptung nicht verleugnen, aber sie war noch nicht bereit, die Worte zu sagen.

„Er hat dich in die Ecke getrieben", sagte Fiona lachend.

„Wie bitte?"

„Sean. Er hat dich in die Ecke getrieben. Es ist unmöglich, dass du so etwas ignorieren kannst."

„Das werden wir ja sehen", grummelte Margaret. Sie schritt zu ihrem Schreibtisch und nahm ihre Handtasche aus der untersten Schublade. „Lass uns gehen."

„Wenn du darauf bestehst", sagte Fiona lächelnd und warf einen letzten Blick über ihre Schulter zu dem Gemälde. Es war ein Aufeinanderprallen von Farbe und Bewegung in dem anderweitig ruhigen Büro.

Margaret hatte den Verdacht, dass Fiona noch einiges

über das Bild zu sagen hatte. Als sie die Tür hinter sich zuzog, warf Margaret Katie einen Blick zu.

„Niemand darf in mein Büro unter Androhung, gefeuert zu werden."

„Jawohl, Boss", sagte Katie und salutierte fast, als sie an ihr vorbeigingen. Fionas Kichern ließ Margarets Wangen brennen.

Und wenn schon, wenn sie das Bild schützen wollte? Es war ein schönes Kunstwerk. Es hatte ganz sicher nichts damit zu tun, dass ihre Angestellten in ihrem Liebesleben herumschnüffelten.

Sie *hatte* kein Liebesleben, erinnerte Margaret sich selbst. Punktum.

KAPITEL VIERZIG

„Ist es okay, wenn wir zu Fuß gehen? Es sind ungefähr anderthalb Meilen", sagte Margaret, die sich dabei ertappte, wie sie versuchte, die Entfernung für ihre Mutter in Kilometer umzurechnen.

„Ich laufe jeden Tag, Margaret", sagte Fiona und Margaret stellte sich ihre Mutter vor, wie sie über die Hügel schritt und in die Bucht kletterte. Ein Spaziergang durch das Zentrum Bostons würde sie nicht aus der Fassung bringen.

„Das hier ist der Charles River. Meine Wohnung liegt in Beacon Hill, von da kann man über den Commons sehen, das ist ein großer Park mitten in der Stadt", ratterte Margaret herunter, als sie von ihrem Büro aus auf einem überfüllten Bürgersteig losgingen. Jeder schien seinen Arbeitstag beenden zu wollen, um ein paar schöne Stunden in der Sonne zu verbringen.

Margaret versuchte, Boston durch die Augen ihrer Mutter zu sehen. Das feierabendliche Gedränge von Leuten auf den Gehwegen, das ungeduldige Hupen der

Autofahrer, die im Verkehr steckten, und der ganz eigene Geruch einer Stadt vermischten sich an diesem Vorfrühlingstag zu dem chaotischen Bild einer lebhaften Großstadt. Während Margaret es genoss, die neueste Mode zu sehen, empfand es Fiona wahrscheinlich als eher unangenehm, sich an Leuten vorbeischieben zu müssen.

„Es ist der beste Teil des Tages", erklärte Margaret, als sie an einem Taxifahrer vorbeigingen, der an seinem Auto lehnte und in einen Bluetoothkopfhörer sprach, eine Red Sox Kappe tief in seine Stirn gezogen.

„Es ist eine lebhafte Stadt", sagte Fiona.

„Das ist nett ausgedrückt", sagte Margaret mit einem Lächeln, als sie an den Commons ankamen. „Sehr viel geschäftiger, als du es gewohnt bist."

„Jeder sucht sich seinen eigenen Lebensstil. Ich habe mich immer nah der Natur am wohlsten gefühlt. Das mögen nicht alle", sagte Fiona und lächelte, während sie auf das Ampelsignal an der Kreuzung warteten.

„Ich glaube, mich hat es immer mehr zum Trubel gezogen", sagte Margaret, als sie die Straße überquerten und durch ein Tor in die Parkanlage des Commons traten.

„Dagegen gibt es nichts einzuwenden", sagte Fiona und drehte sich, um die Blumen im Park zu bewundern. Asphaltierte Wege zogen sich durch manikürten Rasen an Teichen vorbei und durch sorgfältig angelegte Blumenbeete.

„Das ist mein Lieblingsteil des Parks", sagte Margaret.

„Ich kann verstehen warum", sagte Fiona. Sie zeigte auf eine Bank gegenüber von einem kleinen Teich. „Lass uns hinsitzen."

Margaret konnte nicht anders als an das letzte Mal zu

denken, als sie auf genau dieser Bank gesessen hatte. Keelin war zu ihr gekommen, um Antworten über ihre Vergangenheit zu erhalten. Jetzt fragte sie sich, ob sie dasselbe mit ihrer eigenen Mutter machen würde. Sie streckte ihre Beine aus, lehnte sich zurück und absorbierte die Ruhe. Es schien, als hätte sie seit Monaten nur gearbeitet oder wäre nicht einmal früher nach Hause gegangen. Es war eine willkommene Pause.

„Danke, Mama, dass du hergekommen bist. Ich glaube, mir war nicht klar, wie sehr ich dich brauchte, bis ich dich sah", sagte Margaret und überraschte sogar sich selbst mit ihren Worten. Sie hielt ihren Blick auf dem Teich gerichtet und war nervös darüber, was Fiona sagen würde.

„Ich glaube, wir haben ein paar Dinge ungesagt gelassen, die wir noch verarbeiten müssen", sagte Fiona. Margaret riss ihren Kopf herum und sah in Fionas Augen.

„Ich habe gedacht, du bist hier, um über Sean zu sprechen."

„Ich bin hier, um über viele Dinge zu reden", sagte Fiona zögerlich und schaute in Margarets Gesicht.

„Ich dachte eigentlich, wir hatten ein ziemlich gutes Gespräch in der Bucht", sagte Margaret schulterzuckend.

„Das hatten wir. Aber es gibt mehr, das wir noch nicht angesprochen hatten. Vor allem einen der Gründe, warum du damals weggerannt bist – deine Kraft. Meine Kraft. Und jetzt Keelins Kraft."

Margaret verzog das Gesicht. Sie wollte diese Unterhaltung nicht haben und arbeitete schon daran, ihre geistigen Schilder zu errichten. Sie sah auf, als Fionas Hand ihren Arm berührte. In dem Augenblick ging eine Welle der Beruhigung durch sie und sie lächelte ihre Mutter an.

„Danke", sagte Margaret.

„Wie ich sehe, hast du dich an die Kraft der Berührung gewöhnt", sagte Fiona und bezog sich auf ihre Heilungsgabe.

„Was bleibt mir denn sonst übrig? Du und Keelin, ihr habt beide diese Fähigkeit. Ich habe mich lange Zeit dagegen gesträubt, aber irgendwann muss man es einfach akzeptieren."

„Warum kämpfst du überhaupt dagegen an?", fragte Fiona und sah Margaret mit schräg gelegtem Kopf an.

Zum ersten Mal hatte Margaret das Gefühl, dass ihre Mutter versuchte zu verstehen, warum Margaret so reagiert hatte, statt ihr einfach dieses Leben aufzuzwingen.

„Es hat mir Angst gemacht. Da war immer ein Teil von mir, der sich ein normales Leben erhoffte. Das war aber, bevor ich überhaupt verstand, wie du heilen kannst. Nur von meiner Fähigkeit zu wissen – dass ich anders war – ließ mich verzweifelt das Normale ersehnen. Ich habe Zeitschriften über die Staaten gewälzt und davon geträumt, eines Tages das kleine Haus in den Hügeln zu verlassen und diese schicke Großstadtfrau zu werden. Und, na ja, hier bin ich", sagte Margaret mit einem halben Lachen, als sie ihre sackartigen Hosen ansah. „Normalerweise bin ich natürlich besser angezogen."

„Was hat dir denn soviel Angst davor gemacht, deine Gabe zu akzeptieren?" Fiona lehnte sich zurück und legte ihren Arm auf die Rückenlehne der Bank, so dass ihre Hand sanft über Margarets Schulter strich.

„Ich...ich kann nicht gut mit Gefühlen umgehen. Das ist erstaunlich, da ich emphatisch bin", sagte Margaret achselzuckend. „Ich finde Emotionen verwirrend. Ich kann sie nicht gut kommunizieren, ich kann nicht gut darauf reagieren, ich bin einfach...verschlossen. Dass mir die Gabe gegeben wurde, so viel zu fühlen – naja, es war schwer, das zu schlucken. Es *ist* schwer. Ich habe mein Bestes getan, um es zu verstecken, es zu unterdrücken und es nicht zu nutzen. Ich bin nicht sicher, ob ich es jemals wirklich akzeptieren werde."

„Warum musst du es akzeptieren?", fragte Fiona und Margarets Kopf ging ruckartig herum.

„Du hast mir immer gesagt, dass wir unsere Gaben nutzen müssen. Dass wir unseren Kräften nicht den Rücken zudrehen dürfen", schoss es aus Margaret heraus.

„Vielleicht musst du es nicht akzeptieren, um es zu nutzen. Vielleicht geht es mehr darum zu lernen, in Frieden damit zu leben", sagte Fiona sanft und Margaret drehte sich zurück, um auf das Wasser zu schauen.

„Aber ich dachte, Grace O'Malley wird wütend, wenn wir unsere Kraft nicht nutzen."

„Grace ist nur ein Geist. Sie handelt nur aus Liebe. Daran musst du immer denken. Was immer du in diesem Leben tust – solange du damit leben kannst – es ist deine Entscheidung. Nicht meine, nicht Keelins – niemand außer du selbst bestimmst. Wenn du das Gefühl hast, dass du deine Gabe nicht erforschen und sie nicht aktiv nutzen willst, dann musst du halt mit deinem schlechten Selbst weitermachen."

Ein Lachen blubberte in Margarets Kehle hoch, als ihre Kinnlade nach unten fiel. „Mach mit deinem schlechten Selbst weiter?"

„Ach, Keelin sagt das manchmal. Es muss etwas sein,

was die Jugend heutzutage sagt", lachte Fiona mit Margaret.

„Also du meinst, dass, wenn ich einfach ich sein will – und glücklicher bin, ohne diese Seite von mir zu erforschen – dann bist du damit einverstanden?"

„Natürlich", sagte Fiona einfach und Margaret fühlte, wie ein Gewicht von ihrer Seele fiel.

„Ich hatte immer das Gefühl, dass ich dich verärgere, weil ich nicht in deine Fußstapfen getreten bin", hakte Margaret nach.

„Ich war wütend, weil du gingst, ohne mir die Chance eines Gesprächs zu geben. Du hast meine Gefühle verletzt, weil ich meiner Enkelin nicht nah sein konnte. Aber du verärgerst mich ganz bestimmt nicht, wenn die Erforschung deiner Kraft dich so unglaublich unglücklich macht."

Margaret nickte.

„Das tut es. Ich glaube, eins der Dinge, die ich über mich selbst gelernt habe, ist, dass ich eigentlich damit zufrieden bin, diese Seite von mir nicht weiter zu erforschen. Ich mag es, ein normaleres Leben zu haben. Ich mag es, diese Kraft so weit wie möglich abzuschirmen. Ich habe das Gefühl, dass ich mich endlich selbst kennengelernt habe –und wer ‚ich' bin. Verstehst du das? ‚Ich' bin die Person, die kein Interesse an ihrer Kraft hat. Ich hoffe, du kannst das akzeptieren. Ich tue es", sagte Margaret und sah in die Augen ihrer Mutter.

„Oh Schatz, das tue ich. Ich möchte nur, dass du glücklich bist. Wenn du dir sicher bist, dann ist das so. Ich werde nicht vor dir verstecken, wer ich bin. Ich erwarte auch sicher nicht, dass Keelin das tut. Das ist etwas, das du deiner Tochter klarmachen musst. Sie muss verstehen, dass du sie so nimmst, wie sie ist. Besonders jetzt, da sie ihr neues Leben mit Flynn beginnt und mit mir als Heilerin arbeitet. Sie muss das von dir hören."

„Ja, natürlich akzeptiere ich sie", stotterte Margaret und überkreuzte ihre Arme vor ihrer Brust. Hatte sie nicht für die Hochzeit bezahlt? Wie konnte ihre Tochter nicht wissen, dass sie akzeptierte, womit Keelin ihren Lebensunterhalt verdiente?

„Dann musst du es ihr sagen."

„Das werde ich. Mir war nicht klar, dass sie es nicht wusste. Wahrscheinlich habe ich es nicht richtig kommuniziert." Margaret schürzte ihre Lippen, als sie darüber nachdachte. „Okay, ich rede mit Keelin diese Woche. Wir sind uns einig über das ganze Ding mit unseren Kräften?"

„Wir sind uns da völlig einig, meine Liebe. Jetzt würde ich gern den Pub sehen, in dem die Fernsehsendung Cheers gedreht wurde."

„Du kennst Cheers?", fragte Margaret und lachte, als sie und Fiona aufstanden.

„Natürlich. Ich habe immerhin einen Fernseher."

Margaret sah herunter auf die lächelnden Augen ihrer Mutter und fühlte Bedauern für all die Momente mit ihr, die sie verpasst hatte. Sie strich mit einer Hand über Fionas Wange.

„Es tut mir leid, dass wir dieses Gespräch nicht schon früher hatten", sagte Margaret.

„Alles hat seine Zeit", sagte Fiona und umarmte sie.

Und war das nicht die Wahrheit?

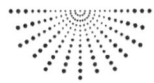

KAPITEL EINUNDVIERZIG

M argaret schüttelte ihren Kopf, als ihre Mutter noch eine Runde Bier bestellte. Die Touristenbar, die die Inspiration für die Fernsehserie Cheers gewesen war, war nicht gerade ihre Vorstellung von einem Restaurant für ein elegantes Abendessen. Statt Leinentischtüchern und einem Glas Wein aß sie einen Burger and trank eiskaltes Bier.

„Wenn Keelin mich jetzt sehen könnte", lachte Margaret Fiona an, überrascht, dass es ihr Spaß machte.

„Dies ist gut für dich. Löse dich von diesen Anzügen und vornehmen Restaurants", bemerkte Fiona, während sie einen Schluck von ihrem Bier nahm.

„Es sieht aus, als würde ich diese Woche alle möglichen Veränderungen vornehmen", sagte Margaret und sah verstohlen auf ihr Handy.

„Du schaust ganz schön oft auf das Telefon", sagte Fiona.

„Ja, ach, das tue ich vermutlich. Es ist Gewohnheit", sagte Margaret.

„Es muss hart sein, deine eigene Firma zu leiten", sagte Fiona und stahl eine Pommes von Margarets Teller.

„Naja, ich würde nicht sagen, dass es einfach ist. Aber es ist einfacher als früher. Gott, ich erinnere mich, wie ich ganz am Anfang dastand. Ich hatte ein schreiendes Klein- kind zu meinen Füßen, während ich versucht habe, am Telefon mit potenziellen Kunden zu sprechen. Ich habe es weit gebracht seitdem. Jetzt nimmt mir Jan einen Großteil der Arbeit ab und wir haben eine wirklich tolle Truppe von Maklern, die für uns arbeiten. Dazu kommt unser wunder- bares Verwaltungspersonal. Ich glaube, dass wir ein gutes Klima geschaffen haben. Ich versuche, meinen Ange- stellten die besten Zusatzleistungen zu bieten und zahle niemals einem Mann mehr als einer Frau. Ich glaube, das zeigt sich darin, wie lange meine Mitarbeiter bei mir blei- ben. Ich habe einen ziemlich niedrigen Mitarbeiterwech- sel." Margaret sah auf ihre Hand herunter, überrascht, dass ihr Glas leer war.

„Es klingt, als hättest du einen fantastischen Job gemacht. Dein Büro ist schön, Katie ist ein Schatz, du bist ganz klar erfolgreich – also warum machst du so einen unglücklichen Eindruck?", fragte Fiona.

„Das bin ich nicht", sagte Margaret automatisch und dann hielt sie inne und hob ihre Hand. „Okay, ich sehe vermutlich unglücklich aus, weil ich etwas abgenommen und schlecht geschlafen habe."

„Wegen Sean", sagte Fiona und signalisierte dem Bartender für eine weitere Runde.

„Nein, ganz bestimmt nicht", stritt Margaret ab.

„Wenn es nicht Sean ist, dann ist es, weil du mit deiner Arbeit nicht glücklich bist", sagte Fiona.

„Das bin ich nicht. Ich liebe meinen Job", sagte Margaret und pausierte. Tat sie das?

„Tust du das?" Fiona wiederholte ihre Gedanken und Margaret sah sie böse an.

„Halt dich aus meinem Kopf heraus."

Fiona lachte und nahm einen Schluck von ihrem frischen Bier. „Ich war nicht drin. Aber ich habe offensichtlich eine Frage gestellt, die du gedacht hast."

„Das tue ich vermutlich – ich weiß nicht. Ich bin nicht unzufrieden. Ich bin nur nicht mehr so hungrig wie ich mal war. Es war früher viel aufregender, die Probleme eines neuen Unternehmens zu lösen oder neue Prozesse zu organisieren. Aber jetzt läuft alles so glatt, dass ich nicht sicher bin, was da noch zu tun ist", gab Margaret zu. Sie stellte überrascht fest, dass das stimmte.

„Kannst du es an Jan verkaufen?", fragte Fiona und drehte sich, um in Margarets Augen zu sehen.

„Verkaufen?", fragte Margaret wahrhaftig schockiert. Sie verschluckte sich ein bisschen und nahm einen Schluck Bier, um sich zu beruhigen. Der Gedanke, ihre Firma zu verkaufen, ließ ihre Handflächen feucht werden.

„Ja, verkaufen. Du könntest etwas anderes tun."

„Etwas anderes? Bist du verrückt? Ich habe mein ganzes Leben dafür gearbeitet", argumentierte Margaret hitzig. „Verstehst du nicht, wie hart ich gearbeitet habe, um an diesen Punkt zu gelangen?"

„Das tue ich. Und doch sitzt du hier, einige Kilo zu wenig, in zerknitterten Klamotten, allein in einem Luxusapartment in Boston. Du kannst mir nicht sagen, dass es das ist, wofür du so hart gearbeitet hast."

Es war wie ein Schlag in die Magengrube – aber wem

wollte sie was vormachen. Fiona nahm selten ein Blatt vor den Mund. Margarets Lippen bewegten sich, als sie versuchte zu verarbeiten, was ihre Mutter sagte. Für jede Verteidigung, die ihr in den Sinn kam, fand sie Widerspruch.

„Ich glaube nicht, dass ich jemals dachte, dass es so enden würde", gab Margaret am Ende zu.

„Was wolltest du denn?"

„Ich weiß nicht. Vielleicht sah ich mich, wie ich mich in einen der Ärzte oder Anwälte verliebe, die ich kennengelernt habe, jemanden haben, mit dem ich die Welt bereisen kann, Keelin zusehen, wie sie durch die Schule geht…"

„Und jetzt ist Keelin weg und ich habe in den letzten ein oder zwei Jahren keine Verabredung gehabt und da haben wir es", sagte Margaret und stieß ihr Glas an Fionas. „Prost!"

„Sláinte", sagte Fiona leise und sah ihre Tochter vorsichtig an. „Ich verstehe es einfach nicht", sagte Fiona dann.

„Was verstehst du nicht?", sagte Margaret und starrte mürrisch durch die Bar zu einem Red Sox Fan, der dem Spiel zujubelte.

„Du hast nie ohne Kampf aufgegeben. Du bist in ein anderes Land gezogen, als du nicht mochtest, was passierte. Du hast deine eigene Firma von unten aufgebaut. Was zum Teufel hält dich davon ab, das Leben zu haben, das du jetzt willst?"

Margaret starrte ihre Mutter mit offenem Mund an.

„Ich…ich glaube nicht, dass ich weiß, was ich will", gab sie zu.

„Na ja, ich schlage vor, dass du das herausfindest, bevor du dahinwelkst", sagte Fiona. „Jetzt iss."

„Ja, Chefin", sagte Margaret. Sie steckte sich eine Pommes frites in ihren Mund und ließ den salzigen Geschmack von frittierten Kartoffeln auf ihrer Zunge schmelzen.

Plötzlich hatte sie einen Heißhunger.

KAPITEL ZWEIUNDVIERZIG

„Was möchtest du heute machen?", fragte Fiona, als sie in Margarets in Goldtönen gehaltenem Wohnzimmer saß. Margaret hatte das erste Mal seit langer Zeit gut geschlafen und sie fragte sich, ob sie das dem Bier zuschreiben sollte, das sie getrunken hatte oder der ersten richtigen Mahlzeit in Monaten.

„Ich habe gedacht, wir könnten durch Faneuil Hall schlendern und dann vielleicht zum Aquarium gehen? Oder wir können einkaufen gehen?", sagte Margaret und küsste ihre Mutter auf die Wange. Sie setzte sich auf ein creme- und goldfarbenes Sofa und griff nach dem Frühstückstee, den ihre Mutter für sie eingeschenkt hatte.

„Können wir auf eins von diesen Entenbooten gehen?" Margaret sah ihre Mutter mit hochgezogenen Augenbrauen an. In all den Jahren, die sie in Boston gelebt hatte, war sie noch nie auf einem Entenboot gewesen. Diese verrückten Fahrzeuge waren halb Boot, halb Auto. Die Fahrgäste saßen oben und wurden durch die Stadt gefahren, während

ein Reiseführer mit starkem Bostoner Akzent vom Frei-
heitspfad und anderen historischen Dingen erzählte. Die
Krönung der Tour kam, wenn das Fahrzeug ins Wasser
gefahren wurde und auf dem Charles River tuckerte.
Margaret hatte sie immer als kitschig betrachtet.

„Klar, das klingt lustig."

„Wir können es ausprobieren. Es ist nichts, was ich je
gemacht habe, aber ich könnte ein bisschen Spaß gebrauchen", sagte Margaret und warf ihre Hände hoch.

„Wann willst du los?"

„Ich ziehe mir nur meine Jeans an", sagte Margaret. So
wie es aussah, müsste sie mehre neue Jeans kaufen.
Irgendwie fand sie sich immer öfter an Orten, wo sie ihre
schicken Sachen nicht brauchte.

STUNDEN SPÄTER LACHTE Margaret über ihre Mutter, die
ein Hummerlätzchen um den Hals gebunden hatte und in
einen mit Knoblauch und Butter triefenden Hummer
schnitt. Das Entenboot war eine wilde Fahrt gewesen und
Margaret genoss jeden Augenblick der lächerlichen Tour.
Es hatte außerdem Fiona die Chance gegeben, einen
kleinen Überblick von Boston zu bekommen. Als Fionas
Augen vor Freude geleuchtet hatten, als sie in den Charles
River fuhren, merkte Margaret, dass sie froh war, dass sie
nicht versucht hatte, ihren Tag zu kontrollieren.

Nach der Entenbootstour wanderten sie durch das
kleine Aquarium im Hafen, gingen im Einkaufszentrum
Faneuil Hall einkaufen und waren jetzt in einem schlichten
Fischrestaurant am Wasser.

„Du solltest die Muschelsuppe probieren. Sie hat angeblich Auszeichnungen gewonnen", sagte Fiona und Margaret lachte sie an.

„Jedes Restaurant in Boston gibt vor, preisgekrönte Muschelsuppe zu servieren", sagte Margaret lächelnd.

„Hmpf. Naja, du solltest sie jedenfalls probieren", stocherte Fiona. Margaret hatte gerade einen Krabben-küchlein bestellt, da sie sich daran gewöhnt hatte, nicht sehr hungrig zu sein.

„Weißt du was, das mache ich", sagte Margaret. Sie winkte ihren Kellner herüber und bestellte eine Schale Muschelsuppe zusammen mit einem weiteren Glas Weißwein.

„Richtig so. Wir müssen dich wieder etwas aufpäppeln", bemerkte Fiona.

Margaret seufzte.

„Es war nicht mit Absicht."

„Ein gebrochenes Herz verursacht so etwas", sagte Fiona.

„Ich habe kein gebrochenes Herz", behauptete Margaret.

„Ich sollte das wissen, da ich diejenige bin, die dich ansieht. Du hast wohl vergessen, dass ich das schon mal durchgemacht habe", sagte Fiona.

„Mama, damals war ich noch ein Kind. Natürlich war ich aufgewühlt wegen Sean."

„Ich rede von mir. Als ich deinen Vater verloren habe", sagte Fiona leise und sah in Margarets Augen.

„Oh, natürlich", sagte Margaret. „Tut mir leid, ich weiß, dass nicht alles um mich geht. Ich verrenne mich manchmal etwas."

„Das ist okay."

„Mama, ich kann mich kaum an die Zeit erinnern. Ich weiß nur noch, wie verzweifelt du warst. Es war, als würde ich von einer Riesenwelle Traurigkeit weggespült werden. Ich konnte fast nicht atmen."

„Und das tut mir leid. Ich hätte dich besser abschirmen sollen. Was habe ich mir dabei gedacht? Natürlich würde meine emphatische Tochter von meinen Emotionen schwer getroffen werden."

„Ich wünschte, ich könnte mich besser an ihn erinnern", sagte Margaret.

„Ach, er war ein guter Mann. Voller Leben. Stur wie nur irgendwas. Und er hat mit dem reinsten Herzen geliebt, das ich je gekannt habe. Ich hatte das Glück, ihn für die kurze Zeit zu haben, die mir gegönnt war", sagte Fiona.

„Du wolltest nie wieder heiraten?"

„Nein. Mir wurde die Wahl gelassen", sagte Fiona achselzuckend.

„Was meinst du damit, dir wurde die Wahl gelassen?", fragte Margaret neugierig. Sie hatte ihre Mutter noch nie so über ihren Vater reden hören.

„Das ist eine Geschichte für ein andermal. Es reicht zu sagen, dass ich gut gewählt hatte, aber ein anderer Mann war nicht für mich bestimmt. Ich habe damit abgeschlossen. Und ich bin glücklich."

Margaret wusste, wie es war, allein zu leben und fragte sich, ob ihre Mutter genauso einsam war wie sie.

„Bist du nicht einsam?"

„Wahrscheinlich nicht so einsam wie du. Ich habe Freunde, das Dorf, meine Arbeit; und Flynn und Keelin leben nur über den Hügel. Und Ronan. Ich habe mehr zu tun, als die meisten in meinem Alter erwarten können."

„Da hast du wahrscheinlich recht", sagte Margaret und begann eine weitere Frage, als ihre Mutter sie mit erhobenem Zeigefinger stoppte.

„Hör auf, das Thema zu wechseln. Der springende Punkt ist, dass ich ein gebrochenes Herz erkenne, wenn ich eins sehe. Sag mir, was mit Sean passiert ist."

Margaret öffnete ihren Mund, um zu protestieren, aber dann hielt sie inne.

„Er war mit jemand anderem zusammen", sagte sie achselzuckend und sah zur Seite. Sie nahm einen Schluck von ihrem Wein, um ihre trockene Kehle zu befeuchten.

„Das war er ganz sicher nicht", beharrte Fiona. „Der Mann ist kein Fremdgeher."

„Ich weiß nicht. Wir hatten einen Riesenstreit, ich wusste, dass er über die andere Frau gelogen hat und bin rausgestürmt", sagte Margaret trübselig und schob ihr Krabbenküchlein auf dem Teller herum.

„Also bist du weggerannt."

„Ich bin weggerannt", sagte Margaret. Sie sah auf, um dem Kellner für die Muschelsuppe zu danken.

„Repariere es", sagte Fiona.

„Ich weiß nicht, ob ich das kann", sagte Margaret.

Fiona lehnte sich zurück und sah sie mit einem bösen Blick an, so dass Margaret sich fühlte, als wäre sie wieder zehn Jahre alt.

„Der Mann schickt dir Geschenke. Wie viele Monate danach? Das Einzige, was du reparieren musst, ist dein verdammter Kopf", sagte Fiona.

„Mutter! Er hat mich über seine Beziehung mit jemand anderem angelogen."

„Oh, hör auf. Er war nicht mit ihr zusammen. Und selbst wenn, der Mann hat für niemanden Augen außer für dich."

„Woher weißt du das?"

„Ich habe schließlich selbst Augen, oder?"

„Ich glaube nicht, dass es so einfach ist, wie du denkst, Mutter. Da ist viel Vergangenheit zwischen uns. So viel vergrabene Wut und verletzte Gefühle. Wir drehen uns ständig im Kreis und streiten über vergangene Verletzungen."

„Pah", Fiona machte eine abwerfende Handbewegung „Du verschwendest kostbare Zeit damit, über die Vergangenheit zu streiten. Wofür? Um dich noch unglücklicher zu machen. Das ist dumm. Wenn du nur verstehen könntest, wie flüchtig dieses Leben ist – du würdest die Liebe mit allem, was du hast, annehmen und dafür kämpfen."

Margaret sah die Emotion in den Augen ihrer Mutter und wusste, dass sie über ihren Mann sprach.

„Es tut mir leid, Mama. Es tut mir leid, wenn dir das absurd erscheint. Aber es sind meine Gefühle."

„Dann arbeite daran. Du hast dich schon so lange an diesen Dingen festgehalten, dass du am Ende allein sterben wirst, dünn wie ein Strich in deinem vergoldeten Käfig einer Wohnung."

Wut flackerte in Margaret auf.

„Du kannst nicht hierherkommen und mir sagen, was ich tun soll", fauchte sie ihre Mutter an. Sie blickte um sich, um sicherzugehen, dass die anderen Gäste sie nicht hörten.

„Das tue ich ganz bestimmt, wenn du dich wegen eines Mannes fast umbringst, weil du zu stur bist, ihn zu lieben", schoss Fiona zurück.

„Ich bin nicht zu stur, um ihn zu lieben", schrie Margaret fast.

„Und was hält dich dann davon ab?"

KAPITEL DREIUNDVIERZIG

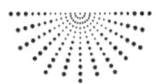

D ie Frage hallte auf dem Heimweg in ihrem Kopf wider. Margaret hatte Fionas Frage nicht beantworten können und zu Margarets Erleichterung hatte Fiona mit der Vernehmung aufgehört, als der Kellner mit der Dessertkarte kam.

„Möchtest du einen Whiskey?", fragte Margaret steif, als sie ihre Wohnung betraten.

„Ja, gern", sagte Fiona und ging durchs Wohnzimmer, um die Lampen einzuschalten.

Margaret ging zu ihrer Bar, goss ihnen beiden ein Glas Middleton Rare ein und setzte sich in einen Stuhl. Das Klingeln ihres Handys in ihrer Handtasche schreckte sie auf und sie ging zurück durch den Raum, um die Tasche aufzumachen und ihr iPhone herauszuziehen.

„Keelin, um diese Zeit?", sagte Margaret mit erhobener Augenbraue. Sie rechnete aus, dass es in Irland nach Mitternacht sein müsste. Ihr Herz fing an zu rasen, als sie sich wunderte, was nicht stimmen könnte.

„Keelin, Baby, ist alles okay?", fragte Margaret sofort und sah Besorgnis in Fionas Augen.

„Mama, mir geht es gut. Alles ist okay", erklang Keelins Stimme. Margaret konnte ihre Freude durch das Telefon fühlen und ihre Panik ließ sofort nach.

„Es ist ganz schön spät bei euch. Deine Großmutter und ich haben uns eben einen Whiskey eingeschenkt", sagte Margaret und setzte sich hin. Sie reichte über den Tisch und stieß sanft mit ihrem Glas an Fionas an.

„Oh, gut, dass ihr beide da seid. Ich hatte gehofft, dass sie noch wach ist."

„So alt bin ich ja nun auch wieder nicht", grummelte Fiona, die gehört hatte, was Keelin gesagt hatte.

„Sie sagt, sie ist noch nicht so alt", sagte Margaret lächelnd.

„Ich muss dir etwas sagen", sagte Keelin.

„Dann mal raus damit, Liebes", sagte Margaret und lächelte Fiona an.

„Ich bin schwanger! Es ist noch nicht weit vorange-schritten. Vielleicht nur ein paar Wochen. Ich weiß, dass ich eigentlich so früh niemandem etwas sagen soll, aber ich habe gerade einen Test gemacht und Flynn und Ronan sind sie einzigen, denen ich es erzählen kann und ich bin einfach so aufgeregt und ich musste es dir einfach sagen und da ich nicht übers Feld rennen kann, um es Fiona zu erzählen...", schnatterte Keelin voller aufgeregtem Über-schwang drauflos.

„Du bist schwanger?" Margarets Kinnlade fiel nach unten und sie drehte sich zu Fiona um. „Sie ist schwanger!"

„Ich weiß", sagte Fiona einfach und Margaret starrte sie an.

„Fiona sagt, sie weiß es schon."

„Ich wusste es! Ich wusste, dass sie es wusste, als sie mir gesagt hat, ich soll mehr Milch trinken", meckerte Keelin. Margaret warf ihrer Mutter einen bösen Blick zu.

„Ich kann nicht glauben, dass sie es mir nicht erzählt hat", beschwerte sich Margaret und sah ihre Mutter an.

„Es waren nicht meine Neuigkeiten", sagte Fiona sanft. Sie hielt ihr Glas hoch, um ihrer Enkelin durch das Telefon zu gratulieren.

„Sie beglückwünscht dich. Und das tue ich auch. Ich freue mich so für dich, Liebling", sagte Margaret mit Tränen in den Augen.

„Du kommst, oder? Du kommst her und hilfst mir, ja?", sagte Keelin mit Angst in ihrer Stimme.

„Natürlich komme ich. Wir werden beide für dich da sein", beruhigte Margaret sie.

„Okay, Flynn sagt, ich muss Schluss machen, weil er um fünf aufstehen muss. Gib Fiona einen Kuss von mir. Ich liebe dich!", sagte Keelin und Margaret endete das Gespräch mit einem Seufzer.

„Ein Baby!", quietschte sie und dann wurde sie bleich. „Ich werde Großmutter!"

„Alte Frau", kicherte Fiona.

„Na, dann wirst du Urgroßmutter", bemerkte Margaret und Fiona hielt inne.

„Verdammt. Du hast recht."

„Ist es ein Mädchen?", fragte Margaret ihre Mutter mit erhobenen Augenbrauen.

„Und woher würde ich sowas wohl wissen?" Fiona hob ihre Nase in die Luft.

„Als ob du nicht gewusst hattest, was Keelin war? Wirklich, du hast mir gesagt, dass es ein Mädchen wird, als ich vier Wochen schwanger war." Margaret lachte ihre Mutter an, überrascht, dass sie ohne Schmerz oder Bitterkeit über diese Zeit reden konnten.

„Es ist ein Mädchen."

„Juchhu!" rief Margaret und dann hielt sie inne. Ein besorgter Ausdruck ging über ihr Gesicht. „Also wird sie eine Kraft haben."

„Ja. Es wird alles gut werden. Sie hat uns alle, um ihr zu helfen", sagte Fiona sanft.

„Du hast recht. Alles wird gut werden", sagte Margaret.

Außer, dass sie nicht da sein würde – jedenfalls nicht die ganze Zeit. Margaret hatte schließlich ein Unternehmen zu leiten.

Sie starrte in ihr Whiskeyglas. Keelins Neuigkeiten purzelten in ihrem Kopf herum.

„Worüber denkst du nach?"

„Nur, wie oft ich da sein werde, um zu helfen", sagte Margaret achselzuckend und nippte an ihrem Whiskey.

„Der Flug ist nicht so schlimm", merkte Fiona an.

„Ich weiß. Es ist nicht immer so einfach, von der Firma wegzukommen, das ist alles", sagte Margaret.

„Ist das nicht der Grund dafür, ein eigenes Geschäft zu haben? Dass du immer wegkannst, wenn du willst?"

Margaret ließ ein kurzes Lachen heraus. „Das sollte man meinen. Ich habe nur immer das Gefühl, dass ich den Überblick haben muss."

„Sag mir – hast du Erspartes? Geldanlagen?"

„Was weißt du denn von Geldanlagen?", lachte Margaret ihre Mutter an.

„Ich habe eine. Eine sehr nette. Wie glaubst du, dass ich über die Jahre so viele meiner Heilungen umsonst machen konnte?"

„Du hast eine Vermögensanlage? Wirklich?", fragte Margaret.

„Das tue ich. Sie ist breit gestreut. Ich lebe von den Zinsen. Ich brauche sowieso nicht viel zum Leben – ich habe keine Schulden."

„Das stimmt wahrscheinlich", sagte Margaret und staunte über diesen neuen Aspekt an ihrer Mutter, den sie noch nie vorher gesehen hatte.

„Und hast du über die Jahre Geld gespart? Oder es leichtsinnig ausgegeben?", fragte Fiona und sah sich mit erhobenen Augenbrauen in der üppig möblierten Wohnung um.

„Ich habe gespart. Ja, ich habe schon Geld ausgegeben. Aber du wärst überrascht, wieviel ich über die Jahre auf die hohe Kante legen konnte. Ich bin finanziell abgesichert", sagte Margaret.

„Also brauchst du dein Unternehmen nicht mehr wegen des Geldes", stellte Fiona fest.

„Nein, nicht wirklich. Es ist ein nettes extra Polster, aber ich könnte bestimmt von meinen Anlagen und Ersparnissen leben", stimmte Margaret zu.

„Dann scheint mir, dass du etwas zum Nachdenken hast", sagte Fiona. Sie stand auf, nahm ihr Whiskeyglas mit und stellte es an der Spüle ab. „Dann lasse ich dich mal damit allein. Ich versuche jetzt zu schlafen. Ich bin immer noch auf irischer Zeit."

„Schlaf gut. Wir können morgen über Pläne reden. Ich habe nur das Treffen mit Jan und dann stehe ich ganz dir zur Verfügung."

„Ich kann es nicht erwarten", sagte Fiona lächelnd und ging den schmalen Flur entlang zu Margarets luxuriösem Gästezimmer.

„Wenn ich jetzt nur schlafen könnte", murmelte Margaret. Sie drehte sich um und starrte aus ihrem Fenster auf den Park, der nachts erleuchtet war. Die Zeit verging, während sie in die Nacht schaute, ihr Whiskeyglas in der Hand und ihre Zukunft zu ihren Füßen.

KAPITEL VIERUNDVIERZIG

„D u siehst müde aus", bemerkte Fiona von dem Platz, wo sie mit einer Tasse Tee und der Zeitung saß. Margaret steckte ihr Haar hinter ihre Ohren und lächelte ihre Mutter strahlend an, auch wenn sie den Verdacht hatte, dass ihr Lächeln wahrscheinlich am Wahnsinn grenzte. Sie fühlte sich jedenfalls so.

„Ich habe nicht viel geschlafen oder besser gesagt eigentlich gar nicht. Ich habe mein Treffen mit Jan vorverlegt, so dass wir den restlichen Tag für uns haben. Ich bin nur nicht sicher, wie lange es dauern wird", schnatterte Margaret, während sie durch den Raum stürmte und ihre Handtasche, ein paar Akten, die sie letzte Nacht durchgeschaut hatte und einen Notizblock einsammelte. Sie ergriff einen Thermosbecher, ignorierte den Tee ihrer Mutter und goss dampfenden Kaffee hinein. Sie bückte sich und küsste Fionas Wange.

„Ich rufe dich in ein oder zwei Stunden an. Entspann dich. Nimm ein Schaumbad. Oder geh die Charles Street entlang. Da sind ein paar schöne Boutiquen. Der Schlüssel ist in der Hermesschale bei der Tür."

„Viel Glück", rief Fiona, gerade als Margaret fast die Tür erreicht hatte.

„Warum sagst du das?", fragte Margaret und drehte sich, um ihre Mutter anzusehen.

Fiona grinste nur und trank schweigend ihren Tee, während sie die Zeitung umblätterte.

„Schön, vergiss es. Tschüß", sagte Margaret und eilte zum Fahrstuhl. Als es ihr zu lange dauerte, bis sich die Türen des Aufzugs öffneten, beschloss Margaret, die Treppe zu nehmen. Sie nahm die Stufen zwei auf einmal, bis sie in die Lobby rannte und den Türsteher fast über den Haufen lief.

„Tut mir leid, Frank!"

Mit einem kleinen Lachen trat sie auf die Straße und eilte an den Leuten auf dem Bürgersteig vorbei, deren Gesichter verschwommen, während sie über Details nachdachte. Ihr Körper summte mit Adrenalin, die Nervosität ließ ihre Hand mit der Akte etwas zittern. Sie erreichte den Eingang ihrer Büros in Rekordzeit. Sie stand etwas zurück und schaute auf das Sandsteingebäude mit den roten Begonien in Töpfen und den schwarzen Fensterläden. Margaret konnte mit Recht stolz auf das sein, was sie aufgebaut hatte, dachte sie, als sie durch die Türen flitzte und der Empfangsdame kurz zuwinkte.

„Margaret, ich habe ein paar Telefonnachrichten für dich", rief Katie, als Margaret nach hinten zu ihrem Büro ging.

„Nicht jetzt, bitte", sagte Margaret und ging an ihrem

Büro vorbei zum Konferenzzimmer. Sie schob die Tür auf und war erfreut, dass Jan bereits am langen Mahagonitisch saß und an einem Laptop arbeitete. Margaret hatte diesen Raum immer geliebt. Die gepolsterten Stühle, der wunderschöne Tisch und die Fensterwand mit Blick auf den Charles River beeindruckten ihre Kunden jedes Mal.

„Guten Morgen." Jan sah lächelnd von ihrem Computer hoch. Mit kurzgeschnittenen dunklen Haaren, strahlend blauen Augen und einem Blick für maßgeschneiderte Kleidung war Jan eine pragmatische Geschäftsfrau mit einem Herzen aus Gold. Es war eine Freude gewesen, mit ihr im Laufe der Jahre zu arbeiten und sie hatte jede Beförderung verdient.

„Hi Jan, wie geht es dir?", fragte Margaret und ging zu ihrem Platz am Kopfende des Tisches.

„Mir geht es gut. Ich habe die Verkaufszahlen von diesem Quartal hier. Wir haben uns mal wieder selbst übertroffen", sagte Jan und ging direkt zum geschäftlichen über, als sie ihre Akte aufmachte. Es war etwas, das Margaret immer an ihr geschätzt hatte – sie war niemand, der Arbeitszeit mit Tratsch und persönlichen Dingen verschwendete. Das gehörte selbstverständlich in den Feierabend.

„Tee? Kaffee?", fragte Katie und steckte ihren Kopf zur Tür herein.

„Tee, bitte", sagte Margaret und Jan nickte zustimmend.

Margaret drehte ihren Stuhl vom Tisch weg, presste ihre Fingerspitzen auf ihren Knien zusammen und blickte aus dem Fenster auf den Fluss. Ein Ruderboot flitzte am

Fenster vorbei und die Mädchen im Boot jubelten. Es sah nach Spaß aus, dachte Margaret.

„Margaret?", sagte Jan und zog ihre Aufmerksamkeit zum Tisch zurück, als Katie mit einem Tablett und einer Kanne Tee durch die Tür kam. Margaret wartete, während Katie für beide eingoss.

„Braucht ihr noch etwas?", fragte sie freundlich.

„Nein danke, Katie. Deine Bluse ist übrigens toll", sagte Margaret und Katie strahlte sie dankbar an, bevor sie wieder aus dem Raum schlüpfte.

„Also, zurück zu diesen Zahlen", sagte Jan, aber hielt inne, als Margaret ihre Hand hochhielt.

„Jan, ich war die ganze Nacht wach."

„Warum? Was ist passiert? Stimmt etwas nicht?", fragte Jan mit besorgtem Gesicht.

„Nein, eigentlich ist alles mehr als in Ordnung", sagte Margaret, drehte sich vom Fenster zurück und nahm einen Schluck Tee, bevor sie ihre Akte öffnete. Wortlos reichte sie Jan einen gehefteten Stapel Papiere.

„Was ist das?", fragte Jan und begann zu lesen. „Moment mal..."

Margaret lachte, als der Gesichtsausdruck ihrer Freundin von Sorge zu Freude überging.

„Ich möchte, dass du die Firma kaufst", sagte Margaret einfach und sah, wie sich Jans Mund bewegte, aber kein Ton herauskam.

„Ich habe die ganze Nacht damit zugebracht, die Vermögenswerte durchzusehen und hatte heute Morgen ein sehr frühes Telefonat mit meinem mürrischen und verärgerten Steuerberater. Nun biete ich dir meinen gesamten Anteil für diesen Betrag an."

„Aber...aber das ist weniger, als er wert ist", protestierte Jan.

„Ich weiß. Aber es ist immer noch mehr als das, womit ich angefangen habe", sagte Margaret und rollte einen Stift zwischen ihren Händen.

„Margaret, als deine Freundin muss ich dir davon abraten, für diesen Preis zu verkaufen", begann Jan und Margaret hob ihre Hand, um sie zu stoppen.

„Jan, du hast mich bei jedem Schritt begleitet. Selbst in Monaten, in denen ich es mir kaum leisten konnte, dir Dein Gehalt zu geben, oder dir weniger gezahlt habe, um den Strom bezahlen zu können. Es ist nicht nur, dass du eine mit Leib und Seele engagierte Angestellte bist, sondern du bist auch eine loyale Freundin. Es gibt einfach niemanden sonst, dem ich mein Geschäft anvertrauen würde. Ich weiß, dass du dich um alle Mitarbeiter hier kümmern wirst. Ich vertraue darauf, dass du die Firma mit der gleichen Ethik und Werten weiterführen wirst, die sie zu dem gemacht haben, was sie heute ist. Der Preis, den ich dir anbiete, reflektiert das. Ich hoffe, dass du es akzeptierst", sagte Margaret.

Jan schluckte und Margaret sah einen Tränenschleier in ihren Augen. Sie war überrascht, dass auch sie fühlte, wie Emotionen in ihr hochstiegen.

„Aber was wirst du machen? Ich kann mir nicht vorstellen, dass du nicht mehr Teil dieses Unternehmens bist", flüsterte Jan.

„Ich gehe zurück nach Irland. Es ist Zeit. Keelin ist schwanger und ich habe dort noch unerledigte Angelegenheiten", sagte Margaret, überrascht, dass sich die Worte so gut anfühlten. Diese Entscheidung fühlte sich gut an; ihr Bauchgefühl sagte ihr, dass sie das Richtige tat.

„Oh, das ist ja noch schlimmer. Du verlässt die Firma und das Land." Jan bedeckte ihr Gesicht mit ihren Händen. Margaret stand auf, ging um den Tisch herum, kniete sich hin und legte ihren Arm um ihre Freundin.

„Es wird alles gut werden. Es sind nur sechs Stunden mit dem Flugzeug. Du reist gerne. Es gibt dir einen Grund, mich zu besuchen. Und du hast den Vertrag noch nicht zu Ende gelesen. Da ist noch eine Bedingung."

Jan schniefte und drehte sich, um Margaret kurz zu umarmen, bevor sie durch den Vertrag ging. Als sie die Bedingung sah, lachte sie schallend auf.

„Natürlich kannst du immer bei mir wohnen, wenn du zu Besuch kommst. Und da es im Vertrag steht – gehe ich davon aus, dass ich auch einmal im Jahr nach Irland fliege."

„Ist das also ein Ja?", fragte Margaret mit verknotetem Magen. Dies war eine riesige Entscheidung und ein Teil von ihr war überrascht, dass sie sie so schnell getroffen hatte.

„Bist du sicher, dass du nicht noch mehr Zeit brauchst, um darüber nachzudenken?", fragte Jan. Sie konnte Margarets Gedanken leicht lesen.

„Nein, ich weiß, was ich will", sagte Margaret.

„Dann gehe ich wohl besser ans Telefon und rede mit meiner Bank", sagte Jan, blätterte zur letzten Seite und unterschrieb den Vertrag mit Schwung. Sie schob ihn zurück zu Margaret.

Margaret hielt ihren Lieblingsstift für einen Moment und sah auf die letzte Seite, wo ihr Name ordentlich gedruckt unter der Unterschriftslinie stand. Komisch, wie Jahre harter Arbeit in einem Augenblick durch eine Unterschrift weg waren, dachte sie.

Tief einatmend setzte Margaret den Stift aufs Papier und rollte die Würfel für ein neues Leben.

KAPITEL FÜNFUNDVIERZIG

„Ich habe Mittagessen mitgebracht", sagte Margaret, als sie zwei Stunden später beschwingt in die Wohnung zurückkam. Sie hatte einige Zeit mit Jan verbracht, um die Prozesse durchzugehen und gleichzeitig eine tränenreiche Katie zu beruhigen. Sie hatte Katie außerdem befördert und ihr einen ordentlichen Bonus gezahlt, damit sie ihr Büro zusammenpackte und alles nach Dublin schickte, sobald Margaret darum bat.

Dazu gehörte auch das fantastische Gemälde, das Sean geschickt hatte.

„Ich bin hier", rief Fiona und Margaret fand ihre Mutter in der Küche, wo sie Geschirr in Zeitungen einwickelte und vorsichtig in Kisten verstaute.

„Mutter, was machst du da?", fragte Margaret und stellte den Pizzakarton auf den Tisch.

„Ich helfe dir packen. Du musst entscheiden, was du weggeben willst und was geschickt werden soll. Gibt es da einen Service, der kommen und helfen kann?", fragte

Fiona und drehte sich, um ihre Tochter strahlend anzu-
lächeln.

„Gott. Dir entgeht aber auch gar nichts, oder?", seufzte
Margaret und küsste ihre Mutter auf die Wange, bevor sie
zwei Teller herauszog. „Setz dich. Du wirst jetzt gleich die
beste Pizza essen, die du je hattest."

„Da bin ich mal gespannt", sagte Fiona, hörte auf zu
packen und setzte sich an den Tisch, während Margaret
klebrige Stücke Pepperonipizza aus dem Karton zog und
sie auf die Teller legte. Sie griff nach der Küchenrolle und
stellte sie zwischen ihnen auf den Tisch. Dann setzte sie
sich seufzend hin genoss den himmlischen Geruch der
Pizza.

„Ich hätte diese Pizza öfter kaufen sollen", murmelte
Margaret mit einem Mund voll Käse und Knoblauch,

„Sie ist hervorragend", stimmte Fiona zu und sah
Margaret an. „Und? Wie ist es gegangen?"

„Na, du hast ja offensichtlich deine supergeheimen
psychischen Kräfte genutzt, um herauszufinden, dass ich
das Unternehmen verkauft habe", sagte Margaret eingeschnappt.

„Oder ich habe die Unterhaltung mit deinem Steuerberater heute Morgen mitgehört auf meinem Weg zum Badezimmer", sage Fiona süßlich und Margaret lachte.

„Na schön. Es ist gut gelaufen. Jan ist begeistert und
alles geht zu schnell, um einsinken zu können. Ich werde
wahrscheinlich auf dem Flug morgen irgendwann heulen,
aber im Moment – bin ich voller Tatkraft."

„Morgen? Du kommst mit mir zurück?", sagte Fiona
und Freude ging über ihr Gesicht.

„Ja, und ich habe uns in die erste Klasse umgebucht. Ich liebe diese kleinen Pods, in denen man sich lang ausstrecken und schlafen kann."

„Danke. Bist du sicher, dass das für dich okay ist? Es passiert alles ein bisschen schnell", fragte Fiona mit Besorgnis in ihrer Stimme.

„Ich habe immer alles schnell gemacht, Mutter. Wenn ich einmal eine Entscheidung getroffen habe, dann handle ich. Fertig. Ich gehe mit den emotionalen Nachwirkungen später um. Aber diesmal vertraue ich meinem Herzen und meinem Bauch. Beide sagen, dass ich die richtige Entscheidung für mich treffe. Und selbst wenn Sean mich auslacht oder wir nie wieder in einer Beziehung sein können – es gibt so viele andere Dinge, die ich tun kann. Ich möchte nicht nur für Keelin in Irland sein – sondern für dich auch. Ich habe das Gefühl, wir haben endlich eine Freundschaft aufgebaut und...naja, ich möchte das nicht verlieren", gab Margaret leise zu.

Fiona reichte über den Tisch herüber und drückte ihre Hand.

„Dann willkommen zu Hause, mein Liebling. Ich könnte nicht glücklicher sein, dich wiederzuhaben."

„Ich liebe dich, Mutter", flüsterte Margaret und merkte, wie selten sie das sagte.

„Ich liebe dich auch. Also was muss vor unserem Flug morgen noch gemacht werden?"

Margaret stand vom Tisch auf, schüttelte den emotionalen Zustand ab und ging zu Tatkraft über.

„Ich habe ein riesiges Paket mit Aufklebern in meiner Handtasche. Im Prinzip müssen wir alles entweder als

Umzug oder Spende markieren. Ich packe ein paar Taschen mit Garderobe, die ich jetzt mitnehme und der Rest kann später nachgeschickt werden. Jan und Katie kümmern sich als Abschiedsgeschenk für mich darum."

„Sie sind gute Freundinnen. Ich bin froh, dass du sie in deinem Leben hattest", sagte Fiona und streckte ihre Hand für die Aufkleber aus.

„Ich weiß. Ich habe schon abgemacht, dass sie einmal im Jahr herüberfliegen, damit ich sie nicht zu sehr vermisse. Ich glaube, dass mein größtes Problem sein wird, dass ich mich wie ein Fisch aus dem Wasser fühlen werde! Ich muss nicht mehr ständig auf mein Telefon schauen. Ich kann mir gar nicht vorstellen, was ich mit meiner Zeit anfangen soll", sagte Margaret und trat in den Flur, der zu ihrem Schlafzimmer führte.

„Ich denke mal, das wirst du ziemlich schnell herausfinden", rief Fiona ihr hinterher.

„Ich kann nur hoffen, dass du recht hast", sagte Margaret, während sie ihren Schrank öffnete und anfing auszusuchen, was sie für ein neues Leben in Irland brauchte. Nervosität ging ihre Wirbelsäule hoch, als sie die Reihe von Outfits anstarrte. Ob sie sie jemals wieder brauchen würde? Margaret trat einen Schritt zurück, setzte sich auf ihr Bett und dachte einen Moment über ihr Dilemma nach.

„Drei gute Kombinationen. Der Rest kann in die Kleidersammlung oder Jan und Katie können sie nehmen. Ich brauche mehr lässige Freizeitkleidung", beschloss sie, ging zum Schrank und wählte einen schwarzen, einen grauen und einen cremefarbenen Hosenanzug aus. Sie legte sie aufs Bett, drehte sich um und öffnete einen Schrank voller

Schuhe. Stöhnend fragte sie sich, wie sie sich zwischen ihren Lieblingsschuhen entscheiden sollte.

Und weigerte sich, sich von der Besorgnis, die sich einschleichen wollte, von ihrer Entscheidung abbringen zu lassen.

KAPITEL SECHSUNDVIERZIG

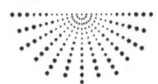

„Ich kann nicht glauben, dass ich hier bin", staunte Margaret, als sie in Fionas Geländewagen den holperigen Weg zu ihrem Haus hochfuhren.

„Das kommt bald", sagte Fiona fröhlich und klopfte auf das Bein ihrer Tochter, bevor sie vor ihrem Haus anhielt.

Margaret hatte beschlossen, erst nach Grace's Cove zurückzukommen, bevor sie Dublin in Angriff nahm. Als erstes musste sie ihre Tochter umarmen. Dann würde sie den Rest ihres Lebens sortieren.

„Ich kann immer noch nicht glauben, dass ich einfach so meine Firma verkauft und nach Irland zurückgekommen bin", wiederholte Margaret. Sie war ein wenig verstört über ihre überstürzten Entscheidungen, nachdem sich der Staub etwas gelegt hatte.

„Änderungen sind gut für die Seele", sagte Fiona weise.

„Das ausgerechnet von der Frau, die seit über 40

Jahren im selben Haus lebt", sagte Margaret mit erhobener Augenbraue, als sie aus dem Auto stiegen.

„Ach, es gibt andere Wege, sich zu ändern, die keinen Ortswechsel verlangen", schniefte Fiona und hievte ihre kleine Tasche aus dem Kofferraum des Fahrzeugs. Sie ließ Margaret ihr eigenes Gepäck ins Haus tragen.

„Du hast WLAN hier, oder?", fragte Margaret und sah sich im Wohnzimmer um, bevor sie die erste Tasche nach hinten in ihr altes Zimmer trug.

„Natürlich. Was glaubst du, was ich bin, uralt?", schniefte Fiona. Margaret versteckte ein Lächeln und ging, um das restliche Gepäck zu holen. Eine Internetverbindung war alles, was sie brauchte, um die Wohnungssuche in Dublin zu beginnen. Sie dachte auch ernsthaft darüber nach, irgendwo ehrenamtlich zu arbeiten, damit sie nicht zu viel freie Zeit hatte. Margaret konnte nicht gut damit umgehen, nichts zu tun zu haben.

Margaret stellte ihre Tasche in eine Ecke. Sie reckte sich, um die Verspannungen vom Flug zu lockern und benutzte das kleine Badezimmer, bevor sie ins Wohnzimmer zu ihrer Mutter ging.

Fiona ging zur Spüle und stieß das Fenster weit auf, damit die Frühlingsbrise durch das Haus wehen konnte. Ein freudiges Bellen ließ sie vom Waschbecken zurückspringen.

„Ronan!", quietschte Fiona und stürmte aus der Tür. Margaret folgte ihr mit einem Lächeln auf dem Gesicht. Sie ging um die Hausecke und sah Fiona auf ihren Knien, wie sie einen euphorischen Ronan umarmte, der in ihrer Umarmung wackelte und begeistert mit seiner Zunge über Fionas Gesicht leckte.

„Ich glaube, er hat dich etwas vermisst", sagte Margaret und lachte über die pure Freude auf Fionas Gesicht.

„Ich liebe diesen Hund einfach", stimmte Fiona zu.

Margarets Kopf schnallte bei einem Ruf vom Hügel hoch. Sie sah zu dem Grat, der Flynns Land von Fionas trennte und sah Keelin mit einem anderen Hund. Sie winkte und fing an, halb zu lachen und halb zu weinen, als Keelin den Hügel herunterstolperte und zu ihr rannte. Momente später hatten sie ihre Arme umeinandergeschlungen und taten ihr Bestes, nicht in heulendes Chaos zu fallen.

„Es tut mir leid", keuchte Keelin und zog sich zurück, um ihre Augen zu wischen. „Ich bin einfach so emotional."

Die Hunde rannten in Kreisen um sie herum und bellten ihre Freude heraus.

„Das sind die Hormone", sagte Margaret lachend und wischte ihre eigenen Augen. „Oh, lass mich dich anschauen." Sie hielt Keelin auf Armeslänge von sich und untersuchte ihre Tochter nach möglichen Veränderungen. Außer einer leichten Kurve an ihrer Taille hätte nichts preisgegeben, dass sie schwanger war.

Abgesehen von dem Puls der Liebe, den Margaret aus Keelins Gebärmutter spürte. Sie hielt einen Moment inne und untersuchte das Gefühl. Sie stellte fest, dass es sie beruhigte, dass sie die Emotionen ihrer Enkelin im Bauch fühlen konnte. Es war ein unerwarteter Aspekt ihrer Fähigkeit, von dem sie nie gewusst hatte, dass sie ihn hatte.

„Ich kann sie fühlen", sagte Margaret ehrfürchtig. Es

juckte sie, Keelins Bauch anzufassen, aber sie wollte nicht unhöflich sein.

„Sie?", Keelin schnappte nach Luft und Margaret legte eine Hand über ihren Mund.

„Es, meine ich, es", beeilte sie sich ihren Ausrutscher zu korrigieren.

Keelin begann zu lachen und tanzte um ihre Mutter und Fiona herum.

„Fiona! Ist es ein Mädchen?"

„Ja, das ist es. Obwohl jemand lernen sollte, ihren Mund zu halten", sagte Fiona und sah Margaret böse an.

„Das ist okay. Ich wollte es wissen. Ich hatte es schon vermutet. Ich schwöre, ich kann hören, wie sie mir in meinen Träumen etwas zuflüstert."

„Oh ja, und sie wird mächtig werden", stimmte Fiona zu. Margaret erstarrte als sie sich vorstellte, welche Schwierigkeiten das Baby für Keelin schaffen könnte.

„Das ist okay. Flynn und ich können damit umgehen", sagte Keelin und löste die Anspannung, die sich in Margarets Schultern niedergelassen hatte.

„Ich freue mich so für dich", sagte Margaret und Keelin wirbelte zu ihrer Mutter zurück.

„Ich kann nicht glauben, dass du hier bist! Wie lange bleibst du?"

Margaret warf Fiona einen Blick zu, bevor sie ihre Tochter anlächelte.

„Das ist noch ungewiss."

„Was meinst du?", fragte Keelin mit Verwirrung auf ihrem hübschen Gesicht. „Stimmt etwas nicht?"

„Nein, natürlich nicht. Ich habe die Firma verkauft, das ist alles. Ich bin für die absehbare Zukunft hier. Na ja,

wahrscheinlich in Dublin, aber sehr viel näher als Boston",
sagte Margaret schnell, um Keelins Besorgnis zu lindern.

„Meine Fresse. Du hast das Unternehmen verkauft? Ich
kann...ich kenne dich gar nicht mehr", rief Keelin dramatisch aus und brachte Margaret zum Lachen.

„Es wäre irgendwann sowieso passiert. Ich hätte es
nicht mein ganzes Leben lang führen können", sagte
Margaret sanft.

„Ja, aber die Firma ist dein Baby. Hast du es an Jan
verkauft? Oh, das hoffe ich doch. Oder an Katie. Ich liebe
sie beide", sagte Keelin eifrig.

„Ja, ich habe es an Jan verkauft. Und Katie habe ich
befördert. Sie sind überglücklich und haben strikte Anweisungen, mich einmal im Jahr zu besuchen."

Keelin quietschte und tanzte wieder. „Juhu! Ich kann
es nicht erwarten, ihnen meine Welt zu zeigen. Also wie
lange bist du in Grace's Cove?"

„Wahrscheinlich eine Woche. Dann muss ich mich in
Dublin einleben."

Keelin hielt inne und sah ihre Mutter mit einem
wissenden Gesichtsausdruck an.

„Du bist hinter Papa her, oder?"

Margaret wurde rot. Es klang unschicklich, wenn
Keelin das so sagte.

„Wir werden sehen, was passiert."

KAPITEL SIEBENUNDVIERZIG

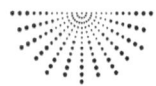

„Ich bin total stolz auf dich", sagte Margaret zu Keelin, als sie in der Sonne an Fionas Picknicktisch saßen. Wie es für den irischen Frühling typisch ist, war die Woche voll wechselhafter Tage gewesen, und dies war die erste Chance für sie, die Sonne zu genießen. Fiona und Keelin hatten die Woche damit zugebracht, an ihren besonderen Fähigkeiten zu arbeiten, während sie gleichzeitig neue Heilmittel und Elixiere abgefüllt hatten. Margaret hatte sogar pflichtbewusst am Tisch Gläser beschriftet, ihre alte Bitterkeit über diese Arbeit verschwunden.

„Bist du das? Ich hatte Angst, dass du nicht glücklich darüber warst, dass ich hierherkomme, um über Heilkunst zu lernen", gab Keelin zu.

„Ich kann nicht behaupten, dass ich darüber begeistert war. Aber ich kann jetzt besser damit umgehen. Ich akzeptiere es und habe mehr Verständnis, denke ich. Ich möchte nicht, dass du denkst, dass ich nicht alles unterstützen würde, was du machst. Ich bin deine Mutter und ich werde dich immer lieben", sagte Margaret ehrlich und merkte, dass sie das Keelin wahrscheinlich schon vor langer Zeit hätte sagen sollen.

„Danke, Mama. Das bedeutet mir wirklich viel", sagte Keelin und atmete erleichtert aus, während sie ihre Beine unter dem Tisch ausstreckte und ihr Gesicht in die Sonne hielt.

„Ach, ich hätte das schon viel früher sagen sollen. Ich glaube, ich war zu sehr in meiner eigenen Misere gefangen", gab Margaret zu, überrascht, dass sie das vor ihrer Tochter zugab. Es war vermutlich ihr Monat, zu lernen und zu wachsen.

„Du bist unglücklich gewesen. Für lange Zeit übrigens. Ich bin nur froh, dass du beschlossen hast, ein paar Dinge radikal zu ändern", sagte Keelin und sah ihrer Mutter in die Augen. „Alles, was ich möchte, ist, dass du auch glücklich bist."

„Oh, Schatz, mir geht es gut, egal was wird. Du musst dir um mich keine Sorgen machen", sagte Margaret und reichte hinüber, um Keelins Hand zu drücken.

„Zufrieden sein und glücklich leben sind zwei ganz verschiedene Dinge", merkte Keelin an. „Grace hat mir das gezeigt."

Margaret erstarrte.

„Wie bitte? Grace hat das gemacht? Ist sie eine Freundin von dir?", fragte sie hoffnungsvoll.

„Nein, Grace O'Malley. Sie ist mir erschienen. Sie ist uns allen erschienen. Außer dir...es sei denn, du hast es mir nicht erzählt?", fragte Keelin mit erhobener Augenbraue.

„*Die* Grace O'Malley ist dir erschienen? Als Gespenst? Nein, tut mir leid, ich kann nicht behaupten, dass ich dieses spezielle Vergnügen hatte", murmelte Margaret und schüttelte ungläubig ihren Kopf über ihre Tochter. Vielleicht machen die Hormone Keelin ein bisschen verrückt, dachte sie.

„Das ist sie. Als ich versuchte habe, Flynn zu heilen und fast mein Leben verloren habe. Sie hat mich ermutigt, mich für die Liebe zu entscheiden. Es überrascht mich, dass sie das damals nicht für dich gemacht hat, als du nach Boston gegangen bist", grübelte Keelin. Sie tat die Verrücktheit ihrer Begegnung ab, als sie versuchte herauszufinden, warum Margaret noch keine Erscheinung gehabt hatte.

„Keelin. Du weißt, dass das ein bisschen verrückt klingt, oder?", unterbrach Margaret sie.

„Aber es stimmt. Du solltest inzwischen wissen, dass in der Bucht alles möglich ist", sagte Keelin einfach.

„Da hast du wohl recht", murmelte Margaret, unsicher, was sie mit dieser neuen Information anfangen sollte.

„Hör mal, ich muss los, die Pferde füttern und Abendessen für Flynn machen. Wir kommen morgen zum Frühstück, bevor du gehst, okay?" sagte Keelin, sprang auf, bückte sich und umarmte ihre Mutter.

„Solltest du die Pferde füttern? Machen das nicht die Stallburschen?", fragte Margaret besorgt.

„Ich helfe gerne. Da ist eins, das kurz vor der Geburt steht; sie mag es, wenn ich komme. Ich kann sie beruhigen", erklärte Keelin.

„Das ist nett. Kann ich morgen vorbeikommen und sie sehen, bevor ich gehe?"

„Klar, dann frühstücken wir einfach bei uns", strahlte Keelin sie an, bevor sie Flynns irischen Setter Teagan heranpfiff und sich auf den Weg über die Hügel machte.

Margaret staunte über ihre Leichtigkeit in dieser Welt, überrascht, dass ihre Tochter in die Struktur dieser Gemeinschaft sehr viel natürlicher passte, als sie das jemals getan hatte.

„Grace O'Malleys Gespenst", sagte Margaret laut und spottend. Es ärgerte sie irgendwie, dass sie nie für eine Erscheinung der mächtigen Grace O'Malley auserwählt worden war, wenn anscheinend alle anderen und ihre Mutter mit ihr auf Plauderebene waren.

„Jetzt reicht's", sagte Margaret fluchend, stand auf und ging über die Felder zur Bucht.

Es war Zeit, ihre Bestimmung in Angriff zu nehmen.

KAPITEL ACHTUNDVIERZIG

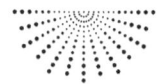

Aufgebracht ging Margaret den Pfad an den Klippen herunter und sammelte Steine und Blumen auf dem Weg. Ronan rannte vor ihr zum Strand. Sie hatte vorher nie etwas mit Hunden anfangen können, aber wegen Baron und Ronan war Margaret jetzt von den Tieren überzeugt. Sie leisteten wunderbare Gesellschaft und Margaret war froh, Ronan dabei zu haben, als sie in die Bucht hinunterstieg.

Es war komisch, allein hier zu sein. Sie war selten ohne Fiona gekommen, weil ihr die Bucht schon als Kind unheimlich war. Als sie jetzt den Boden erreichte, stand sie einen Moment still und sah sich ihre Umgebung an.

Der Sandstrand erstreckte sich vor ihr, der Sand dunkel vom gestrigen Regen. Die felsigen Kliffe ragten um sie herum in den Himmel, die Sonne begann ihren Untergang ins Meer und die Strahlen schienen durch eine Öffnung, wo die zwei Kliffe fast zusammenstießen. Heute war das Wasser alles andere als friedlich, es wütete mit Wellen, die sich gegenseitig bekämpften, bevor sie auf den Strand aufschlugen und spiegelten das Gemälde wider, das Sean ihr gegeben hatte.

„Wie passend", sagte Margaret trocken, bevor sie auf den Sand trat und mit der Spitze ihres Schuhs einen Kreis um sich zog.

„Ronan, komm her", befahl Margaret, unsicher, ob sie den Hund beschützen musste oder nicht, aber wissend, dass Fiona am Boden zerstört sein würde, sollte ihm etwas passieren. Ronan rannte zu ihrer Seite und setzte sich in das Kreisinnere. Er kannte die Routine anscheinend.

„Em, wir kommen in Frieden", begann Margaret und lachte dann über sich selbst. Es war nicht, als ob sie auf einem fremden Planeten war. „Ich meine, wir kommen mit den reinsten Absichten und möchten dir nicht schaden. Bitte akzeptiere diese Geschenke", sagte Margaret, holte aus und warf die Steine und Blumen mit ihrer Hand ins Wasser. Margaret sah zu, wie die See allem Anschein nach hochreichte und ihr Geschenk akzeptierte; sie schluckte die Steine und zog die Blumen nach unten. Die Arbeit als getan erachtet, trat Margaret vorsichtig aus dem Kreis heraus.

Und erschrak sofort, als eine riesige Welle auf das Ufer schlug und das Wasser fast bis zu den Spitzen ihrer Schuhe rollte. Ronan winselte und sprang zurück.

„Oh, lass das sein. Ich weiß, dass du böse auf mich bist. Aber dreimal darfst du raten – ich bin auch böse auf dich!", rief Margaret und dann kam sie sich lächerlich vor, als ihr klar wurde, dass sie einen großen Körper Wasser anschrie.

Die Wellen gingen sanft zurück und Margaret schniefte.

„Danke", sagte sie und begann, vorsichtig den Strand entlangzugehen. Sie wusste, wohin sie wollte.

Direkt zu der kleinen Nische, die von Felsen geschützt war, wo sie und Sean ihre Leben für immer verändert hatten.

Als sie die Felsen erreichte, setzte sie sich auf einen und beobachtete das Spiel des Lichts auf den Wellen und den Felsen und fühlte eine unbestreitbare Kraft gegen ihre Haut drücken. Es war unmöglich, dass sie sich jemals vor dem, was sie war oder wo sie herkam verstecken konnte. Wut stieg ungewollt in ihrer Kehle hoch.

„Grace O'Malley! Zeig dich augenblicklich. Ich lasse es mir nicht gefallen, dass du versuchst, mein Schicksal zu kontrollieren!", schrie Margaret mit ihren Händen auf ihren Hüften.

„Grace O'Malley! Ich weiß, dass du hier bist. Hör auf, dich zu verstecken. Du bist eine bessere Frau als das, oder? Oh, mächtige und gewaltige Piratenkönigin?", kreischte Margaret und ihre Stimme hallte von den Kliffen wider. Die Wellen bauten sich in Intensität auf, als ihre Worte durch die Bucht hallten und Margaret richtete ihren Blick auf das Wasser.

„Ich habe gesagt: Lass es sein!" Die Wellen glätteten sich sofort und kühles harmloses Wasser grüßte sie.

„Danke", sagte Margaret mit ihrer Nase in der Luft.

„Du warst schon immer stur."

Eine Stimme wie Honig auf Rasierklingen ging durch sie und Margaret richtete sich auf, während ein Frösteln ihr Rückgrat hinunterlief. Sie drehte sich um und begrüßte Grace.

„Ur-Ur-Ur-Ur-Großmutter? So nett, endlich deine

Bekanntschaft zu machen", sagte Margaret steif, obwohl ihr Körper vor Adrenalin summte weil sie Grace so nahe war.

Grace stand an der Felsenwand, die Sonnenstrahlen schienen durch ihre Gestalt und erleuchteten sie so, dass sie aussah, als würde sie in strahlenden Farben schimmern. Ein rubinrotes Kleid mit kilometerlanger Spitze und Falten bedeckte sie. Gold funkelte an ihrer Kehle und ihren Handgelenken und Grace hielt ihren Kopf stolz hoch.

Wirklich wie eine Piratenkönigin, dachte Margaret und begann sich zu sorgen, als ihr klar wurde, wie mächtig Grace O'Malley war.

Graces Mund verzog sich mit einem kleinen Lächeln wegen Margarets Worten.

„Nun, was ist los, Kind? Du scheinst sehr wütend zu sein."

„Warum hast du dich anderen Leuten gezeigt und nicht mir? Hast du keine großen Weisheiten für mich?" Margaret merkte, dass ihr Ton trotzig klang und sie wollte sich selbst treten.

„Es war nicht die Zeit, mich dir zu zeigen", sagte Grace mit einem zierlichen Achselzucken.

„Es war nicht die Zeit? Meinst du nicht, du hättest helfen können – oh, ich weiß nicht – vor achtundzwanzig Jahren oder so? Du hast mein Leben mit deiner kleinen Lichterschau ruiniert", spuckte Margaret heraus.

„Die Bucht ist verwünscht. Ich war es nicht, die dein Leben ruiniert hat. Und selbst wenn ich es gewesen wäre, du kannst nicht anderen die Schuld für deine Entscheidungen geben. Du hast schließlich einen freien Willen", sagte Grace.

„Das ist nicht fair. Du hast gewusst, was wegen des Lichts passieren würde. Du wusstest, dass Sean mich verlassen würde." Margaret merkte, dass sie ihre Nägel in ihre Arme grub, während sie versuchte, die Wut einzudämmen, die sich nach oben arbeitete.

„Und? Wir müssen alle unsere Lektionen im Leben lernen. Es war nicht mein Job, es für dich leichter zu machen ", sagte Grace, ihr Kinn erhoben, majestätisch wie immer.

„Das kann nicht dein Ernst sein. Du kannst es mir nicht einfacher machen? Deiner eigenen Nachfahrin? Das ist lächerlich", spottete Margaret.

„Meine eigene Nachfahrin, die sich weigert, das Geschenk anzunehmen, das ich ihr zuerkannt habe. Eine, die ihre eigene Mutter verurteilte – eine der größten Naturheilerinnen, die es auf dieser Welt gibt. Deine Mutter hat über die Jahre Tausende von Leben gerettet, nachdem sie das höchste Opfer gebracht hatte – bei dir zu bleiben und andere zu heilen, statt ihr eigenes Liebesleben zu wählen. Und du erwartest, dass ich dir helfe, du egoistisches Kind? Nein", sagte Grace kopfschüttelnd. „Das tue ich nicht. Manchmal müssen die schwersten Lektionen ohne Einmischung anderer gelernt werden. Das ist die Liebe einer Mutter."

Margaret schämte sich und ihr Herz fing an, schneller zu schlagen.

„Was meinst du damit, meine Mutter brachte das größte Opfer?"

„Sie hat dich gewählt, Kind, statt deinen Vater zu retten. Statt der Liebe ihres Lebens. Eines Tages wirst du die Geschichte hören", sagte Grace sanft.

„Aber...ich dachte, er ist an einem Herzinfarkt gestorben."

Grace schüttelte nur ihren Kopf und weigerte sich zu sprechen.

„Okay, gut, ich frage meine Mutter irgendwann. Aber du kannst mir nicht die Schuld dafür geben, wie ich mich gefühlt habe, als ich jünger war. Oder wie ich mich verhalten habe. Ich war nur ein Kind. Ich bin inzwischen eine andere Person", protestierte Margaret.

„Ich gebe dir keine Schuld dafür, wer du warst. Du musstest die harten Lektionen lernen, um dahin zu kommen, wo du jetzt bist", sagte Grace.

„Aber du willst mir immer noch nicht helfen, weil ich meine Gabe nicht annehme", sagte Margaret.

Grace zuckte wieder nur mit den Achseln und schaute über das Wasser. Margaret erkannte die Taktik; es war eine, die sie oft in Verhandlungen nutzte. Stille ist ein mächtiges Instrument.

„Okay, ich gebe zu, ich fühle mich nicht wohl mit meiner Gabe. Aber kannst du mich nicht dabei unterstützen herauszufinden, was ich will? Vielleicht bin ich nicht die Person, für die du mich hältst. Vielleicht bin ich glücklicher, wenn ich mich von den Emotionen anderer abschirmen und mein Leben normal leben kann. Ist das nicht die wirkliche Definition davon, mich selbst zu akzeptieren? Zu wissen, was für mich am besten funktioniert?", fragte Margaret und ersuchte Grace, ihren Standpunkt zu verstehen.

Grace dachte etwas über Margarets Worte nach, bevor sie einmal nickte.

„Deine Kraft wird dich verlassen, wenn du die letzte

Lektion gelernt hast, für die du auf dieser Erde bist", sagte
sie schließlich.

„Warte, was? Wirklich? Du nimmst sie weg?", fragte
Margaret verblüfft und dann merkte sie, dass sie mit der
Felswand redete. Sie wirbelte herum und sah über das jetzt
ruhige Wasser. „Grace? Hallo?"

Stille kam ihr entgegen.

„Na, und was zum Kuckuck soll das bedeuten?"
Margaret kochte und war genauso durcheinander wie
vorher, als sie in die Bucht gekommen war. Mürrisch pfiff
sie nach Ronan und begann den Aufstieg aus der Bucht,
während sie sich fragte, was sie noch lernen sollte.

KAPITEL NEUNUNDVIERZIG

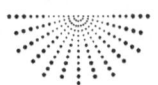

Sie grübelte noch am nächsten Tag über die Frage nach, als sie im Zug saß mit ihrem Gepäck auf der Ablage über ihr. Margaret hatte nicht darüber nachgedacht, dass sie wahrscheinlich ein Auto kaufen musste, also hatte sie kurzfristig eine Zugfahrkarte nach Dublin gebucht und sich winkend von allen am Bahnhof verabschiedet.

Margaret hatte niemandem über ihr Treffen mit Grace erzählt. Es fühlte sich noch zu roh – zu unentschlossen – für sie an. Aber jetzt trat sie sich selbst – was, wenn das ihre letzte Lektion gewesen war? Vielleicht hätte sie offener sein sollen und ihre Probleme mit ihrer Familie teilen.

Seufzend setzte Margaret sich zurück und beobachtete, wie die Landschaft an ihrem Fenster vorbeiflog. Es war wieder ein regnerischer Tag und der dunkle graue Himmel passte perfekt zu ihrer Laune. Margaret zog ihre Akte heraus und begann, einige der Wohnungen, die sie online gefunden hatte, durchzuschauen. Sie war noch nicht ganz bereit, eine Entscheidung zu treffen, also hatte sie ein nett aussehendes Boutiquehotel direkt an der Christchurch Kathedrale im Zentrum Dublins gebucht. Sie plante, dort eine Woche zu bleiben und sich Zeit zu lassen, die Stadt anzuschauen, bevor sie entschied, in welcher Gegend sie vorzugsweise leben wollte.

Und zu entscheiden, wie sie Sean mitteilte, dass sie wieder in der Stadt war.

Er braucht deine Hilfe.

Fionas Worte hallten in ihrem Kopf wider. Ihre Mutter hatte diese Aussage auf dem Flug von Boston gemacht und Margaret aus dem Halbschlaf gerissen.

„Wie bitte?", hatte sie gefragt.

„Sean. Er braucht deine Hilfe. Er erzählt es niemandem, aber seine Firma geht den Bach runter. Flynn hat mir erzählt, dass er letzte Woche in Dublin war, und das Büro war ein Chaos. Sean hat abgenommen und die Lieferungen gehen nicht rechtzeitig raus", hatte Fiona gleichmütig gesagt, als sie ihre Decke auseinanderfaltete.

„Ich bin nicht sicher, was das mit mir zu tun hat", sagte Margaret, verwirrt darüber, wie die Gedanken ihrer Mutter manchmal funktionierten.

„Das wirst du schon herausfinden", war alles, was Fiona zu dem Thema gesagt hatte.

Margaret dachte an die Unterhaltung zurück und trank aus ihrer Wasserflasche, während die Landschaft vorbeiraste. Sie konnte daraus nur schließen, dass Adeline das Unternehmen in den Bankrott getrieben hatte. Es war aber nicht, als ob Margaret viel dagegen machen konnte. Nicht nur hatten sie und Sean sich im Streit getrennt, aber sie hatte noch nie vorher in der Fischereiindustrie gearbeitet. Sie wäre wie ein Fisch aus dem Wasser.

Margaret stöhnte über ihr Wortspiel und schüttelte ihren Kopf.

Aber sie drehte die Blätter mit den Wohnungsdetails herum und kritzelte auf die Rückseiten. Bald begann sie, einen Plan zu entwickeln.

Eine Stunde später stürmte Margaret in die Lobby ihres Hotels. Sie nickte wohlwollend über die grauen und neongrünen Details in Verbindung mit den strahlendweißen Orchideen auf dem weißen Marmor der Rezeption.

„Hallo, willkommen im Crocket und Harrington, wie darf ich Ihnen behilflich sein?" Die Empfangsdame warf Margaret ein fröhliches Lächeln zu.

„Ich habe eine Reservierung, aber ich muss etwas fragen. Haben Sie Zimmer für Geschäftsreisende? Mit einem Schreibtisch und einem Drucker?"

„Das haben wir. Ich ändere das sehr gern für Sie. Ich rufe mir nur gerade Ihre Informationen ab."

Margaret wartete, während die Dame ihre Daten durchging. Ihre Gedanken wirbelten durcheinander, als sie verschiedene Möglichkeiten in Erwägung zog.

„Sie haben für eine Woche gebucht. Bleibt es dabei?"

Margaret lehnte sich an den Counter und lächelte die Dame an.

„Haben Sie Monatspauschalen?"

Die Frau hob ihre Augenbraue aber nickte nur, als sie ein paarmal auf dem Keyboard klickte.

„Wir haben eine unserer Businesssuiten für einen Monat verfügbar." Die Dame nannte einen Preis, bei dem Margarets Magen sonst nach unten gesackt wäre, aber nach dem Verkauf ihrer Firma fühlte sie sich reich.

„Das ist okay. Ich nehme es", sagte sie leichthin und

fühlte, wie der Druck der Wohnungssuche sofort von ihren Schultern wich. „Oh, und können Sie mir empfehlen, wo ich in der Nähe ein Auto kaufen kann?"

„Sie meinen ein Auto mieten?", fragte die Frau.

„Nein, ich muss ein Auto kaufen."

„Mein Cousin ist in der Branche tätig. Er gibt Ihnen Rabatt, wenn Sie sagen, dass Sie mich kennen", sagte die Dame fröhlich, öffnete ihre Handtasche und zog eine Karte heraus.

„Vielen Dank. Sie sind sehr hilfsbereit", strahlte Margaret zurück. Die zwei Frauen waren in perfektem Einverständnis darüber wie Frauen, die gerne Dinge erledigten.

„Henry wird Ihre Taschen nach oben tragen. Melden Sie sich, wenn ich mit irgendetwas anderem helfen kann", sagte sie mit einem Lächeln und schob den Schlüssel über den Counter.

„Vielen Dank."

Vor Nervosität und Aufregung bebend, fuhr Margaret mit dem Fahrstuhl hoch. Sie merkte kaum, wie ihre Taschen geliefert wurden und trat nur kurz von ihrem Laptop weg, um Henry ein Trinkgeld zu geben. Sie setzte sich wieder hin und öffnete ein Worddokument.

Margaret tippte das Wort ‚LEBENSLAUF' in die oberste Zeile und machte sich an die Arbeit.

Sie konnte nur hoffen, dass sie die richtige Entscheidung getroffen hatte.

KAPITEL FÜNFZIG

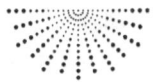

Margaret hielt mit ihrem neuen Auto – einem VW Käfer Cabrio – vor den Toren von Seans Lagerhaus und wartete, dass der Sicherheitswächter den Maschendrahtzaun aufmachte und sie hereinwinkte. Ihr Magen verkrampfte sich vor Nervosität, während sie zum Besucherparkplatz fuhr und parkte.

Der Autokauf heute Morgen hatte ihr großen Spaß gemacht und der Verkäufer gab ihr den versprochenen Rabatt. Obwohl ihr Geschäftssinn ihr sagte, dass sie ein praktischeres Fahrzeug kaufen sollte, fühlte sie sich zu dem fröhlichen roten VW Käfer hingezogen. Margaret beschloss, ihre Bedenken in den Wind zu schlagen, ignorierte die vernünftigeren Autos und legte das Geld für das Cabrio hin.

Vor der Tür in Seans Lagerhaus wischte Margaret ihre plötzlich verschwitzten Hände an der Hose ihres schwarzen Prada Anzugs ab. Sie hatte ihn mit einer schwarzweiß getupften Bluse und knallroten Pumps, die zu ihrem neuen Auto passten, kombiniert. Ihre Haare waren ordentlich nach hinten gebunden und sie hatte sich extra viel Zeit genommen für ihr Makeup. Unsicher, wie sie begrüßt werden würde, zählte Margaret bis zehn, bevor sie mit einer Lederaktentasche und einer Prada Handtasche aus dem Auto stieg.

Margaret stählte ihre Nerven und ging selbstbewusst ins Lagerhaus. Sie ignorierte einen Pfiff, der von der anderen Seite des Gebäudes kam, wo die Lastwagen beladen wurden. Ihr Rücken war kerzengerade, während sie über den Betonboden zu den Glasbüros ging, an Adeline vorbei zu Seans Büro. Sie kam zur Tür, pausierte einen Moment und war plötzlich nervös anzuklopfen. Die Jalousien an seinen Fenstern waren geschlossen, aber sie konnte Licht dahinter sehen. Es war jemand da.

Tief einatmend klopfte sie laut.

„Herein", rief Sean und Margaret schluckte mit einem trockenen Mund.

„Du kannst jederzeit in mein Büro kommen", rief ihr ein Arbeiter von der anderen Seite des Raums zu und verstärkte Margarets Entschlossenheit, die Tür zu öffnen.

Neonlicht wusch über sie, als sie die graue Tür aufschob. Sie blieb abrupt stehen bei dem Anblick, der sich ihr bot.

„Sean!", rief Margaret aus.

„Maggie?", fragte Sean verwirrt von seinem Platz hinter dem Schreibtisch.

Fiona hatte recht, Sean hatte abgenommen, dachte Margaret, als sie auf die deutlich kleinere Version des Mannes starrte, den sie vor sechs Monaten das letzte Mal gesehen hatte. Dunkle Ringe lagen unter seinen Augen und seine Kleidung sah zerknittert aus, als ob er darin geschlafen hätte.

Und sein Büro...

Also sein Büro war eine Katastrophe, dachte Margaret, als sie sich mit offenem Mund umsah. Berge von Akten bedeckten jeden Quadratzentimeter verfügbaren Platzes – den Boden, die Besucherstühle, die Aktenschränke. Sie stapelten sich auf dem Tisch hinter Sean und türmten sich so gefährlich auf seinem eigentlichen Schreibtisch, dass der Mann fast dahinter verschwand.

Sean stand auf, kam zu ihr und knallte die Tür hinter ihr zu, bevor er sie in einem betäubendem Kuss begrub, der sie fast vergessen ließ, warum sie hier war.

„Moment, Moment", keuchte Margaret und schob sich von Sean weg, während sie nach Atem rang. Sie wischte sanft Lippenstift von seinen Lippen.

„Du bist gekommen", flüsterte Sean und seine Augen leuchteten vor Hoffnung.

Margaret war nicht sicher, wo sie anfangen sollte. Sie war eigentlich nicht gekommen, um direkt in seine Arme zu springen, aber er sah so erbärmlich aus, dass sie es nicht über sich brachte, ihm zu widersprechen.

„Das bin ich", sagte sie vorsichtig und schob ihn sacht noch einen Schritt weiter weg. „Und ich sehe, dass es nicht einen Moment zu früh war."

Margaret zeigte auf die Akten und Sean zuckte. Er schob seine Hand durch seine Haare, so dass sie hochstanden und er etwas verrückt aussah.

„Entschuldige das Chaos. Ich versuche, Schadensbekämpfung zu machen", sagte Sean verlegen. Seine Wangen wurden rot, als er sich in der Unordnung umsah.

Margaret seufzte und wusste genau, wer an diesem Chaos schuld war.

„Adeline?"

„Adeline", bestätigte Sean.

„Sean, setz dich hin. Ich habe einen Vorschlag für dich", sagte Margaret, marschierte zu Seans Besucherecke und fegte die Akten von einem der Stühle. Vorsichtig wischte sie den Staub von der Sitzfläche, setzte sich mit ihrer schönen Handtasche auf dem Schoß hin und griff in ihre Aktentasche.

Seans Augen verengten sich, als er um seinen Schreibtisch herumging und sich hinsetzte. Er schob einen Stapel Papiere und Akten beiseite, überkreuzte seine Arme auf seiner Brust und lehnte sich in seinem Stuhl zurück.

„Dann leg mal los."

„Als erstes möchte ich dir für all die schönen Geschenke danken."

Sean hob seine Hand, um sie zu stoppen.

„Bist du aus geschäftlichen oder persönlichen Gründen hier, Maggie?", fragte Sean, der ihre Absicht richtig verstand, und verletzt aussah.

„Beides eigentlich, aber ich würde gern mit dem Geschäftlichen beginnen", sagte Margaret.

„Dann fang nicht mit den persönlichen Dingen an", schlug Sean bitter vor und Margaret wurde ihr Fehler bewusst.

Seufzend lehnte sie sich in ihrem Stuhl zurück und überlegte sich ihre Worte genau.

„Ich möchte über das Persönliche reden. Und ich glaube, ich schulde dir – na ja, wir schulden uns gegenseitig – eine ehrliche Unterhaltung darüber. Aber da es aussieht, als wärst du hier in einer Krise, fangen wir mit dem geschäftlichen Teil an."

Sean dachte über ihre Worte nach, bevor er nickte.

„Okay, red weiter."

„Wunderbar, also", Margaret atmete aus und griff dann in ihre Akte, um Sean ein Blatt Papier zu geben.

„Lebenslauf?", fragte Sean, als er die erste Zeile auf dem Blatt las und sah sie über die Seite hinweg an. Er sah wieder nach unten und begann weiterzulesen, dann gingen seine Augenbrauen überrascht hoch. „Wenn ich das richtig verstehe – das hier ist dein Lebenslauf?"

„Ja, ich würde gern kommen und für deine Firma arbeiten", sagte Margaret voller Aufregung, als sie über die einzigartigen Herausforderungen nachdachte, die auf sie zukommen würden, um dieses Unternehmen wieder auf die Beine zu stellen.

„Du willst in der Fischereibranche arbeiten?", fragte Sean verwirrt. „Ich dachte, du liebst Immobilien. Was ist mit *deinem* Unternehmen?"

„Ich habe es verkauft", sagte Margaret. Die Worte kamen mit jedem Mal einfacher heraus.

„Du hast deine Firma verkauft?", fragte Sean überrascht und dann verengten sich seine Augen. „Hey, ich weiß nicht, was du gehört hast, aber ich bin kein verdammtes Wohltätigkeitsprojekt, okay? Ich kann mich um mein eigenes Geschäft kümmern."

Margaret ging fast auf ihn los, aber dann biss sie sich auf die Zunge und dachte darüber nach, wie sie sich fühlen würde, wenn jemand in ihre Firma gekommen wäre und angeboten hätte, sie zu retten. Sie stellte sich vor, dass sie verletzt und peinlich berührt wäre. Mit

Rücksicht auf Seans Gefühle redete Margaret vorsichtig weiter.

„Ich erwarte selbstverständlich ein Gehalt. Und es hat absolut nichts mit dir zu tun, sondern nur mit mir", sagte Margaret mit ihrer Nase in der Luft.

„Stimmt das?", sagte Sean sarkastisch mit erhobener Augenbraue.

„Das tut es. Ich habe gemerkt, dass mir langweilig geworden war. Ich vermisse es, wieder mittendrin zu stecken und ein Geschäft aufzubauen. Meines ist so reibungslos gelaufen, wie es nur geht. Es gab selten irgendwelche Probleme und da war nichts richtigzustellen." Margaret sah sich zwischen den Aktenbergen um. „Ich habe festgestellt, dass ich das gut kann. Ich will Probleme lösen. Also hier bin ich."

„Und wie hast du gehört, dass meine Firma ein Problem hat?"

„Fiona", sagte Margaret einfach. Sie sah keinen Grund zu lügen.

Sean stöhnte und rieb seine Hände über sein Gesicht. „Das bedeutet, dass Flynn es auch weiß."

„Hör mal, sie machen sich Sorgen um dich. Es ist nicht deine Schuld, dass so eine Schlampe, die nur auf dein Geld aus war, deine Firma ruiniert hat", sagte Margaret spitz.

„Sie *war* eine Schlampe, die nur auf mein Geld aus war", stimmte Sean zu und brachte Margaret zum Lächeln.

„Du warst derjenige, der mit ihr ausgegangen ist", witzelte sie.

„Wohl kaum. Du weißt, dass da nie wirklich etwas war, oder?", fragte Sean und schaute ihr in die Augen.

„Jedenfalls weiß ich es jetzt. Ich hatte nur das Gefühl,

dass wir auf Stelzen gingen bei unserem Neuanfang, und alles hätte uns umschmeißen können. Adeline warf uns um", sagte Margaret leise.

„Heißt das, dass du mir noch eine Chance gibst?", fragte Sean mit hoffnungsvoller Stimme.

„Bin ich eingestellt?", entgegnete Margaret.

„Du bist eingestellt."

„Dann nein. Ich schlafe nicht mit meinem Chef", sagte Margaret prüde.

Sie duckte sich, als Sean einen Papierknäuel auf sie warf und dann brachen sie beide in Gelächter aus. Tränen liefen ihre Gesichter herunter.

„Oh, das habe ich gebraucht", keuchte Sean. „Ich habe dich vermisst, Maggie."

„Ich habe dich auch vermisst. Und jetzt gehen wir an die Arbeit."

KAPITEL EINUNDFÜNFZIG

Und wie sie gearbeitet hatte, dachte Margaret vergnügt, als sie drei Wochen später vor dem Lagerhaus auf ihrem gewohnten Platz parkte, der jetzt als ihrer bekannt war.

„Morgen, Ms O'Brien", rief ein Arbeiter respektvoll und Margaret winkte fröhlich zurück.

„Guten Morgen, David. Wie war deine Verabredung gestern Abend?"

„Super. Ich führe sie am Wochenende zum Essen aus. Irgendwelche Vorschläge?"

Margaret pausierte, schaute durch ihr Telefon und fand den Namen eines Blumenladens und eines netten Restaurants, in das David seine Freundin ausführen könnte.

„Wie geht es dem Baby, Matthew?"

„Sie zahnt, aber es geht ihr den Umständen entsprechend gut", sagte Matthew müde. Margaret klopfte ihm auf die Schulter.

„Das geht bald wieder vorbei. Versuch es mit ein bisschen Whiskey auf ihrem Zahnfleisch", rief sie über ihre

Schulter, als sie zu ihrem Büro ging und bereits auf ihrem Handy ihre Emails prüfte. Innerhalb von Wochen waren Seans Angestellte von ihr hinterher pfeifenden Fremden zu Freunden geworden und sie fühlte sich wie eine Mischung aus Ersatzmutter/Freundin/bester Kumpel. Sean hatte gute Mitarbeiter; er hatte nur einen guten Manager gebraucht.

Und jetzt hatte er einen gefunden, dachte sie, als sie in ihr Büro ging und ihre Handtasche in den Schreibtisch legte.

Sie hatte Raum sehr schnell renoviert, hatte die holzgetäfelten Wände in einem blassen Grau gestrichen und mehrere Lampen im Raum verteilt, so dass sie nie das furchtbare Neonlicht einschalten musste, das an der Decke hing. Margaret hatte einen neuen Schreibtisch angeschafft und frische Blumen standen auf dem Beistelltisch. Sie machte das Radio an, ging hinter ihren Schreibtisch und drückte auf die Gegensprechanlage.

„Susan, kannst du bitte hereinkommen?"

Susan O'Leary war auf Flynns Empfehlung hin eingestellt worden und ihr Gewicht in Gold wert. Margaret und Susan hatten jeden Abend spät gearbeitet, schnell alle Akten kategorisiert und ein neues Softwaresystem installiert, um die Bestellungen nachverfolgen zu können. Im ersten Meeting des Tages ging es darum, die neue Webseite zu diskutieren, für die sie ein ortsansässiges Designteam engagiert hatte. Mit den Bestellungen waren sie jetzt schon wieder auf dem aktuellen Stand. Die Mitarbeiter hatten das neue Softwaresystem gut angenommen und mehr als einer hatte ihr dafür gedankt, den Prozess zu vereinfachen.

Sean hatte nach ein oder zwei Tagen gelernt, ihr aus

dem Weg zu gehen; jetzt sah sie ihn nur, wenn er vorbei-
kam, um Mittagessen auf ihren Schreibtisch zu stellen und
darauf bestand, dass sie eine Pause machte.

„Hi, Margaret", sagte Susan, als sie ins Büro trat.

„Susan, du siehst heute toll aus", sagte Margaret und
komplimentierte die neue Bluse ihrer Assistentin, während
sie sich zu ihrem Laptop umdrehte.

„Danke", sagte Susan und setzte sich mit einem Notizblock hin.

„Also, wir müssen heute New York kontaktieren
bezüglich des Angebots, das vor ein paar Monaten vermasselt wurde", begann Margaret und rollte mit den Augen.

„Ich schwöre...was hat diese Frau nicht verschlampt?",
fragte Susan.

Als Margaret angefangen hatte, das Chaos zu beseiti-
gen, das Adeline in ihrer kurzen Zeit in der Firma verursacht hatte, hatte sie mehr gefunden als nur die Anzeichen
eines ineffizienten Managers. Adeline hatte auch Geld
unterschlagen. Margaret und Susan hatten genug Beweise
zusammentragen können, dass Sean heute Morgen zu den
örtlichen Behörden ging. Margaret würde niemals zugeben, dass sie Befriedigung empfand zu wissen, dass
Adeline wahrscheinlich für eine Weile ins Gefängnis
gehen würde. Aber...insgeheim tat sie das ein bisschen.

„Das ist nichts, was wir nicht hinbekommen. Und wo
wir gerade davon reden, ich möchte dir für all die extra
Stunden danken, die du in den letzten paar Wochen hier
verbracht hast", sagte Margaret und gab Susan einen
Umschlag.

„Du musst mir nicht danken." Susan winkte Margarets
Worte beiseite. „Ich mag eine Herausforderung."

„Das verstehe ich, aber du hast trotzdem Kinder zu ernähren. Ich weiß, dass deine Mutter und dein Mann geholfen haben, während du spätabends hier warst", sagte Margaret. Susan öffnete den Umschlag und ihre Kinnlade fiel beim Anblick der Zahlen auf dem Scheck nach unten.

„Das ist...nein, das kann ich nicht annehmen", sagte Susan und schob den Scheck über den Schreibtisch zurück. Damit zementierte sie Margarets Überzeugung, dass sie eine fantastische Angestellte war. „Das ist zu viel. Das sind mehr als zwei Monatsgehälter!"

„Du hast es verdient. Betrachte es als Bonus und als Dankeschön. Nimm ihn oder ich schicke ihn deinem Mann und bestehe darauf, dass er ihn einlöst", drohte Margaret. Sie wusste, dass die Familie das Geld gebrauchen könnte und beobachtete, wie Susan mit der Entscheidung kämpfte, es zu akzeptieren.

„Dann nehme ich es an. Vielen Dank. Es wird viel dazu beitragen, ein paar unserer Schulden abzutragen", sagte Susan dankbar und steckte den Scheck in ihre Tasche.

Margaret lächelte sie an, froh, dass sie das Geld annahm.

„In einer Stunde ist die Besprechung wegen der Webseite. Kommst du dazu?"

„Ich? Ich weiß überhaupt nichts über Webseiten", gab Susan zu.

„Gehst du manchmal ins Internet, um etwas zu bestellen?", fragte Margaret.

„Klar, ab und zu."

„Na, dann hast du die geeigneten Qualifikationen. Ich möchte, dass die Webseite einfach zu bedienen ist. Du hast

ein gutes Verständnis dafür", beharrte Margaret. Sie hielt
inne, als Sean seinen Kopf durch die Tür steckte.

Er hatte schon wieder etwas zugenommen, stellte
Margaret fest, und seine Haut sah nicht mehr so grau aus.
Sie konnte nicht anders als ein bisschen Lust zu spüren,
wenn sie ihn ansah. In seiner Nähe zu arbeiten hatte sich in
den letzten Wochen als gewisse Herausforderung darge-
stellt, da sie ständig gezwungen war, ihre Libido zu unterdrücken.

„Susan", nickte Sean ihr zu, dann sah er Margaret an.
„Ich würde gern mit dir reden."

„Ich gehe", sagte Susan, sprang auf und schob sich an
Sean vorbei mit einem „danke für den Bonus" Kommentar
auf dem Weg nach draußen.

Margaret verzog das Gesicht. Sie hatte nicht gewollt,
dass Sean von dem Bonus wusste, da sie ihn mit ihrem
eigenen Geld gezahlt hatte.

„Welcher Bonus?", sagte Sean, machte die Tür zu und
setzte sich auf den Stuhl ihr gegenüber.

„Oh, ich habe ihr nur eine kleine Anerkennung
gegeben als Dank für ihre ganze Arbeit", sagte Margaret
schnell und duckte sich, um in einer Schublade zu kramen,
damit sie ihm nicht in die Augen sehen musste.

„Interessant. Ich habe nichts von einem Bonus in den
Büchern gesehen, als ich die Gehaltsabrechnung heute
Morgen gemacht habe", sagte Sean mit unterschwelliger
Wut in seiner Stimme. Margaret kam wieder hoch, sah ihn
an und wusste, dass er dachte, dass sie ihn anlog. Vermutlich hatte er ein Anrecht darauf, wütend zu sein, da er
gerade von einem Gespräch über eine betrügerische Angestellte gekommen war.

„Ich habe es von meinem Geld bezahlt", sagte sie steif.

„Und warum?" Seans Stimme war so tief, dass ihre Nackenhaare hochstanden.

„Weil ich die gleichen Bücher gesehen habe und weiß, dass du im Moment keinen Bonus zahlen kannst, da du gerade aus einer finanziellen Krise herauskommst."

Sean seufzte und sah an die Decke. Offensichtlich zählte er bis zehn.

„Wenn du einem Angestellten einen Bonus zahlen willst, komm bitte damit zu mir", sagte er steif.

„Aber Sean, ich weiß, dass du es dir nicht leisten kannst. Ich schon. Und ich wollte es machen. Sie hat es verdient", verteidigte Margaret ihre Tat.

„Ja, ich weiß, dass du es dir leisten kannst", explodierte Sean, stand auf und ging in ihrem Büro auf und ab. Margaret hielt sich zurück und ihren Mund fest geschlossen, während sie ihn beobachtete. „Ich verstehe, dass du reich bist. Dass dein Unternehmen so verdammt erfolgreich war und meines ist es nicht. Das ist mir schon klar. Aber du musst es mir nicht auf die Nase binden."

Sean knallte die Tür so hart, als er aus dem Büro stürmte, dass die Jalousien gegen die Fenster klapperten.

„Also wirklich!", schäumte Margaret. „Undankbarer Kerl! Nach allem, was ich gemacht habe, um zu helfen."

Die Gegensprechanlage summte.

„Ist alles okay?", fragte Susan.

„Ich habe keine Ahnung", antwortete Margaret ehrlich. „Ich werde es herausfinden. Ich sehe dich in der Besprechung."

Margaret stand auf, strich über ihre Jeans und richtete ihre Bluse. Sie hatte schnell gelernt, dass Hosenanzüge und hohe Schuhe in Seans Firma nicht angebracht waren. Besonders, wenn sie nicht wollte, dass ihr Prada nach Fisch stank. Nach ein paar Tagen hatte sie zu Jeans mit einer schönen Bluse gewechselt.

Margaret klopfe vorsichtig an Seans Tür. Als sie keine Antwort bekam, steckte sie ihren Kopf hinein und fand sein Büro leer.

„Er ist draußen am Wasser", rief David hilfreich und Margaret lächelte dankbar. „Ich glaube, du solltest dich bald von ihm einladen lassen", fügte er hinzu.

Margaret hielt inne und sah ihn fragend an. „Wie bitte?"

David lächelte und schob seine Kappe hoch. Er zeigte mit seinem Daumen zum Feld.

„Der Chef. Er hatte sich nach dir gesehnt, seit du weggegangen bist. Es ist auch nicht besser geworden, seit du wieder da bist. Du solltest Mitleid mit ihm haben, bevor er den Kopf verliert", sagte er fröhlich.

Margaret dachte, da sie David Ratschläge für sein Date gab, konnte sie seine Meinung nicht wirklich ablehnen.

„Danke, ich werde es in Erwägung ziehen", sagte Margaret trocken, als sie an ihm vorbei nach draußen zum Picknicktisch ging.

„Hol ihn dir, Chefin!", rief David fröhlich und Margaret winkte über ihre Schulter zurück, halb amüsiert und halb verärgert, dass ihr Privatleben zur Schau gestellt wurde.

Sie ging über das Gras und fand Sean am Picknicktisch, wo sie gesessen hatte, als sie damals nicht zurück ins Lagerhaus und zu Adeline wollte. Margaret straffte ihre

Schultern und stand so über ihm, dass ihr Körper die Sonne blockierte.

„Hast du ein Problem mit mir?", fragte sie kampfbereit.

„Vielleicht habe ich das", sagte Sean und sah an ihr vorbei auf das Wasser.

„Ich weigere mich, mich dafür zu entschuldigen, dass ich eine erfolgreiche Geschäftsfrau bin", sagte Margaret. Ihre Stimme fing an zu brechen. „Ich habe wirklich hart dafür gearbeitet. Ich hätte gedacht, dass du – von allen – das verstehen würdest."

Sean seufzte und schüttelte seinen Kopf. Er drehte sich und klopfte auf die Bank neben sich.

„Bitte setz dich."

Margaret setzte sich mit überkreuzten Armen und kerzengeradem Rücken hin.

„Es tut mir leid. Ich weiß, dass du sehr hart gearbeitet hast und fantastisch erfolgreich warst in deinem Unternehmen. Wahrscheinlich ist es nur einfach ein bisschen...entmannend, wenn du kommst und den Schlamassel aufräumst, den ich verursacht habe", gab Sean verlegen zu.

Margaret fühlte sofort, wie ihr Herz sich erweichte.

„Sean, ich bin echt beeindruckt von dem, was du aufgebaut hast. Du hast einen hochqualifizierten Betrieb mit langjährigen Mitarbeitern, die für dich da sind und du leitest wunderbare Touren. Ich habe Ehrfurcht vor dem, was du gemacht hast. Es ist nicht deine Schuld, dass Dinge schief gegangen sind. Du hast einer Angestellten vertraut, die dich betrogen hat. Ich musste auch schon mal Mitarbeiter feuern und mit schwierigen Zeiten in meiner Firma umgehen. Es war auch für mich nicht immer alles einfach. Das soll keine Kritik an dir sein, es geht nur ums Geschäft. Probleme tauchen auf. Du löst sie. Das ist alles."

Sean überraschte sie, als er mit einem Finger über ihre Wange strich.

„Es ist nicht nur, dass du gekommen bist, um alles zu korrigieren", gab er leise zu.

„Ist es nicht?", sagte Margaret und fing an, etwas schneller zu atmen, als sie in seine Augen sah.

„Nein, du bist es. Du machst mich verrückt!"

„Tue ich das?", fragte Margaret und ihr Herz verkrampfte sich ein bisschen.

„Ja!", rief Sean und schob sich vom Picknicktisch weg, um vor ihr auf und ab zu gehen. Der Mann schrie und stapfte ziemlich viel heute Morgen, dachte Margaret, während sie ihn aufmerksam beobachtete.

„Du kommst einfach hierher zurück, räumst alles in meinem Leben auf und siehst dabei fantastisch aus. Und ich sabbere dir jeden Tag hinterher. Erfinde Ausreden, um in dein Büro zu kommen. Lasse meine Jalousien offen, so dass ich dich erspähe, wenn du durch das Lagerhaus flitzt. Ich will David und Matthew und alle anderen schlagen, wenn du jeden Tag mit ihnen lachst und witzelst. Ich will mit dir lachen und Witze machen", kochte Sean.

„Du *kannst* doch auch mit mir lachen und Witze machen", äußerte sich Margaret.

„Das kann ich nicht. Du hast die Regel aufgestellt über ‚kein Flirten mit dem Chef'. Du bist in mein Leben zurückgefegt, aber hältst mich auf Armeslänge", schrie Sean.

Margaret blickte über ihre Schulter, um sicherzugehen, dass niemand in der Nähe war.

„Ich halte dich nicht auf Armeslänge", fing sie an.

„Blödsinn", sagte Sean, beugte sich vor und stützte seine Arme so auf, dass Margaret zwischen ihnen gefangen war. Ihr Puls wurde schneller und sie leckte sich unbewusst ihre Lippen.

„Ich versuche einfach nur, hart zu arbeiten und dir zu helfen. Du hast so verloren ausgesehen, als ich zurückkam, als ob du dahinschwinden würdest", flüsterte Margaret.

„Das war ich auch. Ohne *dich*. Nicht wegen der Firma. Warum kannst du das nicht begreifen?", bat Sean und Margarets Herz setzte fast einen Schlag aus.

„Wirklich?", fragte sie.

„Wirklich. Ich schwöre, ich war wie ein liebeskranker Welpe, als du weg warst. Die Hälfte des Grundes, warum ich das Unternehmen so vernachlässigt habe, ist, weil ich besessen war herauszufinden, wie es dir geht, ob du zurückkommst, welche Geschenke ich für dich kaufen sollte. Und du hast immer diese höflichen Dankeskarten zurückgeschickt. Ich hätte dich erwürgen können!"

Margaret schluckte.

„Ich wusste wirklich nicht, was ich tun sollte. Wie ich reagieren sollte. Ich habe gedacht, dass ich nett war."

„Margaret, wenn du nicht mit mir zusammen sein willst, dann bring es mir schonend bei. Ich kann mit diesem Wechsel von heiß zu kalt nicht umgehen. Ich bin zu alt für diese Spiele."

Margaret hielt inne. Hatte sie wirklich ein Spiel gespielt? Hatte sie Sean gezwungen, ihr seine Liebe zu beweisen?

„So habe ich darüber gar nicht nachgedacht. Es tut mir leid, wirklich. Ich war genauso durcheinander wie du, wenn das ein Trost ist", gab Margaret zu.

„Meinst du nicht, dass ich das nicht sehen konnte, als du hereinspaziert bist? Als deine Kleidung praktisch sackartig von dir herunterhing? Warum hast du gedacht, dass ich versucht habe, dich jeden Mittag zum Essen zu bewegen?", fragte Sean.

Margaret stieß ein Lachen heraus.

„Gott, wir sind schon ein komisches Paar, oder?"

Sean kam näher, seine Lippen schwebten Zentimeter vor ihren.

„Kommst du heute Abend zum Essen? Wir können ausgehen oder bei mir bleiben. Ich würde lügen, wenn ich sagte, dass ich nicht möchte, dass du zu mir kommst", sagte Sean.

Margaret fühlte, wie sich ihr Magen verkrampfte bei dem Gedanken daran, zu Seans Haus zurückzugehen – zu dem, was sie auf dem Sofa unbeendet gelassen hatten. Sie war nicht sicher, ob sie schon bereit war für diese emotionale Achterbahn.

„Baron vermisst dich", sagte Sean und drehte das Messer weiter in ihrem Bauch. Margaret schürzte ihre Lippen.

„Du kannst mich an meinem Hotel abholen und mich in ein nettes Restaurant ausführen, so wie ich es verdiene", sagte Margaret.

„Jawohl", sagte Sean, als er mit seinen Lippen den leichtesten Kuss auf ihre legte. „Jetzt geh wieder zurück an die Arbeit."

Margaret lachte den ganzen Weg zurück ins Lagerhaus und fühlte sich unbeschwerter nach ihrer Unterhaltung

„Es war aber auch Zeit, dass du dem Mann ein Lächeln aufs Gesicht zauberst", rief David durch das Lagerhaus.

„Mach dich wieder an die Arbeit", rief Margaret zurück.

Aber sie konnte das Grinsen nicht ganz von ihrem Gesicht wischen.

KAPITEL ZWEIUNDFÜNFZIG

M argaret konnte ihre Nerven nicht ganz beruhigen, als sie in ihrer Hotelsuite auf und ab ging und wiederholt auf den Wecker schaute, während sie ihr Kleid glättete. Es war eines ihrer Lieblingsstücke, ein Diane von Furstenberg in dunkelblau mit kräftigen roten Blumen über den Stoff verteilt. Sie fühlte sich darin kokett und weiblich. Sie überprüfte ihre Haare nochmal im Spiegel und überlegte, ob die Locken zu viel waren und ob sie sie aus dem Gesicht stecken sollte. Sie hob eine unruhige Hand an ihr Haar und lachte über sich selbst.

„Es ist nicht das erste Mal, dass du mit einem Mann ausgehst", sagte Margaret laut. Sean hatte sie früher heim geschickt mit strengen Anweisungen, dass sie ihn nicht später als halb acht in der Hotellobby treffen sollte. Was bedeutete, dass sie noch zwanzig Minuten hatte. Margaret stöhnte und überlegte, Keelin anzurufen, um die Zeit totzuschlagen, als sie von einem Klopfen an der Tür aufgeschreckt wurde.

„Ich komme", rief sie und fragte sich, wer das war.

Margaret spähte durch das Guckloch und sah niemanden. Neugierig öffnete sie die Tür einen Spalt und steckte ihren Kopf heraus.

„Hallo?"

Dann kreischte sie, als ein haariges Tier an ihr vorbeischoss. Sie wirbelte herum, brachte ihre Hand zu ihrer Brust und lachte laut auf.

„Baron!"

Der Hund wedelte an ihren Füßen mit einer Rose in seiner Schnauze und einer karierten Fliege an seinem Hals. Margaret bückte sich herunter, lachte und nahm die Rose aus seinem Maul. Sie streichelte die Ohren des aufgeregten Hundes. Sobald sie ihn anfasste, rollte Baron sich auf den Rücken mit seinen Pfoten in der Luft. Mit der Fliege an seinem Hals sah er aus wie ein kleiner Gentleman.

„Oh, du bist aber charmant", schmeichelte Margaret ihm und kraulte Barons Bauch, während er sich entzückt auf dem Boden herumwälzte.

„Em, darf ich hereinkommen?", fragte eine Stimme hinter der Tür. Margaret sprang auf und lachte über sich selbst. Natürlich war Baron nicht allein zu ihrem Hotel gekommen.

Sie glättete ihr Kleid wieder und, mit der Rose in einer Hand, zog die Tür weit auf.

Sean stand draußen, mit mindestens zwei Dutzend Rosen im Arm, trug einen dreiteiligen Smoking und eine schwarze Wollkappe. Margaret starrte ihn an und sah dann an ihrem Kleid herunter.

„Ich bin nicht für einen formellen Abend angezogen ", sagte sie sofort.

„Du siehst wunderbar aus. Du bist perfekt", sagte

Sean, trat vorwärts und küsste Margaret leicht auf die Wange. „Die sind für dich."

„Danke." Margaret sah sich nach etwas um, in das sie die Blumen stellen konnte. „Ich brauche eine Vase. Lass mich den Empfang anrufen."

„Ich habe alles unter Kontrolle", sagte Sean einfach und öffnete die Tür. „Wir sind soweit."

Margaret schnappte nach Luft, als eine Reihe von Männern in das Zimmer kam. Einer nahm ihr die Blumen aus der Hand und stellte sie in eine Kristallvase, die er zu einer Kommode trug. Ein anderer brachte einen Klapptisch in die separate Sitzecke, entfaltete ihn und zog Tischwäsche aus einem Karton. Mehr Männer schwärmten in das Zimmer und Margaret trat zurück und nahm Baron in die Arme, um zu verhindern, dass er getreten wurde. In Augenblicken hatte sich ihr Wohnzimmer in ein 5-Sterne Restaurant verwandelt, komplett mit Kerzen im ganzen Raum, noch mehr Blumen und einem Violinisten in der Ecke. Margaret blinzelte, als die nächste Welle von Männern in Anzügen ins Zimmer kam, einen weiteren Seitentisch aufbauten und abgedecktes Geschirr abstellten. Daneben stand ein Koch hinter einem kleinen tragbaren Herd, die Kochmütze keck auf seinem Kopf.

Ein Mann im Anzug mit einer gestärkten weißen Leinenserviette über seinem Arm kam auf Margaret zu.

„Das Essen ist angerichtet, Madam", sagte er und verbeugte sich etwas bei den Worten. Margaret hob eine Augenbraue.

„Danke", sagte sie höflich und warf Sean einen Blick zu, als er sie zu ihrem Platz führte. Margaret lachte, als sie sah, dass ein dritter Stuhl mit einem kleinen Hundebett für

Baron an den Tisch gezogen war, damit er bei ihnen sitzen konnte. Ein frischer Knochen lag ordentlich auf dem Kissen des Bettes.

„Du hast an alles gedacht", murmelte Margaret und warf Sean ein Lächeln zu.

Sie bückte sich und setzte Baron auf sein Bett. Er schnüffelte sofort an dem Knochen, dann begann er, glücklich an einer Ecke zu kauen.

„Meine Dame", sagte Sean, zog den Stuhl heraus und wartete, bis Margaret saß, bevor er eine Serviette über ihren Schoß legte. Margaret kicherte fast vor Aufregung, als der Violinist in der Ecke am Fenster eine seichte Melodie begann. Die untergehende Sommersonne warf ein warmes Leuchten über den Raum und Margaret schluckte gegen den Knoten in ihrer Kehle.

Sean setzte sich ihr gegenüber und nickte dem Kellner zu.

„Der erste Gang sind Muscheln aus Grace's Cove mit Koriander und Schalotten", verkündete der Kellner, nahm eine zugedeckte Schale vom Seitenbuffet und stellte es in die Mitte ihres Tisches.

„Aus Grace's Cove?", fragte Margaret mit erhobener Augenbraue.

„Ja. Nichts als das Beste für dich", sagte Sean und lächelte sie über die dampfenden Muscheln hinweg an.

„Die sehen fantastisch aus", stimmte Margaret zu und spürte eine Welle von Aufregung, als sie und Sean anfingen zu essen, während sie unbeschwert über Arbeit und andere Dinge schwatzten. Der Kellner füllte ihr Glas nach jedem Schluck wieder auf, so dass Margaret sich bald etwas schwindlig fühlte vom Wein – und davon, dass sie so verwöhnt wurde.

„Der Hauptgang ist Hummer aus Grace's Cove serviert mit einer warmen Buttersauce und gerösteten Kartoffeln", verkündete der Kellner. Margaret sah Sean wieder an.

„Flynns Hummer?" Flynns Hummer, gefangen in Grace's Cove, waren legendär in ganz Irland; die Warteliste der Bestellungen war sechs Monate lang.

„Ich habe ihn um einen Gefallen gebeten", sagte Sean.

„Ich beginne zu ahnen, dass dieses Essen ein Thema hat", murmelte Margaret, als der Kellner mit Schwung den Silberdeckel von ihrem Teller hob. Ihr lief das Wasser im Mund zusammen beim Anblick des Hummers, der so wunderbar präsentiert wurde.

„Grace's Cove war der ausschlaggebende Punkt in unserem Leben. Ich möchte das weder wegschieben noch verstecken. Es ist genauso ein Teil von uns und wer wir sind wie unsere Kinder", sagte Sean. Margaret errötete, es war ihr unangenehm, solche persönlichen Dinge zu diskutieren mit den Kellern um sie herum.

„Ich gebe dir recht", sagte sie sanft und blickte zum Kellner.

„Ich habe noch mehr zu sagen...beim Nachtisch", sagte Sean, der verstand, was Margaret ihm mit dem Blick auf den Kellner mitteilen wollte. „In der Zwischenzeit möchte ich dir sagen, wie glücklich ich mit dem Design der Webseite bin."

Froh, dass sie wieder bei neutralen Themen angelangt waren, genoss Margaret den besten Hummer, den sie je gehabt hatte, während sie über die Arbeit redeten. Sie fand es schön, offen über ihre gemeinsamen Ziele für das

Unternehmen zu reden. Sie fragte sich, ob sich verheiratete Menschen so fühlten, wenn sie von der Arbeit nach Haus kamen und jemanden hatten, mit dem sie über ihren Tag reden konnten. Es war eine nette Abwechslung, dachte sie.

„Und zum Nachtisch habe wir einen Lavaschokoladenkuchen mit Himbeereis."

Margaret lachte, als sie sich zurücklehnte und ihre Hand auf ihren Magen legte.

„Ich weiß nicht, ob ich das alles essen kann."

„Es ist nur ein Dessert zum teilen", sagte der Kellner und Margaret fühlte ein bisschen Lust durch sie gehen beim Gedanken daran, den Nachtisch mit Sean zu teilen.

„Einen Moment", sagte Sean, stand auf und nickte dem Violinspieler in der Ecke zu. Margaret sah zu, wie das Personal zusammenpackte und Sean jedem einzelnen mit einem Umschlag dankte, der vermutlich ein Trinkgeld enthielt. In wenigen Augenblicken hatte sich der Raum geleert und es waren nur noch sie, Sean und Baron übrig. Sie wurde etwas nervös.

Sean saß wieder auf seinem Stuhl und sah sie mit einem bedeutungsschweren Blick über den Tisch an. Kerzenlicht flackerte über sein Gesicht.

„Probier mal", sagte Sean und nahm mit einem Löffel ein Stückchen des feuchten Kuchens. Margaret öffnete ihren Mund, während er sie über den Tisch fütterte. Sie stöhnte, als der leckere Kuchen in ihrem Mund schmolz. Margaret leckte ihre Lippen und lächelte ihn an. Hier mit ihm zu sein fühlte sich richtig an.

„Er ist fantastisch. Wirklich. Danke für alles."

„Es freut mich, dass es dir gefällt", sagte Sean. Er sah auf Baron herunter. „Baron, es ist Zeit."

Der Hund sprang auf und legte seinen Kopf schief.

„Geh und hol die Tüte", sagte Sean und Margaret lachte, als Baron vom Bett heruntersprang und in die Zimmerecke trottete, wo eine kleine schwarze Geschenktüte auf dem Boden stand. Margaret wunderte sich, wann sie erschienen war, weil sie sie ganz bestimmt vorher nicht gesehen hatte. Der Hund manövrierte seine Zähne um den Griff der Tüte und trabte zu Sean zurück, wobei er seinen Kopf hochhielt, damit sie nicht auf dem Teppich schleifte.

„Nicht zu mir. Zu ihr", sagte Sean und zeigte auf Margaret. Baron drehte sich pflichtbewusst zu Margaret um und deponierte die Tüte am Fuß ihres Stuhls. Margaret lachte und lehnte sich herüber, um Baron zu streicheln.

„Er ist sehr clever", bemerkte sie.

„Schau hinein", sagte Sean.

Margaret fühlte, wie sich ihr Magen überschlug, als sie in die Tüte griff und ein schwarzes Samtkästchen herauszog. Ihr Mund wurde trocken, als sie mit ihrer Hand über das eckige Kästchen strich.

„Sean", begann sie.

Sean stand auf, drehte ihren Stuhl um und kniete zu ihren Füßen.

„Mach es einfach auf", flüsterte er, die Bitte spiegelte sich in seinen Augen wider.

Margaret schluckte, nickte und öffnete den Deckel des Kästchens mit zitternden Händen. Sie schnappte nach Luft, als sie den Ring sah, der in dem weißen Seidenstoff eingebettet lag.

Er war blau. Ein atemberaubendes Meeresblau, genau der Blauton, der durch das Wasser schien, wenn die Bucht mit ihrem legendären Licht leuchtete. Der Stein hatte mindestens zwei Karat und war umringt von einem Kreis aus weißen Diamanten auf einem gehämmerten Goldband. Margarets Herz verkrampfte sich und Tränen stiegen ihr in die Augen, als sie vom Kästchen zu Sean sah.

„Bitte heirate mich, Margaret. Ich habe dich mein ganzes Leben lang geliebt. Das letzte halbe Jahr war die schlimmste Zeit meines Lebens. Dich wiederzufinden und dann so schnell wieder zu verlieren hat mich zerrissen. Ich weiß, dass wir noch nicht alles geklärt haben, und ich weiß, dass wir eine schwierige Vergangenheit haben. Bitte gib uns eine Chance. Ich will mich nicht den Rest meines Lebens fragen, was wäre wenn, oder Sorge haben, dass du beim kleinsten Streit wegläufst. Du bist die einzige Frau für mich. Das bist du immer gewesen. Ich liebe dich, Margaret O'Brien. Willst du meine Frau werden und aus Baron einen ehrbaren Hund machen?"

Margaret lachte bei dem letzten Teil, obwohl ihr die Tränen das Gesicht herunterflossen. Da waren so viele Dinge, die sie zur Sprache bringen wollte – all die vergangenen Verletzungen, die zu jeder Zeit aufkommen könnten, und die hässliche Vergangenheit, die zwischen ihnen lag. Woher wusste sie, ob alles gut werden würde? Wie konnte sie sich diesem Mann, der sie in der Vergangenheit so schlimm verwundet hatte, verletzlich zeigen?

Und plötzlich wurde es ihr kristallklar.

Dies war die Lektion, die sie lernen sollte. Eine Lektion der Vergebung – ihrem Herz zu folgen – einen Sprung ins Ungewisse zu wagen. Es war Zeit für Margaret, ihre Mauern herunterzulassen und sich in der Liebe verwundbar zu machen. Selbst wenn das bedeutete, dass Sean die Macht haben würde, sie erneut zu verletzen.

„Ich...", begann Margaret und dann schüttelte sie ihren Kopf, „Ja. Es wäre mir eine Ehre, deine Frau zu werden. Ich weiß, dass wir eine Vergangenheit haben und ich weiß, dass sie im Streit hochkommen wird. Aber ich möchte nicht mehr von meiner Vergangenheit definiert werden. Oder deiner. Ich will nach vorn in unsere Zukunft sehen. Ich liebe dich so sehr, Sean", sagte Margaret, und weinte jetzt offen. Sie wurde vom Stuhl hochgehoben und das Kästchen fiel ihr aus der Hand, als Sean ihre Lippen mit einem Kuss bedeckte.

Margaret fühlte eine Welle der Liebe von ihm ausgehen, die so mächtig und rein war, dass sie wusste, sie müsste seine Gefühle für sie nie wieder anzweifeln.

Und in dem Moment verblasste das Gefühl.

Margaret stand für einen Moment still, lehnte sich zurück und sah an Seans Schulter vorbei an die Decke. Prüfend ließ sie ihre Schilder herunter und versuchte, Seans Gedanken zu lesen, um herauszufinden, ob sie seine Emotionen lesen konnte.

„Was stimmt nicht?", keuchte Sean.

Ihre spezielle Fähigkeit war weg. Margaret hätte vor Freude jubeln können. Stattdessen lächelte sie Sean glücklich an.

„Gar nichts. Alles ist genauso, wie es sein soll."

„Dann ist es Zeit für mich, dir den richtigen Nachtisch zu geben", knurrte Sean in ihren Hals und begann, sie ins Schlafzimmer zu tragen.

„Warte! Mein Ring", protestierte Margaret.

Sean ließ sie an seinem Körper heruntergleiten, während er sie küsste, und Margaret fühlte sich etwas schwindlig, als er sie stehen ließ, um zum Kästchen zu gehen, das auf dem Boden lag. Er bückte sich, hob es auf und ging wieder vor ihr auf sein Knie.

„Das musst du nicht machen", sagte Margaret.

„Doch. Margaret, willst du mich heiraten?", wiederholte Sean.

„Ich will", sagte Margaret und streckte ihre Hand aus. Sie lachte laut auf, als er ihr den Ring auf den Finger steckte, und das Gewicht des Ringes fühlte sich kühl und angenehm auf ihrer Haut an.

„Also, jetzt zum Nachtisch", sagte Margaret und lachte, als Sean sie noch einmal von den Füßen schwang.

Sie warf ihren Kopf lachend zurück und schnappte nach Luft, als sie flüchtig Grace O'Malley in der Ecke erblickte, die einen amüsiert schauenden Baron streichelte.

Mit einer kleinen Handbewegung nickte Grace Margaret lächelnd zu, bevor sie verblasste.

EPILOG

F ünfeinhalb Monate später

MARGARET GLÄTTETE mit ihren Händen nervös die weiße
Seide ihres Kleids.

„Hör auf. Du siehst wunderschön aus", sagte Keelin
mit einer Hand in ihren Rücken gepresst. Ihr schwangerer
Bauch stand weit vor dem, was mal ihre Taille gewesen
war. Ein weinrotes Kleid schmeichelte ihren Haaren und
brachte den warmen Ton ihrer Augen hervor.

„Du siehst atemberaubend aus", sagte Margaret und
lächelte ihre Tochter an, während Keelin sich nach oben
streckte, um einen Blumenreif in ihren Haaren festzuste-
cken. „Einfach perfekt."

„Und so groß wie ein Haus", grummelte Keelin.

Heute war Margarets Hochzeitstag und sie konnte nur
nervös herumzappeln in dem kleinen weißen Zelt, das die
Männer am Strand von Grace's Cove aufgestellt hatten.

Weiße Paneele rollten sich an den Seiten herunter und verbargen die Frauen vor der kleinen Gruppe Gäste, die auf dem Strand warteten.

Es schien der perfekte Ort für ihre Hochzeit zu sein, dachte Margaret, aber jetzt kroch Nervosität ihr Rückgrat hoch, als sie an all die Dinge dachte, die schief gehen könnten, sollte die Bucht launisch werden.

„Hör auf, dir Sorgen zu machen", sagte Fiona, als sie sich ins Zelt duckte. Ein wehender grauer Kaftan mit weinroter Kante ließ sie wie die mächtige Heilerin aussehen, die sie war. Blumen waren auch in ihrem grauen Haar eingeflochten und Margaret lächelte sie an, streckte ihre Hände aus, und mit ihrer Mutter und ihrer Tochter vollendeten sie den Kreis.

„Ich versuche es ja", gab Margaret zu.

„Du siehst so wunderschön aus", sagte Fiona lächelnd. Ihre Augen wurden weich, als sie ihre Tochter in ihrem Hochzeitskleid ansah.

„Meinst du? Sieht es nicht zu jung aus?"

Margaret fühlte sich von diesem Kleid angezogen, obwohl es ganz anders war als ihr normaler konservativer Stil. Weiße Seide floss in einer geraden Linie an ihrem Körper herunter, der kleinste Hauch von Spitze kreierte Träger an ihren Schultern. Ein Reif mit weißen Blumen war in ihr Haar geflochten und ein dünner Schleier hing hinter ihr. Sie trug keinen Schmuck außer Perlen an ihren Ohren und ihren Verlobungsring, der an ihrem Finger funkelte.

„Es ist perfekt. Elegant und einfach. Du siehst fantastisch aus", schwärmte Keelin und trat etwas zurück, um langsam um ihre Mutter herumzugehen.

„Keelin. Wie geht es dir?", fragte Fiona und Margaret riss ihren Kopf herum, um ihre Tochter prüfend anzusehen.

„Stimmt etwas nicht? Hast du Wehen?", fragte Margaret.

„Nein. Ich habe heute nur etwas Schmerzen im unteren Rücken. Ich trage schließlich einiges an Gewicht mit mir herum", sagte Keelin mit einem Lächeln und Margaret sah ihr in die Augen.

„Versprich mir, dass du mir sagst, wenn etwas passiert? Es ist mir egal, ob wir die Zeremonie anhalten müssen."

Keelin winkte abwesend ab.

„Hör auf. Es ist dein Tag. Oh, ich höre die Musik. Ich mach mich besser fertig", sagte Keelin und ging zur vorderen Zeltklappe. Als die Prozessionsmusik anfing, hielt Keelin ihren Strauß weißer Rosen vor ihren Bauch, legte ein Lächeln auf ihr Gesicht und trat in den Sonnenschein.

Margaret drehte sich um und traf Fionas Blick.

„Lügt sie?"

„Ich bin mir nicht sicher. Aber ich habe vor, heute nah an ihrer Seite zu bleiben." Fiona nickte zur Ecke, in der zwei Kisten mit Material standen. „Und ich bin vorbereitet, für alle Fälle."

Der Gedanke daran, dass Keelin am Strand in den Wehen lag, ließ Margarets Hochzeitslampenfieber verschwinden. Es gab definitiv wichtigere Dinge, um die man sich sorgen musste. Sie trat zur Vorderseite des Zelts und hielt Fiona ihren Arm hin, damit sie sie zum Altar führte.

„Ich bin so stolz auf dich", sagte Fiona und lächelte ihre Tochter an.

„Ich liebe dich, Mama. Ich bin so froh, dass ich zu Hause bin", sagte Margaret und fühlte sich etwas weinerlich.

„Dann sehen wir mal zu, dass wir dich unter die Haube kriegen", sagte Fiona und sie schoben sich durch die Zeltklappe.

Für einen Augenblick war Margaret vom warmen Sonnenschein eines perfekten irischen Herbsttages geblendet. Sie hatte gewusst, dass es riskant war, im Herbst in Irland eine Hochzeit im Freien zu planen, aber sie hatte es trotzdem gewagt. Und sie wurde mit lockeren weißen Wolken, warmem Sonnenschein und nur dem Hauch einer Brise belohnt.

Ein provisorischer Pfad war mit Stühlen und hölzernen Spazierstöcken, um die Blumen und Bänder gewickelt waren, markiert. Am Ende des Wegs stand ein Altar aus Ästen und Bändern, verziert mit einem Baldachin aus Blumen. Margarets Mund wurde trocken, als sie Sean vorne stehen sah. Er sah wunderbar aus in dem gleichen Smoking, den er bei seinem Antrag angehabt hatte, im Revers steckte eine weiße Rose. Sein Gesicht strahlte mit einem breiten Lächeln, als sich ihre Blicke trafen und Margaret fühlte eine Welle von Liebe bei seinem Anblick.

Diese letzten fünf Monate waren wie ein Wirbelsturm für Margaret gewesen. Es war, als wäre sie endlich wieder lebendig geworden. Alles, was sie mit Sean machte, basierte auf Leidenschaft. Von ihren Streitereien bis zu ihrem Liebesspiel, sie stritten, lachten und redeten endlos. Es war fast, als würden sie die verlorene Zeit nachholen. Selten waren sie ohne den anderen und statt sich über seine ständige Gegenwart zu ärgern, fand Margaret es wunderbar, endlich einen Partner an ihrer Seite zu haben.

Zusammen hatten sie Seans Firma aus der Krise geholt; es lief jetzt so geschmiert, dass sie im Dezember eine Fahrt ans Mittelmeer machten. Für einen ganzen Monat! Margaret konnte es kaum abwarten.

Aber im Moment musste sie sich darauf konzentrieren, zum Altar zu kommen, ohne zu stolpern.

Margaret lächelte ihre sehr intime Gruppe von Gästen an, die alle fröhlich zurückgrinsten, als sie und Fiona auf dem Sand entlanggingen. Cait und Shane hatten die kleine Fiona auf ihrem Schoß. Mit dem Blumenhaarband und niedlichen Kleid sah sie wie eine Puppe aus und nicht wie das schelmische Baby, als das Margaret sie kannte. Morgan und Patrick sahen jung aus und überwältigt vom Konzept der Ehe, obwohl Margaret beim Vorbeigehen sehen konnte, dass sie Hände hielten. Aislinn und Baird saßen aneinander gelehnt und lächelten Margaret selig an. Colin, Aislinns Zwillingsbruder, saß mit seiner Frau und ihrem jungen Sohn Finnegan zusammen. Margaret hatte angefangen, eine gute Beziehung mit ihnen aufzubauen und war froh zu sehen, dass Colin ihr zunickte, bevor er ihr ein breites Lächeln gab.

Margaret sah zu ihren Lieblingspersonen. Keelin wischte Tränen weg, als sie neben dem Altar stand und ihre Pflicht als Margarets Trauzeugin erfüllte. Flynn stand hinter dem Altar. Er hatte freudig der großen Ehre zugestimmt, Margaret und Sean zu trauen.

Margaret atmete tief ein, als sie vor den Altar traten, dann drehte sie sich, umarmte ihre Mutter und küsste sie auf die Wange.

„Danke", flüsterte Margaret.

Fiona nickte und ging zu ihrem Stuhl in der ersten Reihe. Margaret drehte sich um, trat nach vorn und legte ihre Hände in Seans. Sie lächelten sich benommen an und schreckten hoch, als Flynn sich räusperte.

„Es ist mir eine große Ehre, dass ich heute diese beiden Turteltauben in heiliger Ehe vereinen darf..."

Margaret kicherte und verlor sich in der Schönheit des Augenblicks. Flynns Worte flossen um sie herum und sie starrte auf das Wasser, das sanft am Ufer aufschlug.

Für einen blitzartigen Moment kam Grace O'Malley in Sicht.

Keelin schnappte nach Luft und Margaret drehte sich nach ihr um.

„Nichts, macht weiter", sagte Keelin lächelnd; Keelin musst Grace also auch gesehen haben, dachte Margaret. Es war beruhigend zu wissen, dass Grace die Zeremonie mit ihrem eigenen Segen bedachte, und Margaret drehte sich lächelnd zu Sean zurück.

„Sean, nimmst du diese Frau..."

Margaret stolperte durch die Gelübde, so berauschend glücklich und verliebt, dass sie nicht anders konnte als Sean anlächeln und auf die Worte zu warten.

„Hiermit erkläre ich euch zu Mann und Frau. Du darfst die Braut küssen."

Während die Gäste in Jubel ausbrachen, legte Sean den sanftesten Kuss auf Margarets Lippen und fühlte, wie ihr Herz weit aufbrach vor Liebe. Sie quietschte glücklich, als er sie hochhob und dann nach hinten beugte und küsste. Als er sie wieder hochzog, schnappte Margaret nach Luft. Aus der Bucht schoss ein atemberaubend schöner Lichtstrahl, der alle am Ufer fast erblinden ließ.

Margaret fühlte, wie ihr Herz für eine Sekunde aussetzte; dann nickte sie dem Wasser zu und flüsterte: „Danke, Grace."

„Diesmal bin ich nicht weggelaufen", sagte Sean in ihr Ohr und Margaret brach in Gelächter aus.

Margaret streckte ihren Strauß hoch in die Luft, als sie den Weg wieder zurück ging. Die Gäste klatschten und lachten, als Patrick den CD-Spieler anschaltete, um ein fröhliches Hochzeitslied zu spielen.

Margaret und Sean standen für einen Moment am Ende des Ganges und sahen sich in die Augen, verloren im Moment, während sie auf Fiona und Keelin warteten.

Margaret drehte sich um, lächelte Fiona an und dann sah sie den entsetzten Ausdruck auf Keelins Gesicht. Der feuchte Sand an ihren Füßen war eine wortlose Erklärung.

„Mutter! Hol deine Sachen!"

Fiona reagierte sofort, drehte ihren Kopf und sah Keelin wie erstarrt im Sand stehen. Flynn kam zu ihr und fragte, was nicht stimmte.

„Flynn, bring Keelin ins Zelt. Sagt dem Caterer, sie sollen mit dem Essen warten – das Baby ist unterwegs."

Die Gäste reagierten sofort; die Frauen sprangen auf und rannten zum Zelt. Margaret sah Sean an.

„Ich muss zu ihr gehen."

„Ich weiß. Halt uns auf dem Laufenden. Das Essen kann warten." Das Essen wurde in Flynn und Keelins Haus im großen Speisesaal gekocht und serviert.

Margaret ging zu Flynns Seite, während er Keelin den

Gang heruntertrug. Sie drückte die Hand ihrer Tochter, als sie über den Sand gingen.

„Es sollte nicht so passieren. Wir sollten im Krankenhaus sein", keuchte Keelin. Ihr Atem kam in kurzen Stößen und Schmerz ging über ihr Gesicht.

„Unsinn. Fiona hat alles mitgebracht. Sie hat offensichtlich geahnt, dass es passieren würde", versicherte Margaret Keelin und hielt die Zeltklappe, damit Flynn durchgehen konnte.

Innen war Margaret erstaunt zu sehen, was die Frauen in so kurzer Zeit auf die Beine gestellt hatten. Eine große Decke war auf dem Sandboden ausgebreitet mit Kissen als Stützen. Auf zwei niedrigen Tischen standen verschiedene medizinische Geräte, eine Schüssel und Handtücher. Eine Reihe von Fionas Flaschen mit Elixieren und Kräutern standen bereit.

„Setz sie einfach im Sand ab", sagte Fiona sanft, ihre Hände schon in Latexhandschuhen.

„Meinst du nicht, wir sollten sie zum Arzt bringen?", fragte Flynn mit sorgenvollem Ausdruck.

„Wenn ich recht habe, ist dafür keine Zeit", sagte Fiona ernst. „Also, Flynn, setz dich hinter Keelin und leg deine Beine neben ihre, so dass sie sich bei dir anlehnen kann für Halt."

Margaret kniete auf der Decke und hielt Keelins Hand, während Fiona zwischen ihren Beinen kniete, ihren Rock hochschob und dann sanft Keelins Unterhose herunterzog. Niemand sagte ein Wort, als Fiona unter den Rock schaute.

Als ihr Kopf wieder hochkam, war ihr Gesichtsausdruck grimmig.

„Das Baby ist schon auf dem Weg nach draußen. Das

ist ein Nebeneffekt der Bucht, sie ermöglicht schnelle Geburten", sagte Fiona leichthin und begann Cait und Aislinn anzuweisen, ihr Kräuter und Salben zu bringen. Fiona legte Handtücher aus und sah hoch und in Keelins Augen.

„Du presst, wenn ich es sage. Grace ist heute hier bei uns. Du bist komplett beschützt. Verstehst du mich?"

Keelin nickte mit Entschlossenheit auf ihrem schweißgebadeten Gesicht.

„Denk daran, dass Fiona eine der besten Heilerinnen der Welt ist. Du könntest in keinen besseren Händen sein", flüsterte Margaret Keelin zu.

„Drück", sagte Fiona und Keelin drückte.

Margaret zuckte und hielt die Hand ihrer Tochter, während sie zusammen die Wehen zählten und gemeinsam beim Pressen schrien. Nach einer scheinbar außergewöhnlich langen Zeit – aber es waren wahrscheinlich nur zwanzig Minuten oder so – sah Fiona Keelin wieder in die Augen.

„Die letzte. Drück!"

Keelin schloss ihre Augen und drückte, sie keuchte, als ihr Körper neues Leben in die Welt brachte. Ein Lichtblitz erschreckte sie alle und Keelin schrie vor Anstrengung. Sekunden später durchbrach ein Schrei die angespannte Stille im Zelt und alle jubelten.

„Ich brauche Handtücher und Wasser", sagte Fiona. Sie säuberte fachgerecht die Atemwege und den Mund des Babys, bevor sie die Nabelschnur abband und umklammerte. „Mach sie sauber, während ich die Geburt beende", sagte Fiona und gab das Baby an Cait, die tat, wie ihr gesagt wurde. Margaret hielt Keelins Hand, die vor Emotion weinte und die Geburt entschlossen beendete.

„Mein Baby. Ich will sie sehen", keuchte Keelin und hielt ihre Hände hoch. Cait legte das eingewickelte Baby in Keelins Arme und Flynn schaute über ihre Schulter.

„Sie ist wunderschön", schluchzte Keelin.

Margaret lehnte sich vor, um besser sehen zu können und ihr blieb fast das Herz stehen. Sie drehte sich um und sah Fiona bedeutungsvoll an. Die ältere Frau schüttelte ihren Kopf und Margaret verkniff sich, was sie eigentlich sagen wollte.

Aber Margaret kannte diese Augen. Die Augen, die sie aus dem kleinen Deckenbündel heraus anstarrten, waren keine anderen als die der großen Piratenkönigin – Grace O'Malley.

„Ich möchte euch allen Grace Margaret vorstellen", sagte Keelin glücklich und Margarets Herz schwoll bei der Ehre an.

„Sie ist atemberaubend. Du hast fantastische Arbeit geleistet. Ihr alle", sagte Margaret und sah sich um.

„Also, ist da jetzt ein Baby oder nicht?", ertönte eine Stimme von draußen und Cait sprang auf.

„Hoppla!" Sie zog die Zeltklappen auf, so dass sich alle hereindrängen konnten.

„Ohhh, sie ist wunderschön", schwärmten alle begeistert.

Und das war sie wirklich, dachte Margaret. Obwohl sie den dringenden Verdacht hatte, dass sie wusste, was der Lichtblitz bedeutete.

Und dass die kleine Grace Margaret ihre Eltern durch die Mangel nehmen würde.

„Sie können damit umgehen", flüsterte Fiona an ihrer Seite.

„Grace steckt da drin. Das weißt du, oder?", zischte Margaret zurück.

„Ich weiß. Aber Keelin muss das nicht wissen. Noch nicht zumindest. Grace hat ihre Gründe dafür, dass sie zurückkommt. Sie wird in dieser Welt Wunder bewirken. Das Baby ist für große Dinge bestimmt", prophezeite Fiona.

„Das ist wahrscheinlich alles, worum ich bitten kann", murmelte Margaret.

Sean zog sie vom Zelt weg und führte sie zum Wasser.

„Schau dir all das an", sagte er und drehte sich, um zu ihrem Hochzeitsaltar zu zeigen und zu den Gästen, die sich um Keelin und Flynn drängten, um ihnen zu der neuen Ankunft zu gratulieren.

„Ich glaube, wir mussten das alles durchmachen, um wieder hierher zurückzukommen", sagte Sean und zog sie an sich, so dass sie sich an ihn lehnte und seinen Körper solide gegen ihren spürte.

„Ich glaube, du hast recht. Alles zu seiner Zeit. Es sollte alles so sein."

In einer letzten Fanfare leuchtete die Bucht auf, als das Baby weinte, und Margaret und Sean versanken in einem Kuss und zementierten für immer ihre Liebe und den Kreis des Lebens an den Ufern der mächtigen geheimnisvollen Bucht.

WILDE IRISCHE HEXE

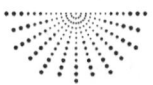

"Geh nicht", flüsterte Fiona und legte ihre Hand auf Johns Wange. Sie konnte fast seine Bartstoppeln unter ihrer Hand spüren, so wie es sich angefühlt hatte, als sie ihn das letzte Mal berührt hatte. Die Rasur war zwei Tage her, seine blauen Augen lachten, und sein dunkles Haar war gerade lang genug, dass es sich lockte.

In ihren Träumen waren sie immer jung. Natürlich, sie hatte John nur so gekannt. Jung, voller Leben, und doch zärtlich und sanft zu ihr in ihren intimsten Momenten.

Über die Jahre war er ihr immer mal wieder in ihren Träumen erschienen, aber in letzter Zeit passierte es häufiger. Obwohl ein Teil von Fiona wusste, dass sie in ihrem Haus unter verwaschenen Flanell-Laken zusammengerollt war, träumte sie in Gedanken von ihren glücklichsten Momenten. Nach all diesen Jahren schmerzte der Verlust von John immer noch. Fiona fragte sich, ob sie jemals über ihre Trauer hinwegkommen würde, aber es war fast ein halbes Jahrhundert her, seit sie zuletzt seine Lippen auf ihren gespürt hatte und ihr Schmerz war immer noch nicht verschwunden. Er war vielleicht etwas gemildert, aber er hatte sie niemals wirklich verlassen.

Fiona bewegte sich, als der Traum ihr entglitt und ihre Liebe mitnahm. Sie seufzte über den Verlust und blieb noch einen Augenblick still liegen. In ihrem Kopf war sie immer noch jung, beweglich und voller Lebensgeist. Als die Jahre vorbeizogen war Fiona leicht verwundert über die klaffende Zeitspanne, die sie vom letzten Mal, als sie mit John gesprochen hatte, trennte.

Es hätte nicht so passieren sollen.

Und doch hatte es nur so sein können.

Fiona wusste ohne jeden Zweifel, dass John ihr die Wahl, die sie getroffen hatte, nicht übelgenommen hätte.

Aber Fionas Schmerz war nie verblichen. Vielleicht war das einfach ihre Last, die sie zu tragen hatte. Sie bewegte sich wieder, rollte sich herum und zwang sich, ihre Augen zu öffnen. Ronan, ihr ständiger Begleiter, schlummerte an ihren Füßen. Obwohl er eigentlich der Hund ihrer Enkelin Keelin war, hatte er es vorgezogen, bei Fiona zu bleiben, als Keelin über den Hügel zu Flynn gezogen war.

Sie würde nie zugeben, wie froh sie insgeheim über seine Entscheidung war.

„Na komm, Junge, wir haben einen großen Tag vor uns", sagte Fiona und Ronan hob seinen Kopf, um sie anzusehen.

„Es ist Thanksgiving! Komm, komm, du weißt doch, dass wir in der Küche helfen müssen."

.   .   .

„ICH KANN NICHT GLAUBEN, dass ich ein Thanksgivingessen koche! Es ist mein erstes Thanksgiving", erklärte Fiona, während sie Keelins sorgfältig ausgedrucktem Rezept folgte, um die Füllung für die Pute vorzubereiten. Fiona war durch die starken Novemberböen über die Hügel gegangen, um Keelin zu helfen, ihren Lieblingsfeiertag vorzubereiten. Ronan war neben ihr gerannt, hatte den Wind angebellt und eingebildete Eindringlinge verscheucht.

„Vielleicht ist es ja dumm von mir, die Tradition in Irland fortzuführen. Ich bin schließlich die einzige Amerikanerin hier", sagte Keelin und biss sich auf die Lippe. Ihre hübschen brauen Augen waren besorgt zusammengekniffen.

„Es ist niemals dumm, die Familie zu einem guten Essen zusammenzubringen", sagte Fiona mit einem Lächeln und zwinkerte Flynn zu, der mit Baby Grace auf dem Arm seinen Kopf in die Küche steckte.

„Ich habe ein Feuer angezündet. Das sollte helfen, die Kälte etwas abzuwehren", sagte Flynn.

„Wie geht es Gracie?", fragte Keelin mit ihren Händen tief in einer Schüssel mit Preiselbeersoße.

„Alles klar. Du weißt, wie sehr sie mich liebt", sagte Flynn, ganz entspannt in seinem Vatersein, als er den Raum verließ. Grace warf ihnen beiden über seine Schulter einen Blick zu. Fiona zwinkerte sie an und das Baby zwinkerte sofort zurück.

„Es stimmt. Ich habe noch nie gesehen, dass ein Baby so schnell so von ihrem Vater angetan ist", kicherte Fiona, während sie eine Zwiebel schnitt.

„Na ja, man sollte meinen, sie würde ihre Mutter

lieben. Ich bin schließlich diejenige, die sie auf die Welt gebracht hat, oder? Trotzdem schreit sie die Hälfte der Zeit wie eine Furie, wenn ich sie halte."

Fiona verkniff sich ein Lachen. Seit dem Tag, als Baby Grace das Licht der Welt erblickte, hatte sie gewusst, dass sie Keelin zu schaffen machen würde. Das Baby war schließlich voller Magie. „Wir müssen einfach abwarten und sehen, welche Art Gaben die Kleine bekommt. Ich vermute, dass sie uns alle bald auf Trab halten wird. Ich bin sicher, wenn sie bei dir weint, hat es etwas damit zu tun, dass sie etwas kommunizieren will, das du noch nicht verstehst."

Keelins Kopf schoss hoch.

„Meinst du? Wirklich? Ich habe mir schon Sorgen gemacht, dass ich etwas nicht mitbekomme. Ich weiß einfach nicht, was sie mir sagen will."

„Alles zu seiner Zeit, meine Liebe. Es findet sich schon alles von selbst", sagte Fiona sanft und spürte, wie Wärme sie durchlief wegen Keelins Sorge. Sie war eine überraschend gute Mutter dafür, dass sie ohne Geschwister oder andere Kinder aufgewachsen war. Fiona war stolz darauf, wie sie ihre ersten Monate der Mutterschaft bewältigt hatte.

„Ich habe immer Angst, dass ich alles falsch mache", gab Keelin zu, während sie nach der Pute im Ofen schaute.

Fiona zog eine Schale mit Sahne aus dem Kühlschrank und fing an, sie zu schlagen. Sie konzentrierte sich auf die monotone Aufgabe, während sie über ihre Worte nachdachte.

„Ich glaube nicht, dass das jemals weggeht", gab Fiona zu. „Als Mutter wirst du ständig in Frage stellen, ob du alles richtig machst. Und du wirst auch nie aufhören, dir Sorgen zu machen. Aber ich finde immer, solange du deine Entscheidungen aus Liebe triffst, wird alles gut gehen. Das Beste, was du deinem Kind geben kannst, sind Liebe und sie auf den richtigen Weg leiten. Wenn sie größer wird und sich verändert, musst du zurücktreten und sie selbst entscheiden lassen. Auch wenn sie falsch liegt. Du glaubst, ihr Schreien und Weinen ist schwierig? Warte erstmal, bis sie aus der Tür geht und anfängt, ihre eigenen Entscheidungen zu treffen. Danach wird es nur noch komplizierter."

„So wie meine Mutter, als sie dich allein gelassen hat", sagte Keelin leise.

Fiona zuckte mit den Schultern.

„Ja, aber was willst du machen? Du kannst einen erwachsenen Menschen nicht zwingen, dir zuzuhören", sagte Fiona und schlug den Schneebesen gegen die Seite der Schüssel. „Aber genug damit jetzt. Holst du bitte den Whiskey, den ich mitgebracht habe? Der Kaffee ist gerade fertig und ich hätte gern einen schönen irischen Kaffee."

Fiona schüttelte ihren Kopf, als Keelin die geräumige Küche verließ, die an der Rückseite von Flynns großem Haus lag. Sie war ein Riesenunterschied zu ihrer eigenen kleinen Küche in ihrem Haus und Fiona liebte es, herzukommen und Scones zu backen, während Keelin stillte. Sie hatte die Gelegenheit verpasst zu helfen, als Keelin ein Baby war, also war sie entschlossen, diesmal dabei zu sein.

Fiona seufzte, als sie auf ihre Hände sah. Ihre Haut war dünn, aber begann erst jetzt, Altersfalten zu zeigen. Sie würde lügen, wenn sie behauptete, dass sie ihren Antifaltencremes nicht ein wenig Magie hinzugefügt hätte, um die Anzeichen des Alterns aufzuhalten. Aber an manchen Tagen fühlte sie es. So wie heute, wenn sie Keelin und ihr Baby ansah, so jung und frisch. Sie erinnerte sich an diese Tage mit Margaret. Sie war so jung und unschuldig gewesen, wenigstens für einen kurzen Moment. In dieser Zeit von Einfachheit und Liebe war Fiona so sorglos gewesen, so verliebt in ihren Mann und ihr Leben.

Manchmal wünschte sie mit ganzem Herzen, dass sie diese Tage zurückhaben könnte.

Und ihren John wieder in ihren Armen.

Fiona schüttelte über sich selbst den Kopf. Sie hatte vor langer Zeit gelernt, dass es nicht gut war, in der Vergangenheit zu leben. Nichts Gutes entstand daraus.

Sie lächelte Keelin strahlend an, als sie zurückkam und eine Flasche Whiskey schwenkte.

„Ich glaube, ich nehme auch einen. Das ist genau das richtige an einem Tag wie heute", sagte Keelin, als sie die Flasche auf die Arbeitsfläche stellte und in den Schrank griff für ihre Kaffeegläser.

„Es gibt nichts Besseres als einen irischen Kaffee vor dem Feuer. Das Essen ist fertig. Warum gehen wir nicht in das andere Zimmer und warten auf Margaret?", fragte Fiona, während sie Zucker abmaß und einen großzügigen Schuss Whiskey in jedes Glas goss.

„Das klingt gut", sagte Keelin und drückte Fionas Arm. „Und danke für den Rat. Ich weiß, dass es nicht immer einfach für dich war."

„Das Leben ist nicht immer einfach."

Lesen Sie noch heute weiter!

NACHWORT

Irland hat einen besonderen Platz in meinem Herzen – es ist ein Land der Träumer und für Träumer. Es gibt nichts Schöneres, als es sich in einer Kneipe am Kaminfeuer gemütlich zu machen und einer Musiksession zuzuhören oder eine Tasse Tee zu trinken, während der Regen vor dem Fenster die Sicht vernebelt. Ich werde für immer von diesen felsigen Ufern verzaubert sein und hoffe, dass Ihnen das Lesen dieser Serie genauso viel Spaß macht, wie ich es genossen habe, sie zu schreiben. Danke, dass Sie an meiner Welt teilnehmen.

Ich bin überglücklich, dass meine Geschichten ins Deutsche übersetzt werden. Die Übersetzungen meiner Romane nehmen ein bisschen Zeit in Anspruch. Melden Sie sich also für meinen Newsletter an, um zu erfahren, wann das nächste Buch erscheint.

http://eepurl.com/hLxHBz

Ich hoffe, meine Bücher haben in Ihrem Leben ein wenig Zauber hinterlassen. Wenn Sie einen Moment Zeit haben, um mir davon etwas zurückzugeben, würde ich mich freuen, wenn Sie Ihren Freunden davon erzählen und eine Bewertung hinterlassen. Mundpropaganda ist die wirkungsvollste Methode, um meine Geschichten zu teilen. Danke schön.

BÜCHER VON TRICIA O'MALLEY

DIE WILDSONG SERIE

Buch 1 - Das Lied der Feen

Buch 2 - Die Melodie der Flammen

Buch 3 - Der Chor der Asche

Buch 4 - Die Lyrik des Windes

Jetzt verfügbar

Eine komplette Serie mit vier Romanen von

Tricia O'Malley

DIE INSEL DES SCHICKSALS

Wollen Sie mehr darüber erfahren, wie Bianca & Seamus sich verliebten und auf der Suche nach den vier Schätzen im Kampf gegen die dunklen Fae behilflich waren? Lesen Sie die komplette Insel des Schicksals Serie auf Kindle Unlimited!

Buch 1 - Das Lied des Steins

Buch 2 - Das Lied des Schwerts

Buch 3 - Das Lied des Speers

Buch 4 - Das Lied des Schatzkessels

Jetzt verfügbar

Eine komplette Serie mit vier Romanen von

Tricia O'Malley

"Ein tolles Buch, es greift irische Mythen auf und verbindet diese mit einem spannenden undgefühlvollen Roman. Ich freue mich schon auf das nächste Buch dieser Serie" - Amazon Review

GEHEIMNISVOLLE BUCHT

Von New York Times Bestsellerautorin Tricia O'Malley kommt eine Serie fesselnder Liebesromane, die den Leser zu den felsigen Küsten Irlands entführt.

Buch 1 - Wildes irisches Herz

Buch 2 - Wilde irische Augen

Buch 3 - Wilde irische Seele

Buch 4 - Wilde irische Rebellin

Buch 5 - Wilde irische Wurzeln: Margaret & Sean

Buch 6 - Wilde irische Hexe

Buch 7 - Wilde irische Grace

Buch 8 - Wilde irische Träumerin

Buch 9 - Wilde irische Weihnachten

Buch 10 - Wilder irischer Freigeist

Buch 11 - Wilde irische Kämpferin

Buch 12 - Wilder irischer Mond

* * *

Jetzt verfügbar

Eine komplette Serie von

Tricia O'Malley

ZAUBERHAFTE HIGHLANDS SERIE

DANKSAGUNG

Ein tief empfundenes und herzliches Dankeschön geht an diejenigen in meinem Leben, die mich kontinuierlich auf diesem wunderbaren Weg als Autorin unterstützt haben. Manchmal kann dieser Job sehr stressig sein, daher ich bin dankbar für meine Freunde, die immer ein offenes Ohr haben und mir durch die kniffligeren Momente der Selbstzweifel helfen. Ein ganz besonderer Dank geht an The Scotsman, der an erster Stelle mein großartigster Unterstützer ist und es immer schafft, mich zum Lächeln zu bringen. Ein weiterer besonderer Dank geht an Ulrike Bartz und Annette Glahn für die Hilfe bei der Übersetzung dieses Buches. Ihre Liebe zum Detail und ihre sorgfältige Arbeit haben mein Buch zum Leben erweckt - danke!

Jedes Buch, das ich schreibe, ist ein Teil von mir und ich hoffe, dass Sie die Liebe spüren, die ich in meine Geschichten stecke. Ohne meine Leser bedeutet meine Arbeit nichts, und ich bin dankbar, dass Sie bereit sind, Ihre wertvolle Zeit mit den Welten zu teilen, die ich erschaffe. Ich hoffe, jedes Buch zaubert Ihnen ein Lächeln ins Gesicht und lässt Sie für einen Moment dem Alltag entfliehen.

Slainté, Tricia O'Malley

ENGLISH TITLES BY TRICIA O'MALLEY

Tricia O'Malley has over 40 english speaking titles available in paperback, audio, e-book and Kindle Unlimited.

The Siren Island Series*

The Althea Rose Series*

The Isle of Destiny Series*

The Mystic Cove Series*

The Wildsong Series*

The Enchanted Highlands Series

*Complete Series

Love books? What about fun giveaways? Nope? Okay, can I entice you with underwater photos and cute dogs? Let's stay friends, receive my emails and contact me by signing up at my website

www.triciaomalley.com

Or find me on Facebook and Instagram.

@triciaomalleyauthor

KONTAKT

Ich hoffe, meine Bücher haben ein wenig Magie in Ihr Leben gebracht. Wenn Sie einen Moment Zeit haben, meinen Tag ein wenig zu bereichern, können Sie mir helfen, indem Sie Ihren Freunden davon erzählen und eine Rezension hinterlassen. Mund-zu-Mund-Propaganda ist der beste Weg, um meine Geschichten zu verbreiten. Ich danke Ihnen.

Sie lieben Bücher? Wie wäre es mit lustigen Werbegeschenken? Nein? Okay, kann ich Sie dann mit Unterwasserfotos und süßen Hunden locken? Lassen Sie uns befreundet bleiben! Melden Sie sich für meinen Newsletter an und kontaktieren Sie mich auf meiner Website.

www.triciaomalley.com
Oder finden Sie mich auf Facebook und Instagram.
@triciaomalleyauthor